Anna und

Alaine Hood

Anna und ihre Männer

Erotischer Roman

Übersetzt von Nadine Bunske

ANAIS

Kapitel 1

Ein Bad im Genpool

Donnerstags kam man immer leicht ins *Amazon*. Hotpants, eine wilde blonde Mähne und ein guter Schuss Zickenpower waren alles, was man brauchte. Anna hatte vor, alle drei Gaben einzusetzen, um an dem Türsteher vorbeizukommen, der für die Alters- und – was wichtiger war – Gesichtskontrolle zuständig war. Die sexuelle Selektion sorgte am Clubeingang dafür, dass die Modeopfer und hoffnungslos Uncoolen aussortiert wurden.

»Ich betreibe hier Feldforschung. Der Besitzer lässt mich immer umsonst rein«, sagte sie, als der Türsteher zehn Dollar Eintritt verlangte. Er musterte sie skeptisch. Sie war nicht berühmt und hatte ausschließlich Secondhandklamotten an, außerdem war sie nicht mehr ganz so jung, auch wenn sie in die Kategorie »heiße Braut« fiel. »Bitte«, bettelte sie. »Für die Wissenschaft. Während wir hier reden, tobt da drin die sexuelle Evolution.«

Der Türsteher war noch mit Denken beschäftigt, da quetschte sie sich schon an ihm vorbei und marschierte schnurstracks in den Club. Auch ohne ihr Studium der Evolutionsbiologie wusste sie, worum es der Spezies Mensch im *Amazon Room* ging – und wer hier nicht heiß aussah, der hatte keine Chance auf Reproduktion. Der Club war eine alte Martini-Bar – einer dieser Läden, die in den Fünfzigern blutige Porterhouse-Steaks und ätzende Cocktails serviert hatten. Jetzt war es ein Club, in dem man noch immer halbblutige Fleischbrocken und starke Drinks bekam, nur dass die Steaks jetzt penibelst zugeschnitten waren und man für drei Cocktails ein Wochengehalt los war.

Und los geht's, dachte Anna. *Kopfüber in den Genpool.*

Die Hüften zum lauten Kuba-Jazz wiegend, stakste Anna auf ihren Achtzentimeter-Stöckelschuhen an die Bar. Der Bass wummerte im Rhythmus mit ihrem Puls. Aufgekratzt und euphorisch spürte sie, wie ihr Adrenalinpegel stieg, denn hier gab es immer etwas Neues, ein sexuelles Kleinod, von dem sie noch nie gehört, gelesen oder geträumt hatte.

Noch bevor Anna ihren ersten Drink bestellen konnte, hatten sich ihr in den Weg geworfen: ein dünner Glatzkopf mit schwarzem Rollkragenpullover, der sich als Regisseur ausgab (laut der Visitenkarte, die er ihr gegeben hatte, machte er Einweisungsfilme für die Industrie), ein Hetero-Pärchen, das sie zu einem Rumba-Dreier einlud, sowie ein Typ, der so jung war, dass sie hätte schwören können, sie sei mal sein Babysitter gewesen. Sie roch das Gel in seiner Frisur; er trug jede Menge Goldkettchen um den Hals, ein übergroßes rotes T-Shirt und doppelt so viel Parfüm wie Anna.

Aus diesem Grund fand sie den *Amazon Room* so großartig: Die Männer legten sich mehr ins Zeug als die Frauen. Und so funktionierte es auch in freier Wildbahn.

»Hasse Lus'?« fragte er, so betrunken, dass er fast – aber nur fast – schon wieder süß war.

Anna musste nicht fragen, worauf er »Lus' hadde«.

»Vergiss es, Süßer. Ich bin nur Beobachterin«, sagte sie. Sie ging an die Bar und bestellte den Drink des Abends: ein paar Tropfen Schnaps in einem Cognacschwenker. Der Barkeeper nannte ihn *Côte d'Azur*, vom Aroma erinnerte er aber eher an einen Schuss Fensterputzmittel, dekoriert mit einer Hibiskusblüte aus Plastik.

»Acht fünfzig«, sagte der Barmann.

»Acht fünfzig? Ist das dein Ernst? Bei dem Preis ist das mein einziger Drink heute Abend.« Anna lebte von einem Graduiertenstipendium, einem winzigen Unterrichtshonorar und einem Teilzeitjob als Fahrradkurier. Ihr Retro-Chic war konsequent aus zweiter Hand. Sie borgte sich ihre Kleider von einer Freundin, deren Mutter sich das Geld für die Einkäufe mittels nachmittäglicher Akrobatik in der männlichen Nachbarschaft verdiente.

Der Barmann zuckte mit den Schultern. Sein arroganter Blick streifte Annas Brüste, die Gefahr liefen, jeden Moment aus ihrem paillettenbesetzten Top zu hüpfen. »Ich kann nichts dafür. Der Chef will die Drinks so teuer. Schreckt den Pöbel ab.«

Er war ein attraktives kleines Miststück, schlank und durchtrainiert. Es war klar, dass er sich von ihr nicht beeindrucken ließ.

»He, der Pöbel hält die Spezies am Leben!« Anna öffnete ihre Plastikhandtasche, zog einen Zehn-Dollar-Schein heraus und legte ihn auf die Theke. »Behalt den Rest«, sagte sie barsch.

Eine Männerhand mit klobigem Siegelring am kleinen Finger schnappte sich den Geldschein und gab ihn Anna wieder.

»Unsere Preise gelten nicht für Klassefrauen«, sagte der Ringträger. »Das weißt du auch, Chaz.«

Der verzog schmollend den Mund. »Ich dachte, Frauen kriegen nur bei der Ladies' Night die Drinks spendiert.«

»Für Anna ist jede Nacht Ladies' Night. Wenn du sie noch mal abkassierst, kannst du dir einen neuen Job suchen.«

»Danke, Marco.«

Anna drehte sich zu ihrem Freund und umarmte ihn. Mit ihren hohen Absätzen musste sie sich nach vorn beugen, um die Arme um den untersetzten Körper des Clubbesitzers zu legen, aber eine Portion Marco war die Mühe wert. Was ihm an Aussehen fehlte, machte er mit Hirn und Muskelmasse wieder wett, und je mehr man über seine verdrehten Sexfantasien erfuhr, desto überzeugter war man, dass er im Bett zehn Filmstars aufwiegen konnte. Auch wenn Anna nie einen Filmstar (geschweige denn Marco) gehabt hatte, wusste sie, wen sie lieber auf eine einsame Insel mitnehmen würde.

»Was hältst du von meinem neuen Outfit?«, fragte Marco und trat einen Schritt zurück, um zu posieren.

Wenn ihm seine Getränkepreise eine derart erstklassige Garderobe finanzierten, zahlte Anna sie mit Vergnügen. Marcos Anzug hatte einen herrlichen Crème-brulée-Farbton, der Marcos dunklen Teint und seine pomadierten Locken perfekt zur Geltung brachte. Der Zweireiher schmiegte sich an seinen Körper, als hätte der Schneider bei jedem Stich das Bild des nackten Marco vor Augen gehabt.

»Du siehst zum Anbeißen aus«, sagte Anna mit anzüglichem Grinsen.

»Um dich zu zitieren: für die Wissenschaft. Apropos, ich habe ein neues Exemplar, das du dir ansehen musst. Es wird dir die Hotpants wegblasen.«

Annas Puls schoss schlagartig in die Höhe. Sie schnappte sich ihren Drink und folgte Marco durch den Club, vorbei an Sitzgruppen, in denen Mädchen mit tiefen Ausschnitten und Gardenien im Haar neben heftig gepiercten Rappern mit Baseballcaps saßen – Mitglieder einer Band. Es ging heiß her im *Amazon Room*, aber nur wenige Besucher, auch nicht die Glamour-Trash-Superstars, schafften es je in die Privaträume des Clubs.

Anna hielt Marco seit Jahren die Treue, vom ersten Club, in dem er Barmann war, in sein erstes Restaurant, bis hin zu seinem jüngsten Projekt, dem *Amazon Room*. Daher war sie auch immer die Erste, die einen Neuzugang seiner Privatkollektion sehen durfte.

»So was hast du noch nicht gesehen.« Marcos Augen leuchteten.

»Dieses Baby wird das Kronjuwel meiner Sammlung.«

»Das hast du beim letzten Mal auch gesagt«, erinnerte ihn Anna, doch als er die Tür zu seinen Privaträumen öffnete, schlug ihr Herz schneller. Sie betrat den ersten Raum und seufzte lustvoll auf, als perfekt befeuchtete, warme Luft sie umfing. Sobald er die Tür geschlossen hatte, wurde die Kakophonie des Clubs von schalldichten Wänden verschluckt. Das Einzige, was Anna noch hörte, war das Gurgeln des Wasserfilters im Aquarium.

Dieser Raum war Marcos privater Streichelzoo, ein Paradies, das er sich an jedem neuen Ort einrichtete. Wassertropfen funkelten wie Edelsteine auf den herzförmigen Blättern seiner exotischen Pflanzen, deren Grün so dunkel war, dass es an Schwarz grenzte. In den Glaskästen entlang der Wände lebten Reptilien, deren DNA sich direkt zu den Dinosauriern zurückverfolgen ließ: eine Echse mit Halskrause, ein blauer Leguan mit schillernder Lederhaut und ein sahnegelber Python, Annas Liebling. Im Vergleich zu diesen urzeitlichen Schönheiten war die menschliche Spezies gerade erst geboren worden.

»Okay, was willst du mir zeigen, Marco?«

»Ganz ruhig. Genieß deinen Drink. Du hast ständig die Uhr im Blick und hetzt nur noch durch die Gegend«, schimpfte Marco. »Setz dich.«

Anna gehorchte und hockte sich auf einen Berg marokkanischer Kissen, die an den Wänden aufgetürmt waren. Marco hatte schon immer ein Faible für Kitsch gehabt. Die Einrichtung dieses Raums stammte beispielsweise vom Set eines B-Movies aus den 1940ern.

»Nur weil ich als wildes Mädchen in meinen Zwanzigern so viel Zeit verschwendet habe. Ich hab mich viel zu oft aus dem College gefeiert.« Anna nippte an ihrem Cocktail. Wie jeder von Marcos Spezialdrinks sah er harmlos aus, knallte aber hochprozentig rein.

»Nur zwei Mal«, sagte Marco. »Das ist doch jetzt sowieso egal. Du hast es geschafft. Jetzt wirst du meine wunderschöne Forscherin, und nach deiner Promotion muss ich dich wohl in meine Sammlung aufnehmen.«

»Marco, so sehr ich dich auch liebe, ich werde nie im Leben eins deiner Schätzchen. Ich bin kein Mädchen für eine Trophäensammlung.«

»Behauptest du. Aber erzähl mir nicht, dass es dir nicht gefallen würde, wenn man dich verhätscheln und verwöhnen und behandeln würde wie eine kostbare Orchidee.«

»Bis du mich satt hättest und zur nächsten Blume schwirren würdest.«

»An einer Schönheit wie dir könnte ich mich nie sattsehen.«

»Mach mal halblang. Ich bin keine Schönheit, nicht im Vergleich mit den Hammerfrauen, hinter denen du sonst her bist.«

Da hatte sie recht, sie war nicht mal annähernd Marcos Typ. Die Frauen, die er jagte, waren so rar und außergewöhnlich, dass man sie nur auf dem Schwarzmarkt fand. Auch wenn Anna heiß war, war sie doch eine heimische Blume und keine Dschungelpflanze. Ihre stärkste Waffe waren ihre großen braunen Augen. Mit ihrem sanften goldenen Schimmer waren sie ein absoluter Hingucker. Dicht gefolgt rangierten ihre Beine, die momentan allerdings von den Stürzen mit dem Fahrrad stark lädiert waren. Ihre Nase war stupsig, und wenn sie die Sommersprossen verstecken wollte, musste sie sie mit Abdeckcreme zuspachteln. Sie blondierte ihr Haar mit einem Ton namens *Sunset Boulevard*, aber von Natur aus war es eher mausbraun.

Anna war immer ein Wildfang gewesen, der beste Kumpel jedes Jungen; diejenige, die mit ins Baumhaus durfte oder zum Nacktbaden in den Steinbruch eingeladen wurde, auch wenn sonst keine Mädchen erwünscht waren. Sie war gut im Sport und heulte nie, wenn sie mit dem Skateboard auf die Fresse knallte. Aber das Beste war, dass niemand so viel über Käfer, Vögel und Frösche (und deren Fortpflanzung) wusste wie sie.

»Vielleicht bist du keine Orchidee«, räumte Marco ein, »sondern eher eine Tigerlilie.«

»Tja, meine Stiele sind ziemlich ramponiert. Guck dir das an. Ich hab mich hingelegt, voll auf eine kaputte Flasche.«

Sie zeigte ihm die neue Narbe aus ihrem Kampf um den Lebensunterhalt per Rad: eine hübsch vernähte, zehn Zentimeter lange Schnittwunde direkt unterhalb der Kniescheibe.

Marco verzog das Gesicht. »Du solltest mit diesem Job aufhören. Das ist was für Straßenpunks, nichts für reife Frauen.«

»Also bitte. Was für ein chauvinistischer Mist. Ich zeige jedem Kerl, wo der Hammer hängt, und im Gegensatz zu denen hab ich kein Problem, den Verkehr aufzuhalten, wenn's sein muss. Außerdem, was meinst du denn mit ›reif‹? Ich bin noch keine 35.«

»Reife ist nichts Schlechtes. Die Schönheit einer Frau gewinnt mit dem Alter, wie ein Diamant aus dem Familienschmuck.«

Er setzte sich neben Anna und fixierte sie mit seinem flammendsten Schlafzimmerblick. Marco hatte die Augen eines Schauspielers. Sie konnten auf Kommando »glühen wie Kohlen« oder »Tränen der Leidenschaft« vergießen, während er nichts anderes im Sinn hatte als ein kühles Bier.

»Das ist jetzt selbst für deine Verhältnisse zu schmalzig«, sagte Anna. »Ich bin dir nur aus einem Grund in deine Höhle gefolgt, und zwar weil ich deine neue Trophäe sehen will, also los jetzt.«

Marco sprang mit der Anmut eines Tänzers auf. Das musste sie ihrem Freund lassen: Er konnte die härteste Anmache auf Erden abziehen, aber er hatte Klasse und wusste, wann es reichte.

»Gut. Wenn du keins meiner Schätzchen sein willst, musst du eben nur zusehen, wie ich mich mit ihnen amüsiere.«

Marco verschwand hinter der Miniaturausgabe eines Palmenhains. Anna lehnte sich zurück, nippte wieder an ihrem Drink und bewunderte die Reptilien. So schön sie auch waren, ihr Herz gehörte doch der Familie der Felidae. Katzen waren Annas große Leidenschaft. Sie vergötterte sie alle, ob groß oder klein, aber am liebsten mochte sie die großen Exoten: Tiger, Leoparden,

Panther. Annas Doktorvater wollte sie ständig überreden, sich ein anderes Thema als Katzen und ihr Paarungsverhalten zu suchen – und legte ihr sogar nahe, die Zoologie ganz aufzugeben und sich mit Molekularbiologie zu beschäftigen. Mit Genetik oder Immunologie hätte sie die Chance auf ein Folgestipendium. Säugetiere – zumindest die pelzigen Vierbeiner – standen bei Forschungsförderungsprogrammen nicht gerade hoch im Kurs.

Aber Anna konnte nicht anders. Sie liebte Katzen, und sie wollte sich dem Studium ihrer Evolution widmen. Sie wollte nicht wie ihr Vater werden, der seinen Traum, Pilot zu werden, für einen Schreibtischjob als Luftfahrtingenieur aufgegeben hatte. Und sie wollte nicht wie ihre Mutter sein, die 27 Jahre lang die Affären ihres Mannes ignoriert hatte, während sie die eigenen zu vertuschen suchte. Anna hatte zwei wichtige Dinge von ihren frustrierten und enttäuschten Eltern gelernt. Erstens: Sie durfte bei ihren Träumen keine Kompromisse machen. Zweitens: In einer monogamen Beziehung würde sie niemals glücklich werden.

»Anna, darf ich dir meine neueste Entdeckung vorstellen?« Marco war wieder da. Anna setzte sich erwartungsvoll auf. Er war von der Taille aufwärts nackt. Beinahe hätte sich Anna an ihrem Cocktail verschluckt. Er hatte sich eine winzige, unglaublich schöne Brünette wie eine Nerzstola um die Schultern geschlungen, die abgesehen von zwei goldenen Ringen in den kleinen braunen Brustwarzen nichts trug, was sie nicht schon bei der Geburt anhatte. Das Mädchen war keinen Tag älter als 19, was selbst für Marcos Verhältnisse jung war. Sie trug ihr Haar kurz, wodurch ihre riesigen Augen noch größer wirkten. Der wissende Ausdruck darin ließ Anna allerdings an ihrem Alter zweifeln. Ihre braunen Augen sahen aus, als hätten sie schon deutlich mehr gesehen als nur Zeichentrickfilme.

»Anna, das ist Ilena«, sagte Marco. Der stolze Besitzer kniete sich nieder – was mit einer nackten Frau auf seinen Schultern kein leichtes Unterfangen war – und ließ seine Beute frei. »Vor zwei Wochen segelte sie noch als Trapezkünstlerin durch die Luft. Ich habe ihr zur Flucht aus dem Zirkus verholfen. Nun, um genau zu sein, man hat sie mir verkauft.«

»Sie hat sicher eine Menge Tricks auf Lager«, sagte Anna.

»Ilena ist für die Bühne geboren. Sie kann es gar nicht erwarten, dir ihre Nummer vorzuführen. Stimmt's, mein Schätzchen?«

Ilena grinste dümmlich. Anna erwartete nicht, dass sie etwas sagte. Wer so fantastisch aussah, hatte das nicht nötig. Sie glaubte Marco die Geschichte mit dem Zirkus. Womit auch immer dieses Mädchen den Großteil seines kurzen Lebens verbracht hatte, es musste mit intensivem körperlichen Training zu tun gehabt haben und ihre perfekte Haltung und die klar definierten Muskeln zeugten davon. Obwohl Ilena ganz locker dastand, spürte man eine unterschwellige Spannung in ihren Schenkeln, als könnte sie jeden Moment aufspringen und einen Rückwärtssalto machen. Anna war nur noch eine weitere Gattung bekannt, in der so viel Bewegungsenergie geballt war, und die hatte Fell und Krallen.

Die Brüste des Mädchens waren fest, und trotz der Dschungeltemperaturen im Raum standen ihre dunklen Brustwarzen hervor, als hätte jemand sie mit einem Eiswürfel getriezt. Die goldenen Ringe glitzerten auf ihrer Olivenhaut, und von ihrem Bauchnabel abwärts war eine kunstvolle Arabeske tätowiert.

»Was meinst du?«, sagte Marco.

»Äh –«

Bevor Anna sich artikulieren konnte, wirbelte Marco den geschmeidigen Körper des Mädchens herum und beugte sie rückwärts über seinen Arm. Sie bog sich so fließend in die Brücke, dass Anna sicher war, sie müsse einen genetischen Defekt haben. Sie war offenbar mit Gummi anstelle von Knorpel in den Gelenken auf die Welt gekommen.

Marco stützte Ilena mit einem Arm und fing an, sein Schätzchen zu streicheln. Von ihrem Hals aus wanderte seine Hand langsam zwischen den Brüsten hinab über ihren Bauch, streifte ihre Schenkel und ruhte schließlich auf ihren Knöcheln. Dann, als Anna gerade wieder einfiel, dass sie weiteratmen musste, trat seine Hand den Rückweg an. Dieses Mal verweilte er auf ihrer Muschi, zog an ihren Schamlippen und malte mit seiner Hand Kreise auf ihren muskulösen Bauch. Dann strich er ihr sanft über die Brüste und wurde dabei immer schneller, bis die Arm- und Beinmuskeln des Mädchens zitterten. Anna hätte schwören können, dass ein Schnurren aus Ilenas Kehle kam.

Perfekte Bauchmuskeln, perfekte Titten. Extrem empfindliche Nippel. Inzwischen wusste Anna nicht mehr, ob sie erregt oder neidisch war. Marco zog sie gern auf mit seinen Frauen, weil er wusste, dass sie scharf wurde, wenn sie ihn mit ihnen spielen sah, da konnte sie noch so viel wissenschaftliches Interesse an seiner Partnerwahl vorschützen.

Das hier ist nur Feldforschung, sagte sich Anna immer wieder.

Ja, schon klar. Sie war feucht, wahrscheinlich so feucht wie das Mädchen vom Trapez da drüben, und vor lauter Erregung hatte sie sich ihren ganzen Zuckerapfel-Lipgloss von den Lippen gelutscht. Marco erhaschte ihren Blick und lächelte.

Siehst du, was dir entgeht?, fragten seine Augen spöttisch. Er half seinem keuchenden Schätzchen auf die Beine und klatschte ihm dann, als hätte er Anna noch nicht genug gefoltert, mehrmals auf den prallen Hintern, bis es wimmerte. Anna spürte, wie ihre Haut mit einem Prickeln reagierte.

Die Schläge waren Ilenas Zeichen für die nächste Akrobatiknummer. Sie streckte die Hände aus und drückte sich mühelos in den Handstand. Ihre Arme zitterten fast gar nicht, als sie sich kopfüber in Stellung hielt. Anna bewunderte sie andächtig. Ihre Arme hätten schon längst nachgegeben, aber bei einer Frau mit

34 war das ganz normal, sofern sie oft in Nachtclubs und zu selten ins Fitnessstudio ging.

»Volle Spreizung«, kommandierte Marco.

Ganz gemächlich machte die Trapezkünstlerin – Füße gewölbt, die Zehen gestreckt – die Beine breit, immer weiter, unmöglich weit, bis ihr Körper ein »T« bildete. Marco kniete sich wieder hin und umschloss ihren Körper mit seinen Schenkeln. Sein Bauch und seine Arme waren die Manifestation unzähliger Stunden auf der Drückbank, und unter dem Stoff seiner Hose erkannte Anna die Umrisse seines Quadrizeps. Er packte mit jeder Hand einen von Ilenas Schenkeln und grinste Anna über den glänzenden Spalt hinweg an.

»Du weißt, was jetzt kommt.«

Anna nickte. Zu Worten war sie nicht mehr fähig. Als sie sah, wie Marco seinen Kopf zwischen die Schenkel des Mädchens neigte, konnte sie sich nur noch mit Mühe davon abhalten, sich selbst anzufassen. Seine Zunge glitt hin und her und machte schmatzende Geräusche. Das Gurgeln des Luftbefeuchters stimmte in die sexy Symphonie der Laute ein. Marco und seine Geliebte formten ein hybrides Wesen: das Mädchen, das die Beine spreizte wie Flügel, und Marco, der ihr die Arme um die Schenkel schlang. Kurz ließ das erregende Lecken Ilenas Arme erzittern, und sie konnte sich nicht mehr auf den Händen halten.

»Lass mich runter«, flehte sie mit einem erstickten Wimmern.

Das Mädchen konnte also doch sprechen. Marco drückte ihre Beine zusammen, und sie rollte sich wacklig auf den Boden ab, legte sich dann auf den Rücken und nahm heiser und flehentlich stöhnend die Beine auseinander. Schon wölbte sich ihr Rücken, die Nippel himmelwärts gerichtet. Marco brachte sich zwischen ihren Schenkeln in Stellung, griff nach ihren Nippelringen und zog gerade genug daran, um ihr ein Japsen zu entlocken.

»Ein bisschen Schmerz gefällt meinem Schätzchen, stimmt's?«, murmelte Marco.

Dass dem Mädchen gefiel, was er mit ihr tat, musste man Anna nicht extra sagen. Ilena hatte die großen braunen Augen geschlossen, und ihr Kopf pendelte vor und zurück, als hätte man sie hypnotisiert. Das Schnurren in ihrer Kehle hörte gar nicht mehr auf, und mit den Hüften wippte sie auf und ab.

Anna bemerkte, dass sich ihre Hüften im gleichen Rhythmus bewegten, und ihre Vaginalmuskeln spannten immer mehr. Ihre rechte Hand machte sich selbstständig und streichelte ihre Muschi; sie war so erregt, dass ihr alles egal war. Marco hatte ihr schon einige gute Darbietungen geliefert, aber so scharf hatte er sie noch nie gemacht. Er senkte den Arm, um seiner Geliebten die Finger reinzuschieben, aber sie wollte nicht nur Finger in sich. Anna wusste, dass er ihr nicht mehr geben würde, zumindest nicht vor Publikum.

Marco drehte sich herum und fixierte Anna. Eine Strähne schwarzer Locken fiel ihm in die Stirn, auf der die Schweißperlen glänzten. In seinen Augen lag echtes Feuer, nicht die Pseudoleidenschaft, die er nach Belieben an- und abstellen konnte. Er lehnte sich zurück, um seinen Ledergürtel zu öffnen. Unter der Anzughose sah Anna die Beule seines Ständers.

Oh Junge, jetzt geht's los, dachte sie. In den langen Jahren ihrer Freundschaft hatte ihr Marco nie die volle Pracht seines Schwanzes gezeigt, aber wenn er nur halb so dick und stark war wie der Rest ...

Er war mehr als das. Anna hatte zwar schon Gerüchte über Marcos Penis gehört, vor allem von Barkeepern wie dem fiesen Blödmann von vorhin, aber die hatte sie immer als übertrieben abgetan. Ein Kellner hatte mal gesagt, der Clubbesitzer sei »bestückt wie King Kong«, und Anna hatte nur gelacht. Jetzt musste sie sich eingestehen, dass er nicht so weit danebengelegen hatte. Marcos Schwanz war unglaublich hart und nicht beschnitten. Er fing an, sich zu massieren, während er Annas Reaktion dabei genau verfolgte.

»Sichst du, was dir entgeht?«, fragte er nun direkt, während er ein Kondom aus der Tasche holte und es überzog. »Das könnte alles dir gehören.«

Doch Ilena hatte nicht vor, ihn Anna zu überlassen. In einer blitzschnellen Bewegung schlang sie Marco ihre stählernen Schenkel um den Oberkörper und zog ihn hinab – auf sich und in sich. Marco beabsichtigte nicht, ihr ihren Willen zu lassen und bestand darauf, sie mit zermürbender Langsamkeit zu ficken, wobei er sich mit seinen starken Armen über ihr hielt und sein Becken wiegte.

Anna hörte ihn zischen, als er um Beherrschung rang – und gewann. Marco und Ilena waren derart voneinander in Anspruch genommen, dass sie nicht mitbekamen, wie Anna die Beine spreizte und sich im Takt zu Marcos Stößen fingerte.

Ilena schlug um sich, stöhnte, bettelte. Anna konnte mit ihr fühlen. Es musste die Hölle sein, einen derart großen Schwanz in sich zu haben, der nur langsam hin und her glitt, während man doch in die vierte Dimension gevögelt werden wollte. Anna sehnte sich nach einer Kostprobe, begnügte sich aber mit ihren Fingern. Sie war unglaublich nass, und ihre Klit pulsierte in ihrem ganz eigenen Rhythmus. Sie dachte schon, Marco wollte seinem Schätzchen die Erlösung die ganze Nacht hindurch vorenthalten, da packte er plötzlich Ilenas Handgelenke, senkte den Körper auf sie herab und nahm sie heftig. Auf und ab bewegte das Paar die Hüften, bis Ilena einen Schrei ausstieß. Marco küsste ihren offenen Mund, warf dann stöhnend den Kopf in den Nacken und kam ebenfalls.

Anna kam still zum Höhepunkt und drückte den Rücken in die marokkanischen Kissen. Intensiv – unglaublich intensiv. Marco konnte ihr die wunderbarsten Orgasmen entlocken, und dabei hatte er sie noch nie intim berührt. Während die Schauer in ihr schwächer wurden, entspannten sich Marco und sein Schätzchen in einem verschwitzten Knäuel von Armen und Beinen. Ilena lächelte Anna an, die Lider schwer von postkoitaler Seligkeit.

»Von dieser Schönheit werde ich mich nie mehr trennen«, sagte Marco und streichelte den geschmeidigen Schenkel seines Schätzchens mit dem Gestus des Besitzers. »Sie ist die einzige Frau, mit der ich für den Rest meines Lebens Sex haben werde.«

»Wie du meinst, Marco.«

Anna mochte ihren Freund zu sehr, um ihn daran zu erinnern, dass er das jedes Mal sagte. Nicht, dass sie etwas anderes erwarten würde. In emotionaler Hinsicht war Marco ein Romantiker, der sich in jede seiner Frauen bis über beide Ohren verliebte. In sexueller Hinsicht war er allerdings ein Streuner, ein Sämann, das perfekte Beispiel für den Drang, die eigenen Gene über den Genpool zu verstreuen. Was Sex anbelangte, war Marco ein Musterbeispiel der Populationsgenetik.

Nachdem Marco Ilena auf ihr Zimmer gebracht hatte, lud er Anna noch zu einem Steak ein. Fast wäre sie schwach geworden. Marco ließ nur die besten Köche der Stadt für sich arbeiten, und der aktuelle war ein Rindfleischgenie. Aber morgen ließ sie ihre Erstsemester die Abschlussarbeit in Biologie schreiben, weshalb sie an diesem letzten Tag des Semesters auf jeden Fall anwesend sein musste. Zum Glück brauchte sie nichts weiter zu tun, als sich am Schreibtisch festzuhalten und ihre Studenten zu beaufsichtigen, trotzdem musste sie morgen aus dem Bett kommen, wenn früh um sieben der Wecker klingelte.

Anna gab Marco einen Gutenachtkuss, wünschte ihm Glück mit seiner neuen Liebe und hielt vor dem *Amazon Room* ein Taxi an. Gerade als der Wagen vor der Maisonettewohnung hielt, die sie sich mit zwei anderen Doktoranden teilte, piepste ihr Pager.

Sie warf einen Blick auf das Display und sah die unverkennbare Nummer der Fahrradkurierfirma.

»Oh nein!«, rief sie. »Das gibt's doch nicht!«

»Ignorieren Sie's«, schlug der Taxifahrer vor. »Schmeißen Sie ihn aus dem Fenster.«

»Würde ich ja gern.«

Auch wenn die Bezahlung nur mittelmäßig war (vor allem, wenn man das Risiko bedachte, von einem Lieferwagen oder SUV in Asphaltpizza verwandelt zu werden), konnte Anna es sich nicht leisten, den Kurierjob aufzugeben. Die halbe Stelle an der Universität warf so gut wie gar nichts ab, erst recht nicht für ein junges Mitglied der Fakultät ohne Festanstellung, und ihr Stipendium reichte gerade mal aus, um ihren Bedarf an so luxuriösen Dingen wie Kaffee und Tampons zu decken. Der Kurierjob bot zudem flexible Arbeitszeiten und hielt sie in Form, und das Trinkgeld ging komplett in ihre Tasche. Außerdem genoss es Anna, mit den Jungs in dem schmutzigen Rattenloch von Pausenraum abzuhängen, Kriegsblessuren zu vergleichen und Poker zu spielen. Fakt war, dass sie gern mit einem Haufen verschwitzter Männer in einem kleinen geschlossenen Raum steckte. Das hielt die Hormone auf Trab.

Aber heute Nacht brauchte sie ihren Schlaf, und ein Anruf bei der Kurierzentrale war das Allerletzte, worauf sie Lust hatte. Wahrscheinlich war einer der Fahrer krank, oder betrunken bei der Arbeit aufgekreuzt, oder er wurde gerade in die Notaufnahme gefahren.

»Wo ist das beschissene Telefon?«, knurrte sie, während sie durch das Meer aus leeren Bier- und Weinflaschen stolperte, die den Boden der Wohnung übersäten. Ihre Mitbewohner hatten schon angefangen, das Semesterende zu feiern. Der eine, Jack, war mitten im Zimmer umgekippt und schlummerte friedlich auf einem seiner Bakteriologiebücher, das ihm als Kissen diente.

Anna stieg über ihn, entdeckte das schnurlose Telefon unter einem stinkenden T-Shirt und wählte die Nummer der Kurierfirma.

»Okay Ernie«, sagte sie, als der Einsatzleiter ranging. Sie hatte bereits ihre Stöckelschuhe weggeschleudert und wand sich aus ihren Hotpants. »Schnell und schmutzig: Wo soll ich hin?«

*

Cade ging vor dem deckenhohen Fenster seines Büros auf und ab und blieb alle paar Sekunden stehen, um die Hände ans Glas zu pressen und die Straße hinabzuschauen. Um diese Zeit der Nacht – oder war das etwa schon das Grauen des Deadline-Morgens, das da in den Himmel sickerte? – gab es bis auf die regennasse Straße und ein paar Lieferwagen nichts zu sehen. Wer nicht verrückt war oder kriminell oder die Deadline eines Projekts einhalten musste, lag kuschelig zu Hause im Bett. Er setzte sich in seinen ergonomischen Ledersessel und drehte sich zwölfmal um die eigene Achse. Dann stand er auf und sah aus dem Fenster. Noch immer kein Kurier.

»So viel zum Thema Lowtech-Transport«, murmelte Cade. Er arbeitete schon lange mit der Kurierfirma zusammen – seit er mit Noah *Shiva Systems* gegründet hatte – und auch wenn die Fahrer effizient arbeiteten, waren sie doch anfällig für Unfälle und Verspätungen. Cade wären Profis zwar lieber gewesen, aber Noah hatte eine Schwäche für den umweltfreundlichen Kurierdienst, der ausschließlich mit Studenten arbeitete.

Typisch für Noah, dass ihm ein trendiger, politisch korrekter Familienbetrieb lieber war als ein effizientes, landesweit operierendes Unternehmen. Wie gut, dass Cade sich um die geschäftlichen Belange kümmerte und Noah der Art Director war. Wenn Noahs Herz noch ein bisschen weicher wäre, würde er tot umfallen, weil sein Kreislauf kollabierte.

Doch gerade als er aufgeben und ein Nickerchen auf dem Futon im Büro machen wollte, entdeckte Cade eine einsame Gestalt auf einem Fahrrad, die sich den Berg hochkämpfte. Sie war vornübergebeugt, hatte den Kopf gesenkt und trat schwer in die Pedale, doch als sie durchs Licht einer Straßenlaterne fuhr (als Experte hatte Cade gleich erkannt, dass es die Gestalt einer Frau war), erhaschte Cade einen Blick auf lange, muskulöse Schenkel, die sich die Steigung hocharbeiteten. Trotz aller Müdigkeit und allem Ärger spürte er ein Fünkchen Sex. Er hatte noch nie mit einer Frau mit so durchtrainierten Schenkeln geschlafen, und bevor er sich's versah, driftete er in eine sexuelle Fantasie mit ihr ab.

Cade unterdrückte ein Stöhnen. Seit Belinda an ihrer Hochzeitsanzeige herumbastelte, haftete seinen Sexfantasien eine fatalistische Note an, und jede einzelne war mit den Worten niemals befleckt. Jetzt, da er Belinda heiraten würde, würde Cade niemals Sex haben mit einer echten Rothaarigen, einer Ballerina, einer Schlangenfrau, einer Stripperin mit Brustimplantaten, einer Gehirnchirurgin ... die Liste des Unmöglichen nahm kein Ende. Cade hielt nicht viel von Traditionen. Er hätte nur zu gern eine offene Ehe geführt und seiner Frau jede Menge Abenteuer zugestanden, aber Belinda war eine in der Wolle gefärbte Monogamistin und nahm die Formulierung mit dem »Treue halten« aus dem Hochzeitsgelöbnis todernst.

Cade würde die Kleine also nicht ficken. Unten ging die Eingangstür des Lofts auf, und Sekunden später hörte er den Lastenaufzug rattern. Er ging hinaus auf den Flur und machte sich bereit, sie in Empfang zu nehmen, wozu er seinen finsteren Blick aufsetzte. Es war hart, wenn man streng zu diesen Collegemädchen sein musste. Bei der leisesten Kritik lösten sie sich in Tränen auf. Aber das Päckchen mit Noahs Illustrationen kam über eine Stunde zu spät, was die Programmierer empfindlich aufhielt, und um acht Uhr lief die Deadline ab.

»Wissen Sie eigentlich, wie –«, setzte er an, als der Helm der Fahrerin hinter dem Gitter des Fahrstuhls auftauchte, doch die Frau übertönte ihn mit ihrer Tirade.

»Scheiß auf diese Stadt und die Yuppies mit ihren verfickten Geländewagen!«, fluchte sie, als sie ihr Rad durch die Fahrstuhltür schob.

Sie trat mit dem linken Bein nur vorsichtig auf, und jetzt sah Cade, dass ihr Knie aufgeschürft war.

Ihr Gesicht – soweit er es unter der Maske aus Dreckspritzern ausmachen konnte – war wutverzerrt. Zwei braune Augen funkelten ihn durch den Schmutz hindurch an. Sie war von Kopf bis Fuß mit Schlamm verschmiert.

Cade würde niemals ein Mädchen mit so wunderschönen braunen Augen ficken. Er seufzte verzweifelt bei dem Gedanken. Ein Bild haute ihn mit der Wucht eines Felsblocks um: das Funkeln dieser Augen, wenn er sich anschickte, sie von hinten zu nehmen, wenn er ihre festen Hüften packte und diesen strammen Arsch bestieg. Erst würde er sich zurückhalten, ihr nur die Schwanzspitze geben und ihre Lippen stupsen und reizen. Dann würde sie mit gebleckten Zähnen den Kopf wenden und ihm in die Augen sehen, und er würde ihr geben, was sie wollte …

»Sie sind verletzt«, sagte er schließlich und kam sich selber dämlich vor.

»Was Sie nicht sagen, Sherlock. Mich hat ein Besoffener gerammt, der dachte, er könnte mal schnell die Tür seines Ford Ranger aufmachen und ein bisschen Zielkotzen auf der Straße üben, bevor er nach Hause fährt. Ich bin vom Rad geflogen und den halben Berg runtergerollt, bevor ich in einem Graben liegen blieb. Als hätte er nicht schon genug Schaden angerichtet, kam der Trottel angewankt, um nachzusehen, ob er mich auch erledigt hat. Als er mich auf der Straße liegen sah, würgte er dann den Rest seiner Martinis hoch. Ich hab mich zur Seite gerollt, bevor er mich erwischen konnte, was nicht so einfach ist, wenn man sich vor Schmerzen krümmt. Es tut mir also schrecklich leid wegen der Verspätung, aber Sie haben sicher Verständnis dafür, dass ich mich erst mal beruhigen musste, bevor ich den Berg hier hochfahren konnte. So wie mein Knie sich anfühlt, war das der *Mount Rainier*. Also, ich hoffe, Sie wissen das zu schätzen.«

Die Frau griff in die Kuriertasche, die hinten an ihrem Fahrrad festgeschnallt war, und holte einen dicken Umschlag heraus, in dem sich die CDs mit den Illustrationen befanden, auf die Noah wartete.

»Warum haben Sie das Zeug nicht einfach elektronisch verschickt?«, fragte das Mädchen. »Das hätte uns allen viel Ärger erspart.«

»Haben wir versucht. Aber da sind zu viele hochauflösende Grafiken drauf, die sind riesig. Das hat unser Server nicht gepackt«, erklärte Cade.

Er wollte diesen wütenden Augen ausweichen und starrte auf ihr Knie. Die Schürfung war blutig und verklebt, die aufgerissene Haut gespickt mit Kies und Asphaltkrümeln. Cade wurde übel bei dem Anblick.

»Könnte ich mal Ihr Bad benutzen? Ich will diese Sauerei saubermachen, bevor ich nach Hause fahre. Mein Knie fängt an zu pochen.« Sie nahm jetzt Tempo raus, ihre Wut wich der Erschöpfung.

»Ich hole meinen Partner. Der kann Ihnen helfen«, murmelte Cade.

Noah würde wissen, was zu tun war. Er rettete mit Vorliebe verletzte Tiere. Cade wurde bei Wunden immer schlecht. Er zeigte auf die Tür zum Badezimmer und eilte dann in Noahs Büro, während sich die junge Frau in Bewegung setzte.

Der Art Director saß versunken vor seinem 24-Zoll-Monitor und hatte nichts von dem Tumult vor der Tür mitbekommen. Er starrte auf eine elektronische Version eines üppigen Dschungels, in dem es vor prächtigen Vögeln und wilden Tieren nur so wimmelte. Eine Vision, die auch von Henri Rousseau hätte stammen können – wenn er einen Hightech-Computer gehabt hätte. Inmitten der flirrenden Fauna und Flora stand eine strahlende, übermenschlich proportionierte Frau, Yulana, die jungfräuliche Kriegerin.

Während Cade ihm zusah, wechselte Noah in eine Designansicht und vergrößerte Yulanas Brüste mit ein paar Mausklicks von Größe D auf Doppel-D.

»Perversling«, sagte Cade. »Es ist irgendwie bizarr, wenn man auf die Frau heiß ist, die man selber entworfen hat. Das zählt sicher als Inzest.«

»Vielleicht hast du's noch nicht bemerkt, aber unser Kundenstamm besteht aus sexgeilen männlichen Teenagern«, erinnerte ihn Noah. »Bei der letzten Fokusgruppe sagten die Jungs, dass Yulana größere Titten braucht. Ich zitiere nur.«

»Du willst nur nicht zugeben, dass du in eine Pixelblondine verknallt bist. Das hier wird dich ein bisschen ablenken – deine Grafiken sind endlich da.«

Noah streckte die Hand nach dem Päckchen aus, ohne vom Bildschirm aufzublicken.

»Aber zuerst wartet im Badezimmer ein Rettungseinsatz auf dich«, fuhr Cade fort. »Genau dein Ding. Eine Kurierin, die auf dem Weg hierher von einem Auto umgefahren wurde. Sie macht sich im Bad sauber. Falls du den Blick von ihren knackigen Schenkeln losreißen kannst, wird dir die große, klaffende Wunde an ihrem Knie auffallen.«

»Im Ernst? Jemand ist verletzt?«

»Sie ist verletzt und völlig eingesaut. Haben wir hier im Büro irgendwas zum Anziehen für sie? Sie hat sich auf der Straße hingelegt, und sie ist schmutzig.«

Zum ersten Mal in dieser Nacht wandte Noah sich von seinem Bildschirm ab und sah seinen Freund an, die dunklen Augen waren sorgenvoll verhangen. Bevor Cade noch zu weiteren Erklärungen kam, war Noah von seinem Stuhl aufgesprungen und eilte ins Badezimmer. Nachdem der Retter unterwegs war, rieb Cade sich die Augen und machte sich auf, um frische Bohnen für die nächste Koffeininfusion zu mahlen. Auf dem Weg durchs Foyer sah er einen der jungen Programmierer, der sich unter seinem Schreibtisch zusammengerollt hatte. Er war eingeschlafen, während er auf die Grafiken gewartet hatte. Cade lächelte. Diese Jungs, die sie da eingestellt hatte, waren Vollblutzocker und voll und ganz dem Spiel verschrieben.

Das Spiel. Die Wörter riefen Erinnerungen wach, ungeheuerliche Bilder, die Cade lange Zeit begraben hatte. Er fragte sich, ob Noah manchmal noch an das Spiel dachte, das sie zusammen gespielt hatten, bevor Cade Belinda und Noah seine Verlobte kennenlernte und die beiden Männer ihren Sport aufgegeben hatten, der darin bestand, Frauen zu verführen und gemeinsam zu genießen.

Cade hatte die Aufgabe, die Beute auszumachen und sie anschließend mit einer geballten Ladung Charme zu treffen – eine Betäubungspistole war nichts dagegen. Wenn die Frau in der Falle saß, trat Noah als Konkurrent auf und machte sie mit seiner sensiblen, sinnlichen Art gefügig. Dann war das Spiel in vollem Gang. Das Ziel bestand darin, die Frau davon zu überzeugen, dass es ihr größter Wunsch war, Sex mit zwei Männern gleichzeitig zu haben (die selbstverständlich Cade und Noah waren). Die harmonierten beim Sex genauso gut wie im Beruf. Auch wenn das Spiel von Frau zu Frau variierte, wollten Noah und Cade ihrer Beute immer das Gefühl geben, dass sie das Beste bekam.

Es gab nicht viele Regeln in ihrem Spiel, die Männer gingen größtenteils intuitiv vor. Nur eine Regel war Gesetz: Während sie eine Frau umgarnten, war jede Art der Verführung erlaubt, aber solange sie sie noch nicht sicher hatten, durfte sie keiner von beiden alleine ficken.

Für Cade gab es nichts Aufregenderes, als mit seinem besten Freund und einer schönen Frau ins Bett zu gehen. Manchmal verwirrte ihn seine Sexualität. Er war ein analytischer Typ und mochte es, wenn er Menschen in Kategorien stecken konnte, aber er war sich nicht sicher, ob er sich als bisexuell betrachten wollte. Im Allgemeinen fühlte er sich nicht zu Männern hingezogen, und unter normalen Umständen auch nicht zu Noah, aber sein bester Freund hatte etwas, das Cade in den Wahnsinn trieb, wenn sie nackt mit einer Frau zusammen waren. Daran musste er denken, als er in der Tür zum Badezimmer stand und Noah dabei zusah, wie er mit einer Pinzette Kieselsteinchen aus dem Knie der Frau fischte. Noah trug seine Brille, das Profil voller Sorgenfalten. Mit einer Hand entfernte er die kleinen Steinchen, mit der anderen umschloss er die wohlgeformte Wade der Frau.

Ihre Beine waren kunstvoll geformt, fest und gebräunt und, in Anbetracht ihrer Größe, länger als eigentlich nötig. Sie saß auf dem Toilettendeckel und klammerte sich, mit den Schmerzen ringend, an dessen Rand. Sie hatte ihren Helm abgenommen, und ihr blondes Haar stand ihr in verschwitzten Strähnen vom Kopf ab. Cade würde es seiner Verlobten gegenüber zwar nie eingestehen, deren blonde Locken eine makellose, elegante Haube formten, aber er liebte es, wenn eine Frau das Haar verstrubbelt hatte, als hätte sie gerade eben noch wild im Bett gekämpft.

Als Noah seine Pinzette zu tief in die Wunde steckte, biss das Mädchen die Zähne aufeinander und gab ein tiefes Stöhnen von sich. In Verbindung mit ihrem Gesichtsausdruck und den Fantasien, die ihm durch den Kopf schossen, jagte Cade dieses Geräusch heiße Schauer in den Schritt. Er verschränkte die Arme vor der Brust und trat von einem Bein aufs andere, damit sie die

Wölbung in seinen Khakis nicht bemerkte. Auch wenn sich ihr Interesse am Zustand seines Penis in Anbetracht ihrer brennenden Schürfwunde in Grenzen halten mochte.

»Wie heißen Sie?«, fragte Cade. Die Frage rutschte ihm einfach so raus. Er hasste das Gefühl, keine Kontrolle zu haben.

Die Frau starrte ihn wütend an. »Warum wollen Sie das wissen?«

Cade zuckte mit den Schultern. »Ein Kurier ist mitten in der Nacht in meinem Auftrag unterwegs und wird auf dem Weg verletzt, ich fühle mich ein Stück weit verantwortlich. Ich würde gern wissen, wer Sie sind.«

»Klar. Damit Sie dafür sorgen können, dass ich es Ihnen nicht anhänge. Ihr Firmenfuzzis seid doch alle gleich.«

Ihre Augen musterten ihn und zogen eine Spur der Verachtung von seinem akkuraten Haarschnitt über die Khakis bis hinab zu den italienischen Slippern. »Keine Sorge, ich hab weder die Zeit noch das Geld, um Sie zu verklagen.«

Getroffen trat Cade von der Tür zurück. Sie hielt ihn für einen Firmenfuzzi? So hatte er sich nie gesehen. Im Vergleich zu seinen Kumpels von der Privatschule, die alle als Notare oder Zahnärzte arbeiteten, war er ein Rebell. Er hatte die ausgetretenen Pfade verlassen, eine Softwarefirma gegründet und für sein Marketingtalent und Noahs geniales Gamedesign sein gesamtes Vermögen aufs Spiel gesetzt. Er konnte nichts dafür, dass er mit den Insignien der Privilegierten auf die Welt gekommen war. Seine Herkunft konnte man nicht verändern.

»Sie heißt Anna.« Noahs Stimme klang ruhig und besänftigend und nahm die Spannung aus der Luft. »Und das ist Cade, unser Geschäftsführer«, sagte er zu Anna. »Er ist kein Firmenfuzzi, er sieht nur so aus. Halten Sie sich am Sitz fest, das wird jetzt brennen.«

Anna knirschte mit den Zähnen, als Noah das Antiseptikum auftrug. Als die Flüssigkeit ihre Haut berührte, sah Cade, dass ihre Brustwarzen unter dem Baumwoll-T-Shirt hart wurden. Was würde sie wohl tun, wenn er sie unter sich hätte, nackt zwischen seinen Beinen eingeklemmt, und diese Brustwarzen mit einem Wattebausch voll scharfer, brennender Flüssigkeit bestrich? Sie würde sich wehren, mit Händen und Füßen, aber er würde ihre Hände über dem Kopf festhalten und sie niederdrücken, während Noah sie streichelte und besänftigte, bis sie sich ergab. Unter Noahs gewandten Fingern würde sie warm und gefügig. Als Liebhaber würden sie ihr das Beste aus zwei unterschiedlichen Welten bieten – eine roh, eine sanft, eine kraftvoll, eine sinnlich. Konnte ein Mann allein all das vereinen, was Cade und Noah gemeinsam boten?

Cade schob die Hände in die Taschen und machte sich auf den Weg durch die Lobby, um seine Programmierer zu wecken. Träumereien halfen ihm nicht weiter. Das Einzige, was Noah und er in der nächsten Zeit gemeinsam erleben würden, war eine Doppelhochzeit. Die Feier war jetzt schon seit über einem Jahr in Planung, und wenn es nach Belinda und Val ging, wurde es das Gesellschaftsereignis des Jahrhunderts. Zwei erfolgreiche Männer, zwei kluge, umwerfende Frauen, die sich im glückseligen Stand der Ehe verbanden. Sobald Cade und Noah die Ringe angesteckt wären, würden sie ihr Leben lang an Belinda und Val gebunden sein.

Das wäre ein guter Moment. Nein, es wäre ein fantastischer, bombastischer Moment.

Aber konnten sie das Spiel nicht noch einmal spielen, während sie auf diesen Moment warteten?

*

Anna war froh, als Cade sie mit Noah allein ließ. So konnte sie sich zurücklehnen und genießen, wie seine Finger über ihr

Bein spielten. Er war ein absoluter Computernerd. Viele Zustellungen, die sie mitten in der Nacht erledigte, gingen an kleine Softwarefirmen wie diese hier, sie kannte sich also aus mit diesen Typen. Aber dieser Nerd konnte mehr, als nur mit Tastatur und Maus umgehen. Während er ihre Wunde reinigte, drückten seine Fingerspitzen auf die weiche Stelle in ihrer Kniekehle und berührten sie nicht bloß, sondern tasteten, als fragten sie, ob sie dort empfindlich sei.

Es zeigte sich, dass Anna dort sehr empfindlich war. Sie musste sich auf die Unterlippe beißen, um keine entlarvenden Sexgeräusche rauszulassen. Noah arbeitete mit sorgenvoller Miene und sah nicht aus, als würde er sie begrabschen, doch als er die Flasche mit dem Antiseptikum abstellte und ihren Schenkel in beide Hände nahm, spürte Anna, dass er mehr wollte als nur Doktor spielen.

Nach der Szene im *Amazon Room* und dem Adrenalinschub ihres Unfalls befanden sich Annas Nerven in höchster Bereitschaft. Die Nässe zwischen den Schenkeln machte ihr bewusst, dass sie nicht nur ein bisschen erregt war. Zum Glück war ihre Radlerhose gepolstert, so dass dieser aufmerksame Nerd nicht mitbekam, dass sie feucht wurde. Als er das Antiseptikum auf die Wunde getupft hatte, hatte sie gedacht, sie müsste aus der Haut fahren.

Normalerweise stand Anna nicht auf Männer wie Noah. Sie bevorzugte muskulöse, machomäßige, sonnengegerbte Typen, Männer, in die sie die Zähne schlagen konnte. Noah war so schlank, dass er beinahe dünn war, und wahrscheinlich war das einzige Licht, das je auf seine blasse Haut schien, das Leuchten seines Monitors. Wie er so vor ihr kniete, wirkte er wie ein Relikt aus dem Mittelalter, ein Troubadour, der sich anschickt, seinem Fräulein ein Liebesgedicht vorzutragen. Mit seinem verstrubbelten Haar, den unergründlichen, zartbitterbraunen Augen und den feinen Gesichtszügen zog er wahrscheinlich Frauen an, die den zarten Lass-uns-ewig-binden-Typ wollten, aber Anna stand nicht auf Sensibilität, und auf »ewig« schon gar nicht. Noahs Finger wanderten auf ihrem Schenkel nach oben und näherten sich, Zentimeter für Zentimeter, dem Saum ihrer Radlerhose. Dieses Mal versuchte sie gleich gar nicht mehr, nicht zu stöhnen.

Vielleicht sollte ich keine vorschnellen Schlüsse ziehen, dachte sie.

»Ihre Kniesehnen sind hart wie Beton«, sagte er missbilligend, während er ihre Muskeln knetete. »Machen Sie keine Dehnübungen, bevor Sie losfahren?«

»War keine Zeit heute Abend.«

»Wenn man sich keine Zeit zum Dehnen nimmt, gibt's früher oder später einen Muskelriss.«

»Was denn, sind Sie etwa Sportler?«, fragte sie lachend.

»Nun ja, es kursieren Geschichten.«

Noah blickte zu Anna auf, und in seinem Grinsen lag pure Lust. Sie hatte ihn unterschätzt. Sie kannte sein Spiel zwar nicht, aber ein Spieler war er.

»Und wovon handeln diese Geschichten?«, fragte Anna.

»Vielleicht erzähl ich's ihnen irgendwann.«

Anna beugte sich zu ihm. »Warum nicht jetzt?«

Als Noah der Motorölgeruch ihrer Kleider in die Nase stieg, verzog sich sein fein geschnittenes Gesicht. »Jetzt müssen Sie erst mal dieses schmierige T-Shirt loswerden.«

»Stimmt«, pflichtete Anna ihm bei und sah an sich herab. »Ich bin ganz schön eingesaut.«

Noah reichte ihr ein T-Shirt von *Shiva Systems*, das nicht viel sauberer aussah als ihr eigenes. »Das lag im Büro herum. Keine Ahnung, wann ich es zum letzten Mal gewaschen habe, aber es ist besser als das, was Sie anhaben. Was die Shorts angeht, kann ich leider nicht viel machen …«

Versonnen starrte er auf Annas Schenkel, als würde er ihr nur zu gern auch aus den Shorts helfen.

»Ich nehme, was ich kriegen kann«, sagte Anna.

Sie stand auf und wollte sich das T-Shirt über den Kopf ziehen, doch Noah überraschte sie damit, dass er sich aufrichtete und es ihr abnahm. Sie blieb zur Abwechslung mal passiv und nachgiebig und hob die Arme, um ihm zu helfen. Er ließ sich Zeit und streifte wie zufällig die seidige Innenseite ihrer Arme. Ihre Brustwarzen erwachten zum Leben. Als er ihr das T-Shirt über den Kopf gezogen hatte, bemerkte Anna, dass ihm nicht entgangen war, wie sich die Nippel unter ihrem Sport-BH hervortaten. Offenbar fiel es ihm schwer, woandershin zu schauen. Er hielt das T-Shirt in der einen Hand, hatte es aber nicht eilig, sie damit zu bedecken.

Anna hielt still und ließ ihn den Anblick genießen. Wäre Noah einer der Männer gewesen, auf die sie normalerweise stand, hätte sie sich schon längst an ihn rangemacht, aber sie spürte, dass sie ihn nicht drängen durfte. Außerdem konnte sie sich nicht erinnern, wann ein Mann sie das letzte Mal so bewundert hatte. Seine Pupillen waren so weit, dass seine Augen tiefen Brunnen glichen, und dieses hungrige Starren war fast so erregend wie eine Berührung. Als er sie dann tatsächlich berührte, war sie nicht darauf vorbereitet – der Kontakt ließ sie nach Luft schnappen.

»Sie haben da einen bösen blauen Fleck«, sagte er, als er ihr mit der Handkante über den Oberkörper strich. Sein Daumen folgte ihrem schlanken Bauch und machte schließlich im flachen Grübchen ihres Nabels Halt. »Ist auch keine Rippe gebrochen?«

»Keine Ahnung«, sagte Anna. »Ich hatte keine Lust auf eine Untersuchung.«

»Sie hätten es röntgen lassen sollen.«

»Knochen heilen auch ohne Röntgenstrahlen.«

Noah verzog das Gesicht. »Sie sollten wirklich mehr auf sich aufpassen.«

»Würde ich gern, wenn ich Zeit dazu hätte.«

»Dann suchen Sie sich jemanden, der das für sie macht. Einer Frau wie Ihnen dürfte das nicht schwerfallen.«

Noahs Hand entdeckte die Rundung ihrer Hüfte und blieb dort liegen. Sein Becken war nur wenige Zentimeter entfernt, und Anna spürte, wie sehr er sie an sich ziehen wollte. Der warme Hauch seines Atems kitzelte auf ihrer Wange. Sie konnte den Schweiß auf seinem Hals riechen, frisch und salzig, und den Duft seiner Haare nach Babyshampoo. Mit einem halben Schritt wäre sie nah genug, um ihm ins Ohrläppchen zu beißen. Bevor sie dazu kam, ließ er sie wieder auf der Toilette Platz nehmen und wandte sich erneut ihrem lädierten Bein zu.

Komischer Kerl. Dranbleiben würde sich sicher lohnen, aber dazu bräuchte sie Zeit.

»Wie wäre es, wenn wir später was trinken gehen?«, fragte Anna. »Ich wollte mich gegen halb sechs mit ein paar Freunden zur Happy Hour in der *Waterfront Brewery* treffen. Der Laden ist die reinste Fleischbeschau, aber Sie würden sich amüsieren. Wir reden nur über Sex.«

»He!« Cade kam hereingestürmt und machte dem vielversprechenden Augenblick ein Ende. »Was machst du denn, Noah? Herzchirurgie? Wir haben ein Produkt, das in drei Stunden geliefert werden muss. Wenn mich nicht alles täuscht, bist du immer noch der Art Director hier.«

Cades Stimme klang rau, als verbrächte er eine Menge Zeit damit, Befehle rauszuschreien. Wahrscheinlich hassten ihn seine Leute, aber Anna könnte wetten, dass er verdammt gut war in dem, was er tat. Und gut bestückt war er auch, wie sie bemerkte. Die beeindruckende Wölbung zwischen seinen Beinen wurde durch seine Internats-Khakis nur mangelhaft kaschiert. Cades Körper war das genaue Gegenteil von Noahs. Er sah aus, als würde er den Großteil seiner Freizeit im Fitnessstudio verbringen, und seine Haut hatte eine tolle Bräunung. Vielleicht war es aber auch nur die Bräunung eines Bushmill-Whisky zu viel; er sah aus wie einer, der gern bei Cocktails im Country Club plauderte.

Während Cade so dastand und auf sie herabstarrte, beschlich Anna ein seltsamer Gedanke. Hatte der Geschäftsführer in den letzten Minuten hinter der Tür gestanden und dabei zugesehen, wie Noah sie berührte? Kein Wunder, dass er vor ihren Augen einen Ständer bekam. Die Schwellung im Schritt musste ihm unangenehm sein, aber er blieb beharrlich stehen und pochte auf seine Führungsgewalt.

Anna hatte absolut nichts dagegen. Der kleine Raum flirrte vor Spannung, und sie konnte das Testosteron riechen, das die beiden Männer verströmten. Die Dynamik zwischen dem aggressiven Geschäftsführer und dem empfindsamen Designer war ihr ein Rätsel. Es gab zwar eine konkurrierende Energie zwischen den beiden Männern, aber keine mörderische Eifersucht oder Potenzial für einen Kampf. Und Anna saß, verdreckt und völlig ramponiert, im Zentrum dieser Spannung und hatte den Spaß ihres Lebens.

»Und?«, drängte Cade. »Machst du dich jetzt an die Grafik oder brauchst du erst eine Stange Dynamit im Arsch?«

Noah stieß einen resignierten Seufzer aus und ließ Anna los. Aus der umständlichen Art, mit der er seine Levi's zurechtrückte, schloss Anna, dass er die Berührungen genauso genossen hatte wie sie. Funken stoben durch den Raum. Anna hoffte inständig, dass sie dabei sein würde, wenn einer zündete. Noah wollte ihr beim Aufstehen helfen, doch Cade schickte ihn hinaus.

»Ich übernehme das«, sagte Cade. »Du kannst wieder in dein Büro.«

»Wie Ihr wünscht, Eure Hoheit«, sagte Noah mit einer spöttischen Verbeugung.

Als Noah weg war, streckte Cade eine Hand aus und zog Anna auf die Beine: Die Hand packte kräftig zu und war an der Innenfläche härter und wärmer, als Anna erwartet hatte. Auge in Auge ließen sie einander nicht mehr los. Sie hatte genug Zeit mit Katzen verbracht, um jeden Anstarrwettkampf mit einem Menschen zu gewinnen, aber Cade bot ihr ordentlich Paroli und hielt ihrem Blick stand, ohne zu blinzeln.

Sie ließ ihn gewinnen, ein sicheres Zeichen, dass sie sich trotz seiner Unhöflichkeit zu ihm hingezogen fühlte. Seine klaren, unschuldig-blauen Augen wären ein schöner Anblick gewesen, nur waren sie so blutunterlaufen.

»Sie sehen aus, als bräuchten Sie einen Kaffee«, sagte Anna.

»Mit dem Kaffee, den ich schon im Blut habe, könnte man einen Zombie wiederbeleben, aber was soll's. Ich mache noch eine Kanne. Leisten Sie mir Gesellschaft?«

Anna sah auf die Uhr: 3 Uhr 45. So kurz vor Sonnenaufgang war an Schlaf nicht mehr zu denken. »Warum nicht?«

Cade hielt inne. »Oder noch besser: Ich könnte Sie zum Frühstück einladen. Der Laden um die Ecke hat rund um die Uhr geöffnet.«

Es war zwar nicht gerade die Einladung des Jahrhunderts, aber Anna überlegte trotzdem einen Moment. Cades Gesicht sah aufrichtig aus – mit seinem strohblonden Haar und der reinen Haut hätte er ein ehemaliger Chorknabe sein können – doch hinter seinen Augen konnte Anna sehen, wie sein Hirn arbeitete. Die Vorstellung, von einem Mann wie Cade manipuliert zu werden, war nicht unattraktiv. Anna spürte schon die prickelnde Vorfreude, und nach einer flüchtigen Einschätzung seines robusten, muskulösen Körpers wusste sie, dass er einen würdigen Gegner abgeben würde.

Doch bevor sie auf sein Spiel einging, was immer er da im Sinn hatte, wollte sie klären, ob sie auch gewinnen konnte.

»Sie sind plötzlich so freundlich«, sagte sie. »Vor zehn Minuten dachte ich noch, Sie würden mich rausschmeißen. Jetzt laden Sie mich ein. Wo ist der Haken?«

»Haken?« Cade war die Unschuld in Person. »Ich biete Ihnen ein Frühstück für fünf Dollar in einer Kaschemme mit dem vielleicht schlechtesten Kaffee Ihres Lebens. Ich verlange nicht Ihr Erstgeborenes. Ich möchte nur ein bisschen Gesellschaft.«

»Was ist mit Ihrer Deadline? Wegen der bin ich schließlich in diesem Schlamassel gelandet.«

»Noah und die Programmierer können das jetzt übernehmen. Sie arbeiten schneller, wenn ich ihnen nicht im Nacken sitze.«

»Okay. In Anbetracht meiner finanziellen Situation wäre es dumm, ein kostenloses Essen auszuschlagen.«

Anna folgte Cade aus dem Büro in den Lastenaufzug und schob ihr lädiertes Rad neben sich her. Falls er etwas versuchen sollte, bevor sie dazu bereit war, könnte sie ihn immer noch mit dem Fahrrad ausbremsen.

Ein kostenloses Essen – oder die Aussicht auf fantastischen Sex, dachte sie. Sie mochte die Rangelei mit dem Geschäftsführer. Er war anders als die Akademiker an der Universität oder die Aufreißer, die sie aus den Clubs kannte. Er sah zwar aus wie ein Kind reicher Eltern, doch er hatte etwas, das ihr sagte, dass er härter war – und wilder –, als es schien.

Und was lief da zwischen ihm und Noah? Jeder für sich war schon faszinierend, aber als Paar waren sie doppelt scharf. Wenn sie daran dachte, wie es im Badezimmer zwischen den beiden gefunkt hatte, bekam Anna den Eindruck, dass sie gern als Team arbeiteten, und das in jeder Hinsicht.

Wenn sie ihre Karten richtig ausspielte, bekäme sie vielleicht die Gelegenheit unter beiden zu arbeiten.

Kapitel 2

Gefährliche Paarbindung

Bis auf eine Bedienung und ein paar Polizisten, die nicht im Dienst waren und an der Bar frühstückten, war der Laden leer. Die Bedienung, eine verblühende Brünette, die aussah wie die Heldin einer kitschigen Country-Ballade, plusterte ihren Haarturm auf und leckte sich die Lippen, als sie Cade sah, dann funkelte sie Anna aus zusammengekniffenen Augen an und führte die beiden zu einer Sitzgruppe. Nach einem Blick auf die dolchartigen Fingernägel der Frau beschloss Anna, dass die Bedienung Cade haben konnte, wenn sie ihn unbedingt wollte.

»Kaffee, Süßer?«, fragte die Bedienung. Die Frage war an Cade gerichtet, aber ihre Nase rümpfte sie in Annas Richtung. Das Schildchen an ihrem üppigen rechten Busen ließ die beiden wissen, dass sie Dusty hieß. Cade wusste das natürlich schon. Als die Bedienung ihm ihre Hüfte entgegenstreckte, strich er mit einer Hand über die Kurve ihres Hinterns. Dabei starrte er Anna lange und spöttisch an, und ein lustvoller Blitz durchzuckte ihren Körper. Mit diesem Funkeln in den Augen sah Cade aus, als wäre er leicht irre. Was Anna in Ordnung fand. Klug und erfolgreich, verrückt und pervers. Was wollte eine Frau noch mehr?

»Das ist ein klares Ja zum Kaffee. Und bitte mit Nachschlag, mein Schatz«, sagte er zu der Bedienung.

»Sie gehen ja in den besten Häusern ein und aus«, bemerkte Anna, während sie die verklebte Karte aufstemmte. »Dusty steht offenbar voll auf Sie.«

»Dusty ist eine gute Frau», sagte Cade mit nostalgisch sanfter Stimme.

Er lächelte, dann lehnte er sich zurück und streckte die Arme über den rissigen orangefarbenen Bezug der Sitzgruppe. »Schnüffeln Sie immer so neugierig im Sexleben fremder Menschen herum?«

»Das tue ich tatsächlich. Sex ist mein Geschäft.«

Dusty brachte den Kaffee und Cade schenkte ein. Eine scheußlichere Brühe hatte Anna noch nie getrunken. Sie fragte sich, ob die Bedienung ihre Tasse vergiftet hatte. Wenigstens lieferte die ölige schwarze Flüssigkeit eine gehörige Portion Koffein.

»Okay, dann lass ich mich mal ködern«, sagte Cade. »Ich nehme an, Sie verdienen ihren Lebensunterhalt nicht nur mit Kurierfahrten. Es sei denn, das beinhaltet Dienstleistungen, von denen ich nichts weiß. Falls dem so ist, will ich Kunde werden.«

Cade glitt auf seiner Bank nach vorn. Wie zufällig streifte er mit der Innenseite seines Schenkels Annas verletztes Knie, aber es war nicht der Schmerz, der sie erschauern ließ.

»Ich promoviere in Biologie«, sagte Anna, und gab sich alle Mühe, die Hände an der Kaffeetasse ruhig zu halten. »Evolutionsbiologie mit dem Schwerpunkt auf Artenschutz. Ich arbeite an einer Studie über sexuelle Selektion und Paarungsstrategien bei Feliden.«

»Feliden? Das dürfte das interessanteste Wort für Muschi sein, das ich je gehört habe.«

»Ich erzähle Ihnen nur, was im Antrag meiner Doktorarbeit steht.«

»Und worum geht's in Ihrer Doktorarbeit?«

»Kurzfristig geht es mir um eine Studie über Genetik und Artenschutz bei wilden Katzen, mit der ich beweisen will, dass eine größere Partnerauswahl zur Gesundheit der Art beiträgt. Anders gesagt, die Weibchen brauchen eine größere Auswahl. Sonst gibt es zu viel Inzucht, worunter schließlich die Art leidet.«

»Und langfristig?«

»Langfristig will ich die Haltung der Leute zur weiblichen Monogamie verändern. Ich will beweisen, dass es Schwachsinn ist, wenn man denkt, Frauen müssten monogam sein, um die Gesellschaftsstruktur zu stützen und die Art zu erhalten.«

Cade verschluckte sich an seinem Kaffee. Zum ersten Mal in dieser Unterhaltung hatte er keine schlagfertige Antwort.

»Was ist?«, fragte Anna. »Sehen Sie das anders?«

Cade lachte betreten. »Na ja ... ja und nein.«

Dusty unterbrach die beiden, um ihre Bestellung aufzunehmen. Cade nahm die Spezialität des Hauses. Anna bestellte das Gleiche, auch wenn sie keine Ahnung hatte, worin die »Spezialität« bestand. Aber Dusty sollte ihr Becken schleunigst von ihrem Tisch wegbewegen, damit sie erfahren konnte, weshalb Cade so plötzlich die Fassung verloren hatte.

»Was soll das heißen, ›ja und nein‹?«, bohrte Anna.

»Ich bin auch nicht unbedingt monogam. Schätze, das haut Sie jetzt nicht um, oder? Ich will damit sagen: Ich sammle gern Erfahrungen. Ich sehne mich nach Abwechslung. Ich liebe alle Arten von Frauen. Wie's aussieht, gibt es keinen Typ, den ich nicht attraktiv finde.«

»Und wo liegt das Problem?«

»Das Problem liegt darin, dass meine Verlobte das genaue Gegenteil davon ist. Sie will sich fürs Leben binden. Sogar länger, wenn es denn möglich wäre. Wahrscheinlich werden Sie mich gleich umbringen, aber ich glaube, dass die meisten Frauen tief in ihrem Innern wie Belinda sind und die meisten Männer so wie ich.«

Mit seinen rot angelaufenen Wangen sah Cade aus wie ein Junge, den man mit dem *Playboy* seines Vaters auf dem Klo erwischt hat. Anna war weder überrascht, dass er ein Schürzenjäger war, noch dass er verlobt war. Wie es aussah, hatten Männer, die beim Sex auf eine große Auswahl standen, einen selbstzerstörerischen Drang zu Verbindungen, die sie nicht einhalten konnten. Sie dachte an ihren Freund Marco, der geschworen hatte, für immer und ewig mit seiner Trapezkünstlerfreundin zusammenzubleiben. In zwei Wochen würde Anna wieder in den *Amazon Room* kommen und ein neues »Schätzchen« bei ihm finden. Ihrer Ansicht nach waren Paarbindungen – Anna nannte sie Paarbondage – ein romantischer Traum.

Sie verstand jetzt, warum Cade sie im Büro erst so unhöflich behandelt und dann mit einem Schwenk um hundertachtzig Grad zum Frühstück eingeladen hatte. Er konnte nicht anders. Die Jagd war in seine DNA eingeschrieben. Er würde niemals aufhören, hinter Frauen her zu sein, die er attraktiv fand. Anna konnte nur hoffen, dass seine zukünftige Frau die Augen offen hielt.

»Okay. Aber wie können Sie so sicher sein, dass Ihre Verlobte von Natur aus monogam ist?«, fuhr Anna fort. »Vielleicht will sie nur gesellschaftliche Erwartungen erfüllen. Oder sie hat nicht genug Erfahrung, um zu wissen, was sie will.«

»Belinda hat nie viel Erfahrung gebraucht. Ihr Einfallsreichtum beim Sex ist unglaublich. Sie muss mit dem Kamasutra im Hirn auf die Welt gekommen sein. Als ich sie das erste Mal im *Country Club* sah, hielt ich sie für ein typisches Prinzesschen. Wie sie da in ihrem Mini-Tennisrock herumstolzierte, sah sie aus wie ein Mädchen, das sich postwendend heiß abduscht, nachdem es seinem Freund einen runtergeholt hat. Als sie mich zum Squash herausforderte, dachte ich an einen netten Zeitvertreib für den Nachmittag. Ich wollte sie gewinnen lassen, nur für den Fall, dass ihr Daddy ein milliardenschwerer Hightech-Mogul war.«

»Welch heldenhafte Tat«, sagte Anna sarkastisch.

»Okay, ich schrecke nicht vor Politik zurück, wenn sie meiner Karriere förderlich ist. Ich tue alles für eine Sache, wenn ich mit Leidenschaft dabei bin. Deshalb habe ich so hart um Belinda gekämpft. Sie war keine leichte Beute, das können Sie mir glauben.«

»Haben Sie sie gewinnen lassen?«

»Ich kam gar nicht dazu. Sie metzelte mich in den ersten zehn Minuten nieder. Sie flitzte über den Court wie ein geölter Blitz. Ich hatte Mühe, überhaupt den Ball zu sehen. Als sie mit mir fertig war – was nicht lange dauerte –, war ich klatschnass geschwitzt, während sie nur ›leicht transpirierte‹. Kann sein, dass ihr eine Strähne aus dem Haarband gerutscht war. Ich schlich tief gedemütigt vom Platz, um zu duschen.«

Er wurde unterbrochen, als die Bedienung ihr Spezialfrühstück brachte: riesige Burritos unter einem Berg aus Salsa und Käse. Anna machte sich mit Heißhunger darüber her. Die weiche, dampfende Tortilla war gefüllt mit Rührei mit Käse, Kartoffeln und scharfer Wurst. Cade rührte sein Essen nicht an. Er starrte durchs Fenster des Ladens in den dunkelblauen Himmel und hatte einen verwirrten Ausdruck im Gesicht, als sei ihm entfallen, wie er um vier Uhr morgens in diese Schmuddelbude geraten war. Anna kannte diesen benommen-bestürzten Blick. Von Freunden, die wahnsinnig verliebt und verlobt waren und diese beiden Zustände nicht unter einen Hut bringen konnten.

»Wahrscheinlich sind Sie es nicht gewohnt, von einer Frau gedemütigt zu werden«, zog Anna ihn auf. »Fanden Sie es erregend?«

Cade grinste. Seine Augen kehrten zu Anna zurück. »Nicht so erregend wie das, was danach passierte.«

»Was denn?«

»Es war ziemlich heftig. Sind Sie sicher, dass Sie es bis in die schmutzigen Einzelheiten hören wollen?«

Anna legte ihre Gabel hin und wischte sich den Mund mit einer Serviette ab. Sie hatte den Riesenburrito fast komplett weggeputzt und schaffte keinen Bissen mehr.

»Hören Sie, zur Zeit erlebe ich Sex sowieso fast nur aus zweiter Hand. Erzählen Sie mir alles.«

Cade lehnte sich über den Tisch. Aus dieser Entfernung konnte sie alle seine kleinen Unvollkommenheiten sehen: Wirbel in den Haaren, ein schiefer Zahn, eine dünne weiße Narbe, die seine Unterlippe im Mundwinkel zusammenzog. Sein weißes Oxfordhemd war zerknittert und hatte Schweißflecken. Wahrscheinlich hatte er es schon mehr als 48 Stunden an.

Er war nicht der reservierte Goldjunge, den sie gesehen hatte, als sie sein Büro betreten hatte. Er war ein Mann mit vielen Mängeln, und sehr sexy. Und sehr warm war er auch – sie konnte die Wärme spüren, die von seiner Haut abstrahlte. Ein Mann wie Cade brauchte eine hohe Metabolismusrate, das war unerlässlich für einen, der schnell reagieren und sich oben halten musste.

»Ich erzähle Ihnen alles«, sagte er, »wenn ich Sie dabei berühren darf.«

Anna hob eine Braue. »Ein etwas zweideutiger Vorschlag, von einem Mann, der vorhat, sich zu binden.«

»Hören Sie, Anna. Ich liebe Belinda mehr als mein Leben –«

»Aber Sie werden es nie schaffen, die Finger von anderen Frauen zu lassen. Machen Sie sich nichts vor.«

»Sobald wir verheiratet sind, sind mir die Hände für immer gebunden.«

»Das stimmt nicht, und das wissen Sie. Sie werden immer mehr als einen Sexpartner wollen. Warum akzeptieren Sie das nicht, bevor Sie etwas geloben, das Sie nicht halten können?«

Cade stöhnte. »Für eine Eheberatung ist es viel zu früh am Morgen. Kann ich Sie nicht berühren, ohne dass ich das Gefühl haben muss, direkt danach in Hölle zu kommen?«

Anna sah sich im Laden um. Die Polizisten hatten ihr Frühstück beendet und waren weg. Dusty, die Bedienung, stand hinten beim Grill und tratschte mit dem Koch.

»Unter oder über dem Tisch?«, fragte sie.

»Das entscheide ich. Wenn Sie zustimmen, müssen Sie mich machen lassen, was ich will.«

»Sie sind gewohnt, zu kriegen, was Sie wollen, stimmt's?«

»Immer. Na ja, in 99 Prozent der Fälle.«

»In Ordnung.« Anna schob die Teller aus dem Weg und beugte sich nach vorn, so dass ihre Nasen sich fast berührten. »Spielen wir Tasten im Dunkeln.« Als er mit seiner Geschichte anfing, war ihre Neugier fast genauso erregend wie die Lust in Cades Augen.

»Nachdem Belinda mich im Squash vernichtet hatte, ging ich zum Duschen in die Umkleidekabine der Männer«, fing Cade an. »Sie war ausnahmsweise mal leer; es war mitten am Tag, zwischen der Mittagspause und dem Ansturm nach der Arbeit. Ich zog mich aus und warf meine Kleider auf den Boden, dann ging ich zu den Duschen.«

Anna schloss die Augen. Sie marterte sich mit dem Bild eines nackten Cade, dessen athletischer Körper vor Schweiß glänzte. Er würde keine starke Brustbehaarung haben, vielleicht einen leichten goldenen Flaum über den Brustmuskeln, der über dem Bauch dünner wurde und zum Becken hinab in einem weichen Kamm auslief. Im Schritt würde das Haar dunkler und dichter sein.

Sie stellte sich vor, wie er genüsslich und nachlässig mit seinen Eiern spielte, während er sich anschickte, zu duschen, wie es Männer tun, wenn sie allein sind. Sie sah, wie sich sein Penis träge zu einem halben Ständer krümmte, während er ihn mit einer Hand massierte. Er würde an die Frau denken, die ihn gerade auf dem Court geschlagen hatte, und in seiner Vorstellung würde er das Spiel gewinnen. Anna sah Cades Hand am Duschhahn, dann nahmen ihr Dampfwolken die Sicht.

Cade nahm Annas rechte Hand und drehte sie um. Er tunkte seine Fingerspitzen in sein Glas mit Eiswasser, dann malte er Achten in ihre Handfläche. Anna sog die Luft ein, als sie die Kälte spürte. Er wusste genau, was er tat. Die schlichte Bewegung spielte auf Annas Nerven eine köstliche Melodie.

»Ich liebe es, wenn ich nach einem harten Training die Dusche im Club für mich allein habe«, fuhr er fort. »Diese Verbrüderungsnummer im Umkleideraum war noch nie mein Ding. Ich mag es, wenn ich mir Zeit lassen und mich gründlich einseifen kann, und wenn ich mir keine Gedanken machen muss, ob der Typ neben mir sein bestes Stück mit meinem vergleicht.«

»Klingt bedrückend«, stimmte Anna zu, obwohl sie dachte, dass es für Cade wahrscheinlich keinen Grund zur Sorge gab. Wenn sie danach ging, was sie vorhin gesehen hatte, musste er sich da keine Sorgen machen. Eine dampfende Dusche mit einem nackten Mann stellte sie sich himmlisch vor. Knallheißes Wasser, das auf ihre schlammverkrustete Haut prasselte und ihr den Schweiß aus den Haaren wusch ... Cade, der vor ihr kniete und ein Stück Seife zwischen ihren Schamlippen hin und her gleiten ließ, die Seife dann gegen seine Hand austauschte, und schließlich aufstand, um die Hand durch seinen Schwanz zu ersetzen.

»Jedenfalls dachte ich mir, ich könnte für ein halbes Stündchen unter dem heißen Wasser entspannen und meinen verletzten Stolz aufpäppeln, bevor jemand reinkommen würde. Ich hatte das Wasser so stark aufgedreht, dass ich die Schritte auf den Fliesen hinter mir nicht hörte. Plötzlich warf mir jemand ein Handtuch übers Gesicht. Mir schossen schlimme Szenen durch den Kopf. Ich dachte, es wäre ein Typ, der mich gleich von hinten nehmen wollte.«

»Hatten Sie Angst?«

Cade hielt inne und musterte Annas Gesicht, als versuchte er herauszufinden, wie sie ihn beurteilen würde, wenn er ihr die Wahrheit sagte.

»Nein. Eigentlich nicht. Ich fand es irgendwie erregend. Ich hatte sogar ein paar Männer aus dem Club vor Augen, bei denen ich nichts dagegen hätte, wenn ich denn auf Männer stehen würde.«

Cade strich Anna mit den Händen über die Unterarme. Die Härchen auf ihrer Haut knisterten wie unter Strom. Als seine Hände ihre Ellbogen erreichten, streifte er mit den Daumen ihre Brustwarzen. Sie wusste nicht, ob es Absicht war, doch der kurze Kontakt machte ihre Nippel hart.

»Es war kein Mann, stimmt's?«, fragte Anna.

Cade schüttelte den Kopf. »Sobald sie meinen Schwanz packte, wusste ich, dass es eine Frau war. Der Griff war zwar fest, aber ich spürte, es war der Griff einer Frau. Eine Frau packt nie so fest zu, wie ein Mann es sich wünscht. Nicht mal eine Frau wie Belinda.«

Jetzt war es an Cade, die Augen zu schließen, während er in Erinnerungen schwelgte.

»He! Sie können jetzt nicht aufhören«, protestierte Anna. »Woher wussten Sie, dass es Belinda war?«

»Körpergedächtnis, sonst nichts. Ich erinnerte mich, wie es sich anfühlte, als ich sie über den Court flitzen sah. Und plötzlich war sie da und presste ihren großen, starken Körper der Länge nach von hinten an mich, und ich wusste, dass sie das von Anfang an gewollt hatte.

Sie sagte kein Wort, sondern fing einfach an, sich zu bewegen. Sie wand sich irgendwie tanzend, fließend an mir wie eine Schlange, und dabei hielt sie mir die ganze Zeit das Handtuch über die Augen und massierte meinen Ständer. Hin und her, und ließ sich alle Zeit der Welt. Mit dem Schläger in der Hand war sie ein Kugelblitz, aber unter der Dusche konnte sie nichts aus der Ruhe bringen – auch ich nicht, der darum bettelte, dass sie mich schneller massierte.«

Es bestand kein Zweifel mehr, dass Cade vorhatte, Annas Brustwarzen zu stimulieren. Er umkreiste sie mit den Daumenballen, und die erigierten Spitzen wurden schmerzhaft hart. Sie presste die Schenkel zusammen und betete, er möge nicht aufhören.

»Dann fing sie an, mir all die Dinge ins Ohr zu flüstern, die sie mit mir vorhatte. Sie wollte mich auf allen vieren haben und auf mir reiten. Sie wollte mich in der Dusche an die Wand drücken und mir den Hintern verhauen. Sie wollte mir die Finger in mein Loch stecken und mich ficken, bis ich kam. Ihr heißes Gerede machte mich wahnsinnig, aber es drehte sich alles darum, dass *sie* die Kontrolle hatte.«

»Mögen Sie es nicht, wenn eine Frau die Kontrolle hat?«

»Ich habe nichts dagegen, wenn ich in der Stimmung bin. Aber ich lasse mich nicht von irgendeinem reichen Mädchen zum Sexsklaven machen. Ich musste den Spieß umdrehen, bevor sie auf falsche Gedanken kam. In dem Moment war es mir egal, wessen Tochter sie war. Auf dem Court hatte sie mich beherrscht, aber ich musste ihr beibringen, dass sie mich nirgends sonst beherrschen würde.«

»Und wie haben Sie das angestellt?«

»Auch wenn ich es hasste, ich musste ihre Hand von meinem Schwanz nehmen. Ich packte ihr Handgelenk, drehte mich schnell um und schnappte mir den anderen Arm. Dann wirbelte ich sie herum, so dass sie vor der Wand stand, und drückte sie gegen die Fliesen. Nicht sehr fest – ich wollte ihr nicht wehtun. Sie sollte nur wissen, dass sie nicht alles bekam, was sie wollte. Stattdessen würde sie kriegen, was ich wollte.«

Unbewusst spielte Cade die Szene mit Anna nach, er packte ihren Unterarm und drehte ihn herum. Sie konnte die Kraft spüren, die in seinem Griff steckte. Was sie vor allem erregte, war nicht seine Stärke, sondern wie er sie zügelte. Sie spürte einen Anflug von Neid auf Belinda. Das verwöhnte, ultra-ehrgeizige reiche Töchterchen musste völlig überrumpelt gewesen sein.

»Es war nicht leicht, sie festzuhalten«, fuhr Cade fort. »Belinda ist fast so groß wie ich und eine geborene Sportlerin. Ich drückte ihr den einen Arm auf den Rücken, den anderen fixierte ich über ihrem Kopf. Eines ihrer Beine blockierte ich mit meinem, dann rieb ich meine Erektion an ihrer Hüfte, damit sie wusste, wie heiß ich war. Ich war härter als je zuvor. Sie wusste, ich würde sie nicht gehen lassen, nicht in diesem Zustand. Sie wimmerte, ihr Ellbogen täte weh. Ich sagte ihr, ich würde ihren Arm loslassen, wenn sie versprach, brav zu sein. Ich sagte ihr, dass wir ein neues Spiel spielten, und ich derjenige sei, der die Regeln bestimmt. Ich fragte sie, ob sie verstanden hatte. Sie nickte. Ich konnte ihr Gesicht nicht sehen, aber ich wusste, dass sie anfing, demütig zu werden. Und ich wusste, dass sie langsam erregt wurde.«

»Wie denn?« Annas Kehle fühlte sich rau an. Sie war überrascht, dass sie überhaupt einen Ton herausbrachte. Eine von Cades Händen war unter den Tisch geglitten und malte Schnörkel auf die Innenseite ihres Schenkels. Mit der anderen hielt er ihr Kinn umschlossen und fuhr mit dem Daumen die Parabel ihrer Kieferlinie nach. Sein Gesicht war so nah, dass sie ihr Spiegelbild in seinen geweiteten Pupillen sah. Er hätte sie küssen können, wenn er gewollt hätte.

»Als ich den Arm losließ, den ich ihr auf den Rücken gedrückt hatte, hob sie die Hand neben die andere an die Wand. Sie hätte abhauen können, wenn sie gewollt hätte. Ich hätte sie gehen lassen; ich stehe nicht darauf, Frauen gegen ihren Willen etwas anzutun. Aber als sie den Rücken durchdrückte und mir ihren Hintern anbot, wusste ich, sie würde nirgendwohin gehen. Da hätte ich fast kapituliert – als ich ihren langen, wunderschönen Körper sah, der sich für mich streckte. Diese unglaublichen Muskeln in ihrem Rücken ... ihre schlanke Taille ... ihre vollen Hüften. Ich wollte auf die Knie fallen und sie anbeten. Aber ich wusste, dass ich meine Machtposition nicht aufgeben durfte, also machte ich mich bereit für den Ritt meines Lebens.«

»Wow«, war alles, was Anna herausbrachte.

»Allerdings, wow. Ich wollte so dermaßen in ihr sein, dass ich's kaum aushielt, aber ich hatte kein Kondom, und ohne würde ich sie nicht nehmen. Ich griff ihr zwischen die Beine und schmierte meine Hand mit ihrem Saft ein. Als ich ihre Kleine berührte, war es, als würde ich die Finger in eine Schüssel warmen Karamellpudding tauchen. Sie war so warm und feucht da unten, es war unfassbar. Ich verteilte ihre Feuchtigkeit im Spalt zwischen ihren Backen und schuf mit meinem Schwanz einen schönen, glitschigen Kanal. Sie schrie auf, als ich meine Hand wegnahm, aber sie sollte keinen einfachen Orgasmus kriegen. Ich sagte ihr, dass ich zuerst kommen würde, und wenn sie es auch wollte, müsste sie dafür arbeiten. Sie war nicht gerade glücklich darüber, aber ich ging schon zu sehr ab, und es war mir egal. Ich kam ganz nah heran, umschloss sie mit den Beinen und fing an, zwischen ihren Arschbacken auf und ab zu gleiten, die so fest und eng waren, dass es fast so gut war, als hätte ich sie gefickt. Sie stöhnte auf, aber ich hatte nicht vor, reinzugehen. Ich zögerte es raus, solange ich konnte. Sie sollte jede Verdickung, jede Ader meines Schwanzes spüren; ich wollte mein Fleisch in sie einschreiben – falls das irgendeinen Sinn ergibt.«

»Es ergibt Sinn«, flüsterte Anna.

»Ich konnte mich nicht so lange zurückhalten, wie ich wollte; schon nach ein paar Minuten sah ich Nebel vor den Augen und meine Eier zogen sich zusammen. Ich hielt sie so fest, ich wusste, dass ich ihr bestimmt blaue Flecken auf den Armen machte, aber ich konnte nicht aufhören. Als sie anfing, ihren Hintern in meinem Schritt zu reiben, kam ich wie ein Psychopath. Ich dachte, die Zuckungen würden nie mehr aufhören. Man sagt, Männer könnten keine multiplen Orgasmen haben, aber ich schwöre, ich hatte einen. Jede neue Empfindung brachte einen neuen Schwall: das Zittern ihrer Arschbacken an meinem Schwanz, der Anblick meines Safts, der auf ihre Haut spritzte, ihr heftiges Stöhnen.«

»Dann kam sie also doch, obwohl Sie es ihr verboten hatten?«

»Oh nein. Sie war fast so weit, aber noch nicht ganz.«

Cade streichelte Anna beide Schenkel, eine hemmungslose Liebkosung. Die Berührung ließ den Schmerz in ihrem verletzten Knie wieder aufflammen, aber das war ihr egal. So hatte sie noch niemand berührt. Er begrapschte sie gierig, wie ein Mann, der kurz davor war, eine seiner größten Freuden aufzugeben. Seine Finger kneteten die weiche, feuchte Schwellung weit oben am Innern ihrer Schenkel, den einzigen Teil ihrer Beine, der partout nicht straff und fest werden wollte, ganz gleich, wie sehr sie die Muskeln auch trainierte. Sie fragte sich, ob er vorhatte, sie kommen zu lassen. Obwohl sie das Gefühl hatte, sie würde die Schwelle überschreiten, wenn er noch ein bisschen näher kam, würde sie ihn nicht drängen.

Anna würde passiv bleiben. Auch wenn sie nicht an die Ehe glaubte, hütete sie sich davor, Belindas Territorium zu betreten. Wie es aussah, könnte und würde Cades Verlobte eine Konkurrentin ermorden, wenn sich die Gelegenheit ergab.

»Haben Sie sie kommen lassen?«

»Ich überlegte, ob ich ihr verbieten sollte, zu kommen«, fuhr Cade fort. »Ich wollte sie richtig bestrafen. Aber ich wollte auch erleben, wie sie vor Lust zergeht. Ich wusste nicht, was zwischen uns passieren würde, ob ich sie überhaupt wiedersehen würde, weshalb ich mir dachte, ich sollte die Gelegenheit nutzen. Nachdem ich mich beruhigt hatte, ließ ich sie los und tat, als wollte ich mich waschen und dann gehen. Sie sah mich ungläubig an und machte einen Laut. Sie war so scharf, dass sie kein Wort herausbrachte und dachte, ich würde sie so stehen lassen.«

Anna musste Cade nicht berühren, um zu wissen, wie sehr es ihn erregte, diesen Teil der Geschichte zu erzählen. Sein Pulsschlag war stark wie elektrischer Strom und ließ den Tisch regelrecht zittern.

»Weiter«, drängte Anna mit erstickter Stimme. »Was hast du gemacht?«

»Ich sagte, sie dürfte kommen, aber sie müsste es sich selber besorgen.«

»Masturbieren? Vor deinen Augen?«

»Genau.«

»Darüber war sie wohl nicht allzu glücklich.«

»Ha! Unfassbar peinlich war es ihr. Bis heute kann ich es kaum glauben, wie eine Frau so bestimmt sein und sich im nächsten Augenblick in ein kleines, schüchternes Mädchen verwandeln konnte, nur weil ich gesagt hatte, sie solle sich befriedigen. Ohne Witz – sie sah aus wie ein Schulmädchen, hochroter Kopf, hängendes Haar. So stand sie da, im Wasser der Dusche, kaute an einem Fingernagel und überlegte, ob sie es konnte.«

»Aber sie konnte es, stimmt's?«

»Oh ja, und wie sie konnte.« Cade sog lang und schaudernd die Luft ein.

»Zuerst war sie verlegen, man hätte meinen können, sie hätte sich noch nie selbst angefasst. Aber nachdem sie erst mal beschlossen hatte, lockerzulassen, gab sie wirklich alles. Sie fingerte ihre Muschi wie eine Wahnsinnige, und nebenher zog sie an ihren Nippeln. Oh Gott, was für ein herrlicher Anblick, sie zerrte so heftig daran herum, ich war mir sicher, sie würde sich verletzen. Ich war nie so grob mit den Brüsten einer Frau umgegangen, hätte es nie gewagt. Bald fing sie an, sich vor und zurück zu wiegen; sie musste sich an die Wand lehnen, um nicht umzufallen. Sie hatte so sehr abgehoben, ich glaube, sie wusste überhaupt nicht mehr, dass ich da war. Sie hatte den Kopf zurückgeworfen, die

Augen geschlossen und gab diesen tiefen, durchdringenden Laut von sich, der mich gleich wieder hart machte. Sie war nur noch Augenblicke davon entfernt zu kommen, aber ich war noch nicht mit ihr fertig.«

»Noch immer nicht?«

»Nie im Leben. Diese Frau sollte dafür bezahlen, dass sie mich auf dem Court geschlagen hatte.«

»Du bist ein Schwein.«

»Erzähl mir was Neues! Ich befahl Belinda, von der Wand wegzutreten, ich wollte sie mit dem Wasser spielen sehen. Ich befahl ihr, sich unters Wasser zu stellen und sich für mich zu öffnen, damit ich in sie reinsehen konnte, wenn sie kam.«

»Das hast du gesagt?«

»Oh ja. Du hättest ihr Gesicht sehen sollen. Daddys Prinzessin war völlig vor den Kopf gestoßen, aber sie gehorchte mir. Sie musste halb in die Hocke gehen, um sich so weit aufzumachen, wie ich es wollte. Mit anzusehen, wie das Wasser über ihren offenen Spalt lief und rings um sie herum Dampf aufstieg, war unglaublich. Kurz bevor sie kam, breitete sich eine unglaubliche Röte über ihren Körper aus, die an ihrem Bauch anfing und dann bis ganz nach oben stieg. Ihr Höhepunkt war unfassbar. Sie wippte vor und zurück, und das Haar peitschte um ihr Gesicht und schleuderte Wasser durch den Raum. Ich wurde ganz taub von diesem Anblick. Spürte von der Hüfte aufwärts gar nichts mehr, aber darunter stand ich in Flammen.«

Anna kam nicht dagegen an, Cades Hände und seine Stimme würden sie selber zum Orgasmus bringen. Cade war sich überhaupt nicht mehr bewusst, was er tat. Seine Finger hatten sich in ihre Schenkel verkrallt, und seine Daumen arbeiteten sich in die Sicheln des Fleisches dicht unter ihrer Kleinen vor. Hätte sie nicht ihre Radlerhose angehabt, hätte er sie weit aufspreizen können.

»Aufhören«, bettelte Anna. »Hör auf!«

Verblüfft riss Cade die Hand weg. Zu spät. Es gab nichts, womit er die anrollende Lawine in ihr noch hätte aufhalten können. Aus dem Augenwinkel sah sie, wie ein junges Pärchen den Laden betrat – zwei Verliebte, die die Nacht durchgefeiert hatten und vor dem Schlafengehen noch für eine kleine Stärkung Halt machten. Kurz bevor der Sternenregen zwischen ihren Beinen einsetzte, trafen sich ihre Blicke. Sie sah die Neugierde in ihren Gesichtern, und die süffisante Befriedigung in dem von Cade, während sie sich auf die Unterlippe biss und von dem Orgasmus schütteln ließ.

»Erstaunlich«, sagte Cade. »Das war fast, als hätte ich's noch mal erlebt.«

»Freut mich, wenn ich helfen konnte«, sagte Anna. Sie brauchte ein paar Sekunden, um zu verschnaufen. »Was hast du mit mir gemacht? Ich dachte, du wolltest mich nur berühren.«

»Hab ich sonst noch was getan?«, fragte Cade, ganz der unschuldige Junge von nebenan.

»Du weißt genau, was du getan hast.« Anna sog tief die Luft ein und rang vergeblich um Fassung.

»Glaubst du, du kannst was davon für deine Forschung verwenden?«

»Du hast mich darin bestärkt, dass Paarbindungen der Natur menschlicher Sexualität entgegenlaufen.« Anna sah auf die alte Coca-Cola-Uhr über dem Grill. »Apropos Sexualität, ich muss nach Hause unter die Dusche. Ich muss mich nämlich heute noch vor eine Gruppe mit Erstsemestern stellen und wie eine anständige Frau aufführen.«

»Seh ich dich wieder?«

»Weiß ich nicht. Hängt von meiner Route ab.«

»Machen wir's nicht so sehr vom Zufall abhängig.« Cade hielt Annas Hand fest. In seinem Blick lag ein Verlangen, das ein Feuer in ihrer Magengrube entfachte. Sie hätte nie gedacht, dass kühle blaue Augen so viel Hitze verstrahlen könnten. »Ich mag dich. Du stimulierst mein Gehirn.«

Anna zog ihre Hand weg, auch wenn sie gar nicht loslassen wollte. Sie mochte Cade auch, aber Verwicklungen in fremde Paarbeziehungen waren immer riskant.

»Ich muss los«, sagte sie. »Wir werden sehen.«

Als Anna sich aus der Sitzecke mühte, kam die Bedienung mit der Rechnung angeschlendert. Der dreckige Blick, den sie ihr zuwarf, ließ Anna darauf schließen, dass sie ihre Szene von Anfang an beobachtet hatte. Mit der Bedienung, Cade und dem Pärchen, das vorhin hereinspaziert war, hatten vier Leute ihre Vorstellung gesehen. Das Schlimmste war, dass sie zwei Orgasmen in einer Nacht gehabt hatte und beide nur aus zweiter Hand stammten.

Spitzenleistung, beglückwünschte Anna sich sarkastisch. Du brauchst dringend ein eigenes Sexleben, meine Liebe.

*

Cade ließ sich Zeit auf dem Weg zurück ins Büro. Er entschied sich für einen strammen Spaziergang um den Block und dachte darüber nach, was vorhin passiert war. Anna gab seinen Sexfantasien neues Feuer. Er hatte noch nie eine Frau gehabt, die ihre Eigenschaften vereinte – klug und sexy, unverfroren und direkt und völlig immun gegen die Vorstellung, bis zum Ende aller Tage mit einem romantischen Helden zusammenzuleben. Was für eine Herausforderung.

Und dann waren da diese strahlenden braunen Augen. Und ihre langen, wohlgeformten Beine mit den samtenen Schamlippen. Herrlich, wie sie ihrem Orgasmus widerstanden hatte, wie sie ihm schließlich doch nachgegeben hatte, die Hüften von der Bank gehoben, den Rücken durchgedrückt, die Finger in den

Tisch verkrallt. Mit weit aufgerissenen goldenen Augen hatte sie einen Blick voller Wut auf Cade abgefeuert. Es gab für ihn nichts Größeres, als eine Frau in der Öffentlichkeit kommen zu lassen, und mit einer Wildkatze wie Anna war das Vergnügen doppelt groß.

Als Cade durch die Tür von *Shiva Systems* trat, war es in dem Büro so still wie im Theater nach einer langen, anstrengenden Aufführung. Er musste Noah nicht fragen, um zu wissen, dass sie die Deadline eingehalten hatten, aber er ging trotzdem zu ihm.

»Hast du die Jungs nach Hause geschickt?«, fragte Cade.

Noah nickte. »Alles in Ordnung. Die Betaversion von Yulana geht heute Vormittag raus.«

Wenn Noah von *Shivas* neuem Spiel sprach, verwandte er immer den Namen seiner Lieblingsfigur anstelle des eigentlichen Titels, *Mutant Quest*. Cade musste gestehen, dass die gut bestückte blonde Kriegerin den Absatz stärker ankurbeln würde als die Mutanten, die sie jagte, aber er machte sich langsam Sorgen wegen Noahs Leidenschaft für Yulana. Vielleicht war es normal, dass ein Künstler sich in seine Schöpfung verliebte, aber musste er wirklich jede freie Minute sabbernd vor dem Computerbildschirm hängen?

»Okay, mein Freund, lass gut sein«, sagte Cade. »Die Deadline ist geschafft, du kannst nach Hause. Wahrscheinlich hält Val das Bett für dich warm. Vielleicht kriegst du sie noch für einen Quickie rum, bevor sie arbeiten geht.«

»Hmmm.«

Noah ließ Yulana mit der Maus um die eigene Achse kreisen und bewunderte ihre stattlichen Rundungen. Ihr zur Seite stand ihr treuer Begleiter Azzurro, ein majestätischer blauer Panther. Manchmal dachte Cade, Noah sei in diesen katzenhaften blauen Mutanten genauso vernarrt wie in seine jungfräuliche Kriegerin. Noah war ein Katzennarr.

Anna war eine Katzennärrin.

Wenn Cade seinen Freund nicht zu sehr drängte, könnte der Plan, an dem er tüftelte, tatsächlich funktionieren.

»He, Alter.« Cade packte Noahs Stuhllehne und drehte ihn vom Monitor weg, damit sein Freund ihn ansehen musste. »Was ist los? Alles in Ordnung zu Hause?«

»Alles in Ordnung«, sagte Noah. Er nahm die Brille ab und rieb sich den Nasenrücken. »Val steckt mitten in der Hochzeitsplanung für September. Ich helfe ihr, indem ich nicht im Weg rumstehe.«

»Nicht im Weg rumstehen heißt aber nicht, dass du im Büro leben musst.«

»Ich geh bald nach Hause. Lass mich erst mal ein bisschen runterkommen. Hast du Hunger?«

»Nicht mehr. Ich hab Anna zum Frühstück eingeladen.«

Noah sah ihn an, und sein vor Erschöpfung leeres Gesicht hellte sich auf. »Anna? Ist sie mit dir zurückgekommen?«

Cade lachte über die kindliche Begeisterung seines Freundes. »Anna hat auch ein Leben, um das sie sich kümmern muss. Sie hat Besseres zu tun, als den ganzen Tag mit Spielefreaks herumzuhängen.«

»Schade«, sagte Noah enttäuscht. »Ich mag sie.«

Cade musterte seinen Freund. Ihm fiel auf, dass er Noah seit Wochen nicht mehr so aufgekratzt erlebt hatte. Wenn er die Sache richtig anging, wäre es vielleicht einfacher als erwartet, Noah davon zu überzeugen, ihr altes Spiel wieder aufleben zu lassen.

»Ich mag sie auch.« Cade trat hinter Noah und fing beiläufig an, seinem Freund die Schultern zu kneten. Während er die Knoten aus Noahs Muskeln herausarbeitete, schaltete er in seinen Manipulationsmeistermodus. »Ich habe beim Frühstück viel über Anna erfahren«, sagte Cade. »Und ich glaube, es gibt da eine Möglichkeit, wie wir ihr helfen können – genauer gesagt: wie *du* ihr helfen kannst.«

»Ihr helfen? Wie denn?« Langsam lockerten sich Noahs verspannte Schultern unter Cades geschickten Fingern.

»Wie sich herausstellt, verbindet Anna und dich eine gemeinsame Leidenschaft. Sie studiert Biologie und promoviert über Katzen. Großkatzen.«

»Ernsthaft?«

»Todernst. Stell dir mal vor, wie feucht sie würde, wenn sie von deinem Zoo wüsste!«

Noah verzog das Gesicht. »Das ist nicht irgendein Zoo, Cade. Es ist ein Rückzugsort für gefährdete Wildtiere. Wir halten die nicht nur zum Angucken; wir päppeln exotische Katzen auf, die von Leuten ausgesetzt wurden, die blöderweise dachten, sie würden gute Haustiere abgeben.«

»Ist ja gut. Verschon mich mit dem PR-Vortrag. Der Punkt ist: Anna untersucht das Paarungsverhalten von Katzen. Und sie hält sich während der Promotion mit einem gefährlichen, schlechtbezahlten Teilzeitjob über Wasser. Glaubst du nicht, dass sie im Sommer liebend gern für dich arbeiten würde?«

»Der Park gehört nicht mir. Die Entscheidung, sie einzustellen, würde nicht bei mir liegen«, sagte Noah. Seine Worte klangen vorsichtig, aber er sprach schnell vor Begeisterung. Auf seinem Monitor war der Bildschirmschoner angegangen und blendete Yulana aus. Zur Abwechslung bekam es Noah gar nicht mit, dass er seine jungfräuliche Kriegerin aus den Augen verlor.

»Noah, rein praktisch gesehen ist es dein Park. Du bist derjenige, der das Geld für den Unterhalt zusammenkratzt. Wenn du willst, dass Anna für dich arbeitet, bekommst du sie auch. Außerdem ist sie perfekt qualifiziert dafür. Und sie liebt Katzen.«

Und Sex liebt sie auch, dachte Cade. Aber das würde Noah schon noch herausfinden. So wie die Augen seines besten Freundes leuchteten, dachte Noah bereits in diese Richtung – das heißt, er würde es tun, wenn er nicht so mit den Plänen seiner Verlobten beschäftigt wäre. Es würde nicht sehr schwierig sein, ihn zu einer weiteren Runde ihres Spiels zu verleiten. So lustlos wie er sich in der letzten Zeit aufgeführt hatte, könnte ihm ein bisschen Ablenkung von Val sogar guttun.

Cade würde es seinem Freund zwar niemals sagen, aber er traute der Frau nicht, die Noah heiraten würde. Noah war ein sanftmütiger, in sich gekehrter Künstler, Val eine rothaarige Dampfwalze. Die kleine kurvenreiche Anwältin war in Noahs Leben gerauscht und hatte allem, was er sagte, tat und besaß, ihren Stempel aufgedrückt. Besser gesagt: allem, was er besessen hatte. Als er um ihre Hand anhielt, hatte Val Noahs Vermögen bereits seit Monaten unter Kontrolle.

Hatte Noah sie gefragt? Cade war sich nicht sicher. Oder hatte Val eines Nachts mit ein paar pelzbesetzten Lederfesseln in der einen Hand und einem Ehevertrag in der anderen am Bett gestanden? Belinda und Val waren ein tödliches Duo. Die beiden Frauen hatten die Doppelhochzeit geplant, sie hatten die Flitterwochen geplant, und sie hatten sich ihre Zukunft als verheiratete Frauen für die nächsten fünf oder sechs Jahrzehnte zurechtgelegt.

Nicht, dass das Cade nervös gemacht hätte. Cade war der Herr und Meister über sein Leben … jedenfalls glaubte er das.

»Noah, ich habe eine Spitzenidee«, sagte er energisch. »Lass uns zum Sommerhaus fahren, sobald die Endversion des Spiels abgeliefert ist. Wir haben uns ein bisschen Urlaub verdient. Wir könnten wandern und angeln und wären den Mädchen nicht im Weg. Du könntest in den Wildpark und Anna dabei helfen, sich für den Sommer einzurichten. Wir könnten ihr beide dabei helfen, du weißt schon.«

Cade massierte Noah noch immer die Schultern und drückte ihm bedeutungsvoll die Deltamuskeln. Noah neigte den Kopf hin und her. Dann setzte sich bei ihm, was Cade gesagt hatte, und er erstarrte. Er drehte sich um, und in seinem Blick lag eine Mischung aus Erregung und blankem Entsetzen.

»Meinst du etwa das, was ich vermute?«

Cade nickte. »Ganz genau.«

»Nein. Auf keinen Fall.« Noah wollte aufstehen, doch Cade hielt ihn fest.

»Warum denn nicht?«

»Du weißt verdammt genau, warum!«, rief Noah. »Wir heiraten. Wir werden sesshaft. Wir rennen keinen anderen Frauen mehr hinterher – wir binden uns für den Rest des Lebens an Belinda und Val. Das ist doch der Sinn von diesem ganzen Affentheater!«

»Ganz ruhig, Kumpel. Tief durchatmen.« Cade ließ Noah wieder auf dem Stuhl Platz nehmen. »Hör dich bloß mal an: ›Binden.‹ ›Affentheater.‹ Ist das ein klassischer Fall von kalten Füßen, oder hast du ernsthafte Zweifel?«

»Ich weiß nicht. Ich weiß es wirklich nicht.« Als Noah das Gesicht in den Händen vergrub, rutschte ihm die Brille in den Schoß. Er hatte nicht mal bemerkt, dass sie heruntergefallen war. Er massierte sich die Kopfhaut und drückte so fest mit den Fingern, dass sein Haar aufgeladen knisterte.

»Beruhige dich. Hol tief Luft und mach die Augen zu. Machen wir einen kleinen Ausflug in die Vergangenheit«, sagte Cade mit der Stimme eines Hypnotiseurs. »Wir gehen fünf Jahre zurück, zehn Jahre, bis zu unserem ersten Jahr im College. Begeben wir uns zurück und besuchen wir die Frau, die uns beigebracht hat, was es mit dem Sex auf sich hat. Sag, Noah, erinnerst du dich an Lady Janessa?«

Kapitel 3

Paarungstanz

Von dem Augenblick an, als sie ihre übergroße Federkernmatratze ins Wohnheim des Colleges gehievt hatte, beherrschte Janessa Klein, alias Lady Janessa, Cades und Noahs Tagträume und feuchten Träume auf dem Klo. Sie war eine Aphrodite im Taschenformat, eine Studentin der vergleichenden Literaturwissenschaft mit Schlafzimmerblick und einer Matte schwarzer Kräusellocken. Noah vergötterte sie wegen ihrer romantischen Schönheit und ihrem poetischen Geist. Cade war ihren Lippen verfallen und dem Wippen ihrer Brüste unter den Blusen aus venezianischer Spitze. Dafür, dass sie so klein war, hatte sie eine unglaublich tiefe, rauchige Stimme, die den beiden Zimmergenossen jedes Mal einen Ständer bescherte, wenn sie mit ihnen redete.

Leider redete Janessa nicht oft mit Cade und Noah, es sei denn, sie lehnte eine ihrer wiederholten Anfragen nach einer Verabredung ab. Dann und wann ließ sie sich von einem der beiden ihre *Parisienne* anstecken oder die Bücher über den Campus tragen, aber sie machte ihnen klar, dass sie in einer so dermaßen höheren Liga spielte, dass sie genauso gut auf einem anderen Planeten hätte leben können. Während Cade und Noah den Schmerz erstickter Lust ertrugen oder mit anderen Mädchen ausgingen, die williger waren, aber weniger begehrenswert, behielt Lady Janessa ihre Gunst dem Leiter der Fakultät für romanische Sprachen vor, einem verheirateten Franzosen, der doppelt so alt war wie sie. Er pflegte sie mit seinem *Kaman Ghia* vor dem Wohnheim abzuladen und sich mit einem schlüpfrigen Zehn-Minuten-

Zungenkuss zu verabschieden, bei dem Cade und Noah vor Neid mit den Zähnen knirschten.

Vielleicht hätten die beiden besten Freunde Janessa aufgegeben, wenn dieser Professor nicht so übelriechend, herablassend und schlichtweg unattraktiv gewesen wäre. Dass sie aber zugunsten eines spinnenbeinigen Marxisten zurückgewiesen wurden, der nach Käse und kaltem Tabak stank und wochenlang denselben schwarzen Rollkragenpullover trug, war etwas, das ihr Stolz nicht zuließ. So durfte die Welt nicht sein. Noah und Cade waren jung und durchtrainiert und strotzten vor Lust, und wenn alles mit rechten Dingen zugegangen wäre, hätte Janessa einem von ihnen gehören müssen.

Einem von ihnen? Vielleicht lag darin das Problem. Seit Monaten wetteiferten sie, wenn auch kameradschaftlich, um Janessas Aufmerksamkeit. Sie waren immer davon ausgegangen, dass nur einer gewinnen und mit der holden Braut davonreiten konnte. Was aber, wenn ein Mann nicht genug für sie war? Was, wenn sie überhaupt nicht auf das Märchen von der festen Beziehung mit einem netten Collegejungen aus war, sondern auf das ungezähmte Königreich eines Dreiers mit zwei jungen Hengsten?

Als Cade irgendwann spät in der Nacht am Fenster seines Wohnheimzimmers saß und auf die Einfahrt starrte, wo Professor Camembert Janessa befummelte wie ein Wahnsinniger, hatte er eine Idee. Nicht einfach eine Idee, sondern eine Vision, die die folgenden zehn Jahre seines Sexlebens verändern sollte.

»He, Noah! Wach auf«, zischte Cade und rüttelte seinen Mitbewohner wach. »Ich hab's. Ich weiß, wie wir Janessa kriegen.«

»Hä? Was'n los?« Noah stützte sich auf einen Ellbogen und blinzelte Cade an. Er schlief zwar immer wie ein Toter, doch als er Janessas Namen hörte, kehrte Leben in seinen Körper zurück.

»Janessa. Sie ist nicht wie die anderen Mädchen. Wir müssen sie anders behandeln.«

»Wir behandeln sie auch nicht wie die anderen Mädchen«, grummelte Noah. »Eher wie eine Göttin. Bringt auch nichts.« Er ließ sich wieder aufs Bett fallen.

»Ganz genau – wir kommen kein Stück voran. Wir geben ihr Feuer, tragen ihre Bücher, legen ihr Wein und Blumen vor die Tür. Sie hält uns für Weicheier. Sieh sie dir an, wie sie mit einem verheirateten Mann züngelt. Das Mädchen ist eine Rebellin.«

»Und was will sie deiner Meinung nach?« Noah sah zu seinem Freund hoch, neu erwachtes Interesse in den kurzsichtigen Augen.

»Was sie nicht will, ist den Jungen von nebenan, so viel steht fest«, sagte Cade. »Aber ich glaube, die *Jungs* von nebenan haben eine verdammt gute Chance, ihr Interesse zu wecken.«

»Hä? Was redest du da?«

»Wir beide, Alter. Wir haben um dieses Mädchen gerungen. Von jetzt an arbeiten wir zusammen. Wir sind keine Konkurrenten mehr, sondern spielen im gleichen Team. Wir holen uns Janessa mit vereinten Kräften.«

»Sexuelle Symbiose«, sagte Noah, als der Groschen gefallen war.

»Nenn es, wie du willst. Der Punkt ist, alleine hatten wir kein Glück, aber zusammen können wir die Frau, die wir wollen, kriegen.«

Als Cade seine Fantasie beim Namen nannte, wurde ihm klar, dass er genau das die ganze Zeit gewollt hatte. Sein Schwanz wurde hart, als er daran dachte, wie Janessa reagieren würde, wenn sie plötzlich in der Falle saß, die er und Noah ihr stellen würden.

Als Cade mit Noah Pläne schmiedete, konnte er sich nur schwer beherrschen. Er dachte nicht nur an Janessa, sondern auch an Noah. Wenn er seinen Freund dabei beobachtete, wie er seine abendlichen Liegestütze machte oder vor dem Schlafengehen aus den Jeans schlüpfte, spürte Cade seinen Puls in einem neuen Rhythmus schlagen. Er hatte nie groß darüber nachgedacht, wie es wäre, Sex mit einem Mann zu haben, aber Noah war anders. Von ihm ging eine intensive, stille Hitze aus, durch die man ihn bemerkte, selbst wenn er überhaupt nichts tat, um auf sich aufmerksam zu machen. Sein Körper war schlank, aber hart, und als Cade einen Blick auf seinen schlummernden Schwanz erhaschte, der lang war und ruhte, wurde sein Hals staubtrocken.

Das Spiel begann am Freitagnachmittag. Mit viel Überredungskunst und ein wenig unverhohlenem Gebettel brachte Cade Janessa dazu, ihn am nächsten Tag auf seinem Zimmer zu besuchen, um eine Arbeit über *Keats* und *Shelley* durchzulesen. Cade studierte Wirtschaftswissenschaft, und das *Wall Street Journal* war das Literarischste, was er je zu Gesicht bekam, aber wenn er Janessa erst mal in seine Höhle gelockt und die Tür hinter ihr verriegelt hatte, wäre das vollkommen egal.

»Na ja. Wenn es sich nicht mit meinen Plänen fürs Wochenende beißt«, sagte Janessa, die Stimme triefend vor Geringschätzung, »kann ich mir deinen Text wohl mal ansehen.«

»Oh, auf keinen Fall«, log Cade. »Dein Wochenende bleibt davon ganz unberührt.«

Während der nächsten 24 Stunden ertappte Cade sich immer wieder dabei, wie er in Fantasien mit Janessa und Noah abdriftete. Es machte ihn rasend, wenn er sich fragte, welche Farbe Janessas Schamlippen haben mochten. Er stellte sich Noahs Penis vor; wie es sich anfühlen würde, wenn er in seinem Mund zum Leben erwachte, wenn er seinen Schaft beleckte und beknabberte, bis sein Freund stöhnend um Erlösung bat. Er stellte sich Janessa vor, die ihn mit Noah beim Sex beobachtete und mit ihren zarten Fingern an sich spielte und die Show genoss. Er stellte sich vor, wie Lady Janessa sich an Noah verging, während Cade sie von hinten bestieg und ihr etwas gab, was ihr Französischprofessor nicht hatte: 23 Zentimeter junger Schwanz, eisenhart, vom Allerfeinsten. Als der Samstagabend schließlich kam, hatten ihn seine Fantasien schon fix und fertig gemacht, und er fragte sich, ob die Realität da überhaupt noch mithalten konnte.

Wie sich herausstellte, hielt die Realität tatsächlich nicht mit – jedenfalls nicht so, wie Cade es erwartet hatte. Der Samstagnachmittag kam und ging, und von Janessa keine Spur. Noah berichtete, er habe kein einziges Mal ihre Tür gehört, was darauf schließen ließ, dass sie seit Freitagabend gar nicht nach Hause gekommen war. Cade und Noah wurden immer mutloser. Sie lungerten in ihrem Zimmer herum und versuchten zu lernen, während sie auf ein Zeichen von Janessa warteten. Als sie um zehn Uhr noch immer nicht aufgetaucht war, beschlossen sie, die Sache aufzugeben und sich einen Hamburger und ein paar Bier zu gönnen.

»Nächstes Mal klappt's bestimmt«, tröstete Noah seinen Freund.

Er war von ihrem Plan offenbar nicht so besessen wie Cade und klang beinahe erleichtert. Als sie sich die Jacken anzogen und aus dem Zimmer gingen, wünschte sich Cade, er könnte seinem Mitbewohner ein bisschen Verstand ins Hirn prügeln. Er war wütend auf Noah, weil er versuchte, seinen frustrierten Sextrieb mit einer dämlichen Floskel zu beschwichtigen, und er war wütend auf sich selbst, weil er geglaubt hatte, der Plan könnte bei einer Schlampe wie Janessa funktionieren. Am wütendsten war er aber auf Janessa selbst, die genau in diesem Moment die Treppe zu ihrem Zimmer hochkam.

Die Frau ihrer Träume kicherte vor sich hin und setzte vorsichtig einen Fuß nach dem andern auf die Stufen. Mit ihrem Haar, das zerzaust war wie eine verwehte Gewitterwolke, und den Mascaraflecken unter den Augen sah sie aus, als hätte man sie hart geritten und noch feucht wieder abgestellt. Sie trug einen dicken Wollmantel, den sie fest um sich geschlungen hatte, und schwarze Pumps. Einer der Absätze war abgebrochen, und sie schwankte bei jedem Schritt. »Hi, Jungs«, sagte sie mit einer Stimme wie Sirup. »Ihr habt doch wohl nicht angefangen, ohne mich zu feiern?«

Cade und Noah standen da wie gebannt. Sie hatten Lady Janessa noch nie betrunken erlebt, ja nicht mal beschwipst; sie war immer cool und ernst und selbstbeherrscht. Ihr Rausch machte sie perplex, doch was sie als Nächstes tat, haute die beiden um.

»Warum muss es immer so verdammt heiß sein in diesem Haus?«, beschwerte sie sich.

Dann riss sich Lady Janessa ohne Vorwarnung den Mantel vom Leib und ließ ihn auf den Boden fallen, wo er einen wollenen Haufen zu ihren Füßen bildete. Bis auf die kaputten Schuhe trug sie keine einzige Faser am Leib. Ihr nackter Körper war alles, wovon Cade und Noah je geträumt hatten, sie war eine kleine Venus mit runden, aufragenden Brüsten, die geschmückt waren mit hellen Nippeln, so groß und getönt wie Zuchtperlen, und einem hübsch gestutzten Busch, der sich wie ein dunkler, gerippter Fächer über die Böschung ihres Bauches erstreckte. Ihre drallen Schenkel wurden nach oben hin ausladend, und ihre Hüften perfektionierten die Kurven. Im Gegensatz zu den meisten anderen Mädchen im Wohnheim hielt Janessa nichts von Entschlackung oder obsessivem Training, sie hielt noch nicht mal Diät. Sie war die üppigste, köstlichste Frau, die Cade je gesehen hatte.

Und viel zu besoffen zum Vögeln.

Wäre er nicht zu stolz gewesen, hätte Cade vor Verzweiflung laut geschrien. Er würde nie im Leben eine Frau ausnutzen, die besoffen genug war, um sich nackt vor zwei Bücherwürmern hinzustellen, aber, Himmel noch mal, sie sah sogar noch besser aus als in seinen Fantasien. Während er noch belämmert herumstand, eilte Noah die Treppe hinab, um Janessas Mantel aufzuheben. Cade war so benommen, dass er nicht mehr als ein klagendes Kieksen herausbekam, als Noah den herrlichen Körper verhüllte. Behutsam hob er Janessa auf und trug sie bis zum Treppenabsatz. Janessa legte den Kopf auf Noahs Schulter, schloss ihre strahlenden Augen und fing an zu schnarchen.

»Was machen wir denn jetzt?«, fragte Cade.

»Was wohl? Wir stecken sie ins Bett und lassen sie ihren Rausch ausschlafen. Geh vor und schließ mir die Tür auf.«

»Willst du sie etwa in *unserem* Zimmer ins Bett bringen?«

»Na, für ihr Zimmer habe ich keinen Schlüssel.« Noah zuckte mit den Schultern. »Und sie hat offensichtlich auch keinen. Eine Handtasche hat sie nicht, und in ihren Manteltaschen fühle ich auch nichts.«

»Wie konnte das passieren?«, stöhnte Cade. »Mir tun so die Eier weh, dass mir am liebsten wäre, sie würden explodieren und mich erlösen.«

Noah warf ihm einen wütenden Blick über das schnarchende Bündel von Janessas Körper zu. »Kannst du vielleicht mal fünf Sekunden lang nicht an Sex denken?«

»Nein. Warum sollte ich?«, schnappte Cade zurück. »Ich denke daran, solange ich keinen kriege. In *meinem* Bett schläft sie jedenfalls nicht.«

»Keine Sorge, sie kann meins haben. Ich schlafe auf dem Boden.«

»Ja, klar. Immer der gute Scheißsamariter.«

Cade warf sich schmollend aufs Bett. Bevor er sich versah, forderten die Aufregung und die Sehnsucht der letzten Tage ihren Tribut, und er schlief erschöpft ein.

Nach ein paar Stunden wachte er in einem dunklen Zimmer wieder auf. Im ersten Moment wusste er nicht, wo er war. Er wusste nur, dass er voll bekleidet in einem Bett lag. Allmählich konnten seine schlafverklebten Augen mit den Formen etwas anfangen, die ihn umgaben, aber etwas war anders in dem Zimmer, das er sich mit Noah teilte. Zuerst roch er einen scharfen, moschusartigen Geruch, der vertraut wirkte, aber fehl am Platz. Dann sah er im Licht, das durch die Jalousien drang, schemenhaft zwei blasse, nackte Körper auf dem Boden, die sich bewegten.

Janessa.

Noah.

Janessa lag auf Noah, den Kopf zwischen seinen Beinen, und während sie an ihm lutschte, machten ihre Lippen feuchte Geräusche. Ihr Gesicht war zwar von ihrem langen Haar verdeckt, aber für Cade klang es ganz danach, als würde sie sich Noahs Geschlecht schmecken lassen. Ihre Finger krochen Noahs Bauch hinauf, während sie ihn verschlang, und machten an seinen Brustwarzen halt. Sie spielte mit ihnen, bis sie hart waren wie Kiesel, dann kniff sie mit den Fingerspitzen zu. Noah gab einen halb lustvollen, halb gequälten Laut von sich.

Cade schluckte. Ein saurer Geschmack füllte seinen Hals. Er wusste nicht, ob er sich zu Recht verraten fühlte, aber er wusste, dass er in diesem Szenario der Verlierer war. Regungslos lag er da und versuchte, keinen Mucks zu machen, der die beiden Liebenden auf ihn aufmerksam machen würde. Es hatte einen gewissen masochistischen Reiz, als Unbeteiligter zwei Menschen beim Sex zu beobachten, nach denen man lechzte. Ohne seine Brille hatte Noah im Mondlicht etwas Engelhaftes, wogegen Janessa über ihm war und ihn küsste, leckte und beknabberte wie eine gierige Hexe.

Janessa schüttelte ihr Haar aus dem Weg, damit sie mit den Lippen an Noahs Schwanz kam. Dabei traf sich ihr Blick mit dem von Cade. Einen Augenblick lang stockte sie, wirkte ertappt. Dann formte sich ein durchtriebenes Lächeln auf ihren Lippen, und Cade wusste, dass sie seine Gedanken erraten hatte.

»Sieht aus, als hätten wir Publikum«, sagte sie und riss Noah aus seiner Trance. »Wollen wir ihn mitmachen lassen oder wollen wir ihn quälen und nur zuschauen lassen?«

»Runter mit dir, Cade«, sagte Noah. Seine Stimme klang schroff und kehlig. So hatte Cade ihn noch nie gehört, mit dieser Stimme, die so voll war mit Verlangen, dass er kaum noch ein Wort hervorbrachte. Cade fummelte unbeholfen an sich herum und versuchte, sich aus Jeans und Sweatshirt zu winden. Er war so nah an der Erfüllung seiner Fantasie, dass seine Hände zitterten, und sein Herz pochte so laut, dass der ganze Campus davon wach werden musste. Sein Schwanz pulsierte, den Schlitz krönte ein Tröpfchen der Erregung. Seine Eier lagen dicht an seinem Körper an, drauf und dran, ihre Ladung abzuschießen. Er hoffte nur, dass er seine Würde wahren und sich lange genug zurückhalten konnte.

Irgendwie gelang es ihm, sich auf den Boden zu rollen, doch er landete mit einem dumpfen Schlag auf der Seite, was sein Feuer ein bisschen kühlte. Anfangs wusste er nicht, was tun, wo anfangen. Er fühlte sich unwohl, wie er sich so einen Platz zwischen zwei Menschen suchen musste, die auch ohne ihn ganz gut zurechtgekommen waren. Sollte er zuerst Janessa berühren oder Noah? Mit dem Mund, den Händen, dem Schwanz?

Janessa löste Cades Dilemma, indem sie ihn auf den Rücken drückte, so dass er und Noah nebeneinander lagen. Sie legte jedem eine Hand auf die Brust und setzte sich aufrecht hin, wodurch sie über ihnen aufragte wie eine Göttin, die zwei Pferde gleichzeitig ritt.

»Darauf habe ich gewartet«, sagte sie. »Ich weiß, dass ihr zwei schon lange auf mich scharf seid. Ehrlich gesagt, war ich nicht besonders interessiert. Bis heute. Fertig wie ich war, wusste ich bei eurem Anblick trotzdem, dass ich euch haben musste, und zwar gleichzeitig.«

Er hatte recht gehabt, dachte Cade und jubelte innerlich. Es war zwar nicht alles nach Plan verlaufen, aber die Grundidee hatte gestimmt. Dieses Mal würde er Janessa das Spiel überlassen. Beim nächsten Mal würden er und Noah sagen, wo's langgeht, und sämtliche Regeln bestimmen.

Janessa erwies sich als begabte Lehrerin und zeigte Cade und Noah in dieser neuen Situation den Weg. Sie hätte im Rampenlicht stehen und selber den meisten Spaß haben können, stattdessen leckte sie an Cades Hand und führte sie zu Noahs Schwanz.

»Ich will zusehen, wie du ihm den Rest gibst«, sagte sie zu Cade. »Nur zu. Ich bleibe hier.«

Sie legte ihre Finger um Cades Hand, und er fing an, Noahs Erektion zu streicheln. So sehr er mit Noah ficken wollte, fühlte es sich doch seltsam an, den Penis seines Freundes zu greifen. Janessas Berührung beruhigte ihn und ließ ihn weitermachen, und Noahs Stöhnen konnte er entnehmen, dass er das richtige Tempo hatte. Cade kannte Noah so gut, dass es ihm nicht schwer fiel zu erraten, was sein Freund als Nächstes wollte. Während er Noahs Schaft keinen Augenblick losließ, befeuchtete er seinen Zeigefinger mit Speichel und erkundete den Spalt in Noahs Hintern, bis er den Schließmuskel gefunden hatte.

Nach dem dritten oder vierten Bier hatte Noah Cade einmal gestanden, dass er gern seinen Anus berührte, wenn er sich einen runterholte. Cade setzte noch einen drauf, indem er seinem Freund den ganzen Finger ins Rektum schob und dann hin und her bewegte, während er mit der anderen Hand an Noahs Schwanz rieb. Ein tiefer Ton, der klang wie Donnergrollen, löste sich in Noahs Brust und steigerte sich auf dem Weg durch seine Kehle zu einem Schrei.

Cade wurde schneller, wobei er die Hand den ganzen Schaft entlangführte und den Druck auf die geschwollene Spitze konzentrierte. Mit dem Daumenballen drückte er in die Furche unterhalb der Eichel. Wenn Noah dort genauso empfindlich war wie Cade, müsste er gleich unglaublich abgehen.

Noahs Körper versteifte sich vom Kopf bis zu den Zehen. Einen Moment lang war er still, dann schrie er auf, und während sein Schwanz in Cades Faust pulsierte, zuckten seine Hüften hin und her. Janessa hatte die Finger noch immer um Cades Hand geschlossen. Sie keuchte schwer, und ihre wilden Locken, die über Cades Unterarm gefallen waren, waren schweißgetränkt.

»Lass mich ran. Lass mich ran!«, verlangte sie. Cade ging aus dem Weg, und Janessa stürzte herab, um die Milch aufzulecken, die aus Noahs zuckendem Schwanz sprudelte.

Keine Zeit zu verlieren. Erregt wie er war, würde Cade sich nicht mehr viel länger halten können als Noah. Da Janessa schon auf dem Bauch lag, nutzte Cade die Gelegenheit, um über sie zu steigen und sie von hinten zu nehmen. Sie wehrte sich, aber nur, weil sie ihre geliebte Kontrolle verloren hatte. Sekunden später, als Cade seinen Schwanz in ihr stecken hatte, stieß sie sich schon an ihm und rammte sich mit dem Gewicht ihres kleinen Körpers in seinen Schritt. Ihre Kleine war eine Honigfalle – süß und feucht. Während er in ihr hin und her stieß, erhaschte er einen flüchtigen Moment Glückseligkeit, dann zwang ihn sein Instinkt, sich davon loszureißen und ihr alles zu geben, was er hatte.

Der Höhepunkt erfasste Cade mit der Gewalt eines Tornados. Er war so stark, dass er beinahe ohnmächtig geworden wäre. Er verlor jeden Sinn dafür, wer und wo er war. Die Welt bestand nur aus den Zuckungen, die seinen Körper packten. Irgendwo in den Tiefen seines Hirns spürte er ein warmes, strahlendes Glimmen, das er beim Sex noch nie erlebt hatte. Ihm fehlten die Worte dafür. Bis er vom Himmel wieder auf die Erde kam.

Ich bin glücklich, dachte Cade, und wandte den Kopf, um Noahs schlummernde Silhouette zu betrachten. Tausenderlei Gefühle hatten ihn beim Sex schon umgehauen, doch das klare, einfache Vergnügen, mit einem guten Freund zu schlafen, hatte Cade nie zuvor gespürt.

Bevor er lange über sein Glück nachdenken konnte, hatte sich Lady Janessa auf seinem Gesicht niedergelassen und verlangte einen Cunnilingus. Er packte ihre Schenkel und verlor sich zwischen ihren feuchten Lippen, und im Gemisch der Säfte erkannte Cade seinen eigenen Geschmack.

Sie war noch so aufgerieben, dass ihre Klit nicht viel mehr ertrug als schmetterlingsleichte Zungenschläge, die allerdings völlig ausreichten, um sie zum Höhepunkt zu bringen. Wie eine Furie ritt sie seinen Mund und wand und rieb sich so lange an ihm, dass er es nicht fassen konnte. Als Cade klar wurde, dass er Janessa multiple Orgasmen bescherte, leckte er schneller und stärker und zog sie direkt auf sich drauf, um seine Zunge tief in sie zu schieben.

Das Flattern ihrer samtenen Muskeln an seinem Mund war ein süßer Triumph. Cade hatte Janessa so lange begehrt, dass er sich fühlte, als hätte er den Jackpot geknackt, als er ihr diese Orgasmen entlockte. Nachdem sie sich beruhigt hatte und von ihm heruntergestiegen war, spürte Cade, wie er wieder hart wurde.

»Zeit für die zweite Runde«, verkündete er.

Völlig verausgabt antworteten Janessa und Noah nur mit einem matten Stöhnen.

*

Cade rüttelte Noah an den Schultern. Sein Freund starrte ins Leere, als hätte ihn ein nasser Zementsack am Kopf erwischt. Janessa hatte eine heftige Wirkung auf Männer, selbst in der Erinnerung.

»Komm schon, Junge. Schlaf mir hier nicht ein«, sagte Cade.

»Wir waren ein gutes Team, stimmt's?«, fragte Noah.

Mit Janessa hatte alles angefangen. Im Verlauf der Jahre hatten Cade und Noah ihren Ansatz perfektioniert und an ihren Strategien gefeilt, bis sie praktisch jede Frau haben konnten, die sie sich wünschten. Nach dem College hatten sie ihre gemeinsamen Interessen weiter ausgebaut und angefangen, mit Computerspielen herumzufrickeln. Aus ihren ersten Versuchen entstand eine richtige Firma, die bald sämtliche Freizeit verschlang. Dann kamen Belinda und Val, und bevor sie sich versahen, hatten Cade und Noah das Spiel, das ihnen am meisten Spaß machte, ausgespielt.

»Wir sind noch immer ein gutes Team, Noah. Daran hat sich nichts geändert.«

»Oh doch. Alles hat sich geändert«, sagte Noah.

Cade ging in die Hocke und blickte Noah an. Seit Wochen schon sah sein Freund blass und ausgelaugt aus; er hatte abgenommen, und im frühen Morgenlicht wirkte er fast schon ausgezehrt. Cade war davon ausgegangen, dass die Veränderung von Noahs Aussehen mit dem Stress des Produktstarts zu tun hatte, aber langsam kam ihm der Verdacht, dass ihn die Beziehung mit Val zermürbte.

»Wir sind immer noch ein gutes Team«, versicherte Cade Noah. »Nur ein bisschen eingerostet. Findest du nicht, wir sollten noch eine letzte Runde spielen, bevor wir uns zur Ruhe setzen?«

Noah verrenkte den Unterkiefer. Einen langen Augenblick lang sagte er gar nichts, und Cade war sich zwischendurch sicher, dass er gleich wieder eine Predigt über die Bedeutung der Treue abspulen würde.

»Scheiß drauf«, sagte Noah schließlich und trommelte mit den Fäusten auf die Stuhllehne. »Spielen wir.«

Cade sprang auf und johlte ausgelassen. »Junge, du wirst es nicht bereuen!«, brüllte er.

Er sprach es zwar nicht aus, aber er war davon überzeugt, dass das Spiel Noah vor einem gewaltigen Fehler bewahrte.

*

Freitagnachmittag 17.30 Uhr: Rushhour-Hölle. Anna schlängelte sich auf ihrem Rad durch den Verkehr und wich den Pendlern aus, die es gar nicht erwarten konnten, einander unter die Stoßstange zu kriechen, während sie auf die Brücke drängelten.

Sie verlangsamte das Tempo, als sie einen offenen Jeep erblickte, dessen Fahrer nichts anhatte außer einem Paar Shorts, einer Sonnenbrille und einem Lächeln. Er drehte sich nach ihr um und musterte sie, als sie zu ihm aufschloss. Dieses Grinsen hatte etwas Konkurrenzpsychotisches, aber wenn der Wahnsinn in einem gutaussehenden Lächeln steckte, hatte Anna nichts dagegen. Sie wünschte, sie könnte ihr Rad bei diesem Jeep hinten rein werfen, auf den Beifahrersitz hüpfen und mit ihm davonfahren, wohin er gerade unterwegs war. Es würde ein herrliches Wochenende werden: Sonne, die über dem Pazifik die Wolken durchbricht und auf dem Wasser tanzt, blaue Berge, deren Spitzen noch der Frühlingsschnee ziert, und blauer Himmel, der hinter ihnen ins Unendliche weist.

Sie ließ den Fahrer des Jeeps seiner Wege ziehen und steuerte in Richtung Kaianlagen. Wieder mal ein »Freitags-Seminar« in der Brauerei, diesmal mit dem Bonus einer Semesterabschlussfeier. Anna schloss ihr Rad vor dem Gebäude an und wischte sich mit dem Unterarm den Schweiß aus dem Gesicht. Sie verschränkte die Finger, hob die Arme über den Kopf und reckte sich so hoch sie konnte, wobei sie die Augen schloss und genussvoll spürte, wie jeder Muskel und jede Sehne gedehnt wurden. Heute Nachmittag hatte sie sich für die Kurierfirma wirklich bezahlt gemacht. Sie hatte sich erstaunlich gut geschlagen, wenn man bedachte, dass sie in der Nacht zuvor kein Auge zugetan hatte. Dankbar ging sie in den Laden, wo es kühl war, und atmete den Geruch von Hopfen, während sie sich nach ihrer Clique umsah. Da saßen sie, an einem Tisch ziemlich weit hinten, die Biere schon halb geleert und zänkisch wie die Hyänen. Die Bühne war frei für die Freitagabendrangelei, und bis auf Anna waren schon alle Spieler versammelt.

Da war zunächst mal Parker, eine Doktorandin der Kulturanthropologie um die dreißig, und ihre Freundin Alicia, die zwar nicht eingeschrieben war fürs Seminar, aber als moralische Stütze mitkam. Parker gegenüber saßen Annas Mitbewohner, Jack, und Stacy, eine Biochemiestudentin im Abschlussjahr, die bei Jack bereits so gut wie eingezogen war. Dann war da Etienne Grimaud, ein Privatdozent in Biologie mit ein paar Jüngern, der sich für besonders heiß hielt, weil er ein Buch über Homosexualität und Evolution veröffentlicht hatte. Dieses Buch hatte Etienne mehr Dates verschafft, als sich eine noch nicht promovierte Dozentin wie Anna je erträumen konnte.

»He Süße, gibst du mir ein Bier aus?«, fragte einer der Männer an der Bar und glotzte auf Annas Hintern in der hautengen Radlerhose. Diesen Männern war einfach nicht klar, dass sie jedes Mal, wenn sie den Mund aufmachten, beunruhigende Beweise für die Degeneration der menschlichen Rasse lieferten.

»Ich kauf dir einen ganzen Krug«, schoss Anna zurück, »wenn die Hölle gefriert.«

Der Kerl bekam Annas Konter nicht mal mit. Er war jetzt mit Eifer hinter einer Bedienung her, die das Pech hatte, durch sein Sichtfeld zu laufen. Anna stürmte durch das Spießrutenspalier der geilen Biersäufer und steuerte schnurstracks auf den Tisch mit ihren Freunden zu. Als sie dort angekommen war, war sie zwei Mal befummelt und ein Mal in den Arsch gezwickt worden, und jetzt war sie in Streitlaune.

»Da wundert man sich nicht, warum wir uns zurückentwickeln«, sagte Parker zu Jacks süßer Freundin Stacy. Sie sah aus, als würde sie der armen Stacy gleich den Kopf abbeißen. »Sieh dich bei Gelegenheit mal um, wenn deine Nase mal nicht in der aktuellen Ausgabe vom *Brautmagazin* steckt. Jedes Einkaufszentrum verfügt über einen Brautmoden-Laden mit einem Haufen archaischer Kostüme, die einfach mal gar nichts bedeuten. Die Menschen haben sich so weit von ihrem Ursprung wegentwickelt, dass sie ihre Genitalien bald nicht mal mehr mit beiden Händen finden. In einer halben Million Jahre pflanzen sich die Leute fort wie die Pilze, falls wir uns bis dahin nicht in den Orkus gebombt haben. Dann schmeißen wir Sporen in den Wind und beten darum, dass sie irgendwo landen, wo's fruchtbar ist.«

»Völlig in Ordnung«, sagte Jack und legte Stacy beschützend den Arm um die Schultern. »Die Fortpflanzungsgewohnheiten von Pilzen sind enorm effektiv. Wir könnten blödere Sachen machen, als ihrem Beispiel zu folgen. Noch besser wäre allerdings, wenn wir uns wie Bakterien fortpflanzen würden. Wenn wir unsere Chromosomen einfach so austauschen könnten, ohne es nackt und schmutzig zu treiben, wäre unser Leben deutlich einfacher. Die Bakterien haben mit der sexuellen Reproduktion angefangen. Vergiss das nicht, Anna, wenn du deine Säugetiere untersuchst.«

»Falls doch, wirst du mich sicher daran erinnern«, sagte Anna.

»Du darfst Anna nicht ärgern wegen ihrer Katzen«, schimpfte Etienne Jack. »Sie wird noch mal eine große Löwenbändigerin. Vielleicht sehen wir uns dann alle ihre Show in Las Vegas an.«

Anna hatte ausnahmsweise keine schlagfertige Antwort parat. Dass ihre Freunde sie wegen ihres Forschungsthemas aufzogen, war sie gewohnt, aber heute Abend fand sie die Witze nur langweilig.

»Anna, ein Glück, dass du da bist. Du musst mir helfen«, flehte Parker sie an. »Jack hat beschlossen, sich umzubringen. Hilf mir, ihn davon zu überzeugen, dass er den größten Fehler seines Lebens macht.«

»Wovon redest du?«

Anna zog einen Stuhl heran. Sie hätte sich gern ein Bier eingeschenkt, und so voll wie die Kneipe war, machte sie sich keine Hoffnungen, bald an welches zu kommen. Sie behalf sich mit Jacks halbvollem Glas. Es schien ihn nicht zu stören. Überhaupt wirkte er heute Abend verdächtig ruhig und zufrieden.

Stacys Gesicht warf Falten und wurde rot wie eine Tomate. Sie brach in Tränen aus, riss sich von Jack los und drängte sich durch die Menge auf die Damentoilette. Etienne lächelte Parker kalt an. Jack vergrub das Gesicht in den Händen.

»Hab ich was verpasst?«, fragte Anna.

Jack hob den Kopf. »Ich habe Stacy gefragt, ob sie mich heiraten will. Sie hat Ja gesagt. Ich sagte ihr, sie soll diesen Monstern nichts von unserer Verlobung erzählen, aber sie ist jung und naiv und dachte, die würden sich für uns freuen.«

Parker verdrehte die Augen. »Das sagt so einiges über ihre Auffassungsgabe. Sie ist jetzt seit Monaten mit uns unterwegs und rafft noch immer nicht, wie ich ticke.«

»Stacy hält dich für eine verkappte Romantikerin«, erklärte Jack. »Sie dachte, die Nachricht würde dein eisiges Herz zum Schmelzen bringen.«

»Da stimme ich Stacey zu«, sagte Etienne. »Jeder Neo-Darwinist ist ein Romantiker. Der Sozialdarwinismus, wie wir ihn auslegen, ist eine Verneigung vor der Idee des romantischen Helden, der die schwersten Prüfungen durchsteht, um sich über alle anderen zu erheben und das Objekt seiner Liebe zu erobern.«

Parker knallte eine Faust auf den Tisch. »Verdammt noch mal, wie oft muss ich dir noch sagen, dass ich keine Darwinistin bin?

Ich glaube nicht an die Allmacht von zufälligen genetischen Mutationen!«

»Aber in dem, was du sagst, klingt überall die Sprache der natürlichen Selektion durch«, sagte Etienne hartnäckig. »Wenn du über Paarung redest, sprichst du vom Kampf ums Überleben, von reproduktiver Fitness. Du behauptest, dass du fest an die symbiotische Evolution glaubst, redest aber ständig von Wettbewerb.«

»Hör mal, Froschschenkel, du darfst gern die Wortwahl meiner Aufsätze analysieren, aber dekonstruiere mir ja nicht jedes Wort, das ich in einer Bar sage.« Parker schäumte vor Wut.

»Ich gebe jeder Art von Sprache das gleiche Gewicht«, antwortete Etienne sanft. Ihn konnte nichts aus der Fassung bringen, nicht mal der Zorn einer militanten Anthropologin. »Weshalb sollte ich annehmen, dass die Dinge, die du gedruckt von dir gibst, ehrlicher gemeint sind als das, was du hier sagst? Es sei denn, natürlich, du wärst eine Heuchlerin.«

Anna pochte der Schädel. Normalerweise hätte sie sich schon längst ins Getümmel geworfen und Parker vor Etienne verteidigt. Heute Abend wünschte sie sich nur, sie könnte sich an einen exotischen Ort beamen, wo sie an überhaupt nichts denken musste, und wo stumme, muskulöse Männer ihr Piña Coladas brachten und ihren müden Körper mit Mandelöl massierten. Sie hatte diese akademischen Streitereien langsam satt, an denen sich in all den Wochen absolut nichts änderte. Wenn Jack heiraten wollte – »sich erhängen«, wie Parker es ausdrückte –, warum sollte man ihn daran hindern? Wenigstens tat er sich zur Abwechslung mal mit einem anderen menschlichen Wesen zusammen, anstatt vom Chromosomenaustausch mit Bakterien zu faseln.

Als Anna den Blick über ihre Freunde wandern ließ, wurde ihr auf einmal klar, wie dringend sie eine Veränderung brauchte. Da war Parker, die es von ihrem hohen Ross aus mit der ganzen Welt aufnehmen wollte, Jack, der so viel Zeit mit seinen Mikroben verbrachte, dass er nicht registrierte, welche makroskopischen Probleme ihm ins Gesicht starrten und Etienne, der so eingenommen war von sich und seinem Elitenkult, dass man sich fragte, weshalb er überhaupt noch mit Sterblichen verkehrte.

Und mich wollen wir mal nicht vergessen, dachte Anna. Sie war auch nicht besser als die anderen. Mit Biologie hatte sie angefangen, weil ihr die Vorstellung gefiel, in der Natur zu sein, an abgelegene Orte zu reisen, exotische Tiere zu studieren und Möglichkeiten zu finden, gefährdete Arten zu schützen. Und sie hatte ja auch genügend Feldarbeit gemacht, sowohl hier als auch im Ausland. Sie hatte das Verhalten von Katzen in Gefangenschaft beobachtet und war nach Costa Rica gereist, um in einer biologischen Forschungsstation im Regenwald an einer Studie über die Populationsgenetik von Jaguaren zu arbeiten. Und nun verbrachte sie die meiste Zeit damit, ihre Studenten zu beobachten, die im Unterricht gegen den Schlaf kämpften, und der einzige wilde Ort, den sie zuletzt erlebt hatte, war der *Amazon Room.* Wie konnte sie ihre Ideale so dermaßen verraten?

»Anna, hilf mir mal«, sagte Parker und rüttelte an Annas Ellbogen. »Die machen mich heute noch fertig. Anna? Erde an Anna?«

Als Anna sich auf ihrem Stuhl wand und versuchte, ihren Arm aus Parkers hartnäckigen Klauen zu befreien, stieg ihr ein Hauch von Noahs Körper aus ihrem T-Shirt in die Nase. Sie hatte es den ganzen Tag lang angehabt, sogar im Unterricht. Wenn sie die richtigen Bewegungen machte, konnte sie Noahs Geruch einatmen, und das erinnerte sie daran, wie nah sie sich heute in aller Frühe gewesen waren. Als sie nebeneinander standen, hatte sie in jeder Faser seines Körpers ein Vibrieren gespürt.

Und dann war da Cade – pure Antriebsenergie, der perfekte Kontrast zu Noahs ruhiger, sanfter Sensibilität. Cade hatte genau gewusst, was er tat, als er ihr von der Duschszene mit Belinda erzählte. Er war ein meisterhafter Manipulator, und er hatte einen Plan für Anna. Sie fragte sich nur, wie lange es dauern würde, bis sie herausfand, wie der aussah.

»Lass mich in Ruhe, Parker. Ich brauch was zu trinken«, sagte Anna. Sie klang so gereizt, dass ihre Freunde schlagartig verstummten. Mit offenen Mündern sahen sie zu, wie sie aufstand und den Tisch verließ. Sie spürte ihre entgeisterten Blicke, die ihr folgten, als sie sich einen Weg durch die Menge bahnte, die Bar links liegen ließ und aus der Brauerei stolzierte. Sie konnte sich später immer noch bei ihren Freunden entschuldigen, weil sie sie so sitzen ließ. Jetzt hatte sie einfach nur die Schnauze voll von den ewigen lahmen Diskussionen und dem immergleichen Trott.

»Anna? Anna – warte mal!«

Jemand rief nach ihr, als sie auf dem Parkplatz ihr Fahrrad aufschloss. Anna nahm an, es sei jemand aus ihrer Clique, und ignorierte die Stimme. Die feste Männerhand, die ihr Handgelenk ergriff, konnte sie allerdings nicht ignorieren.

Anna brauchte ein paar Sekunden, bis sie Noah erkannte. Er hatte keine Brille auf und kniff im Licht der tief stehenden Abendsonne seine braunen Augen zusammen. Er sah anders aus im Freien, stärker und gesünder, überhaupt nicht mehr wie der blasse, zurückgezogene Computernerd, den sie am Morgen kennengelernt hatte.

»Ich dachte, ich nehme dein Angebot an«, sagte er. »Tut mir leid wegen der Verspätung. Ich habe vier Tage lang durchgearbeitet und musste erst mal ein bisschen schlafen.«

»Mein Angebot?«

Das Denken fiel Anna schwer. Ihre kognitiven Fähigkeiten wurden überrannt von Erinnerungen an Noahs Hände auf ihren Knien, ihren Rippen, ihren Schenkeln. Da sie ihm jetzt zuhörte, hätte er ihr Handgelenk eigentlich loslassen können, aber er hielt es weiter fest, rieb ihr mit dem Daumen über den Handballen und ließ ihre Hand in der seinen spielen.

»Happy Hour. Weißt du noch?«

»Oh, Mist.«

Anna hatte völlig vergessen, dass sie ihn in die Brauerei eingeladen hatte. Was hatte sie sich dabei gedacht? Noah gehörte nicht in so eine Brunfthöhle. Noah war die Sorte Mann, die man an einen ruhigen, abgelegenen Ort brachte, um intime Gespräche zu führen, die dann in stundenlangen leidenschaftlichen Sex mit vielen gefühlvollen Blickwechseln mündeten. Womöglich wollte Noah hinterher Gedichte rezitieren oder seine schlafende Geliebte zeichnen, aber wenn sie postorgasmisch auf Wolke sieben schwebte, war Anna flexibel.

»Sieht aus, als wolltest du schon gehen.«

»Ja. Nein. Ich meine, ich weiß nicht so ganz, wohin.« Anna fuhr sich lachend mit den Fingern durchs Haar und hoffte, dass sie nicht allzu fürchterlich aussah. Wenn sie daran gedacht hätte, dass Noah hier auftauchen könnte, hätte sie sich zumindest gekämmt, bevor sie aus dem Haus ging. »Ich freu mich, dich zu sehen, Noah. Sag mal, wollen wir vielleicht woandershin gehen?«

»Wohin?«

»Egal, nur nicht hier im Hafenviertel. Aber ich bin für jedes Abenteuer zu haben.«

»So ein Zufall«, sagte Noah grinsend. »Genau darüber wollte ich heute Abend mit dir reden.«

Eine Meeresbrise verstrubbelte sein schwarzes Haar, und das Licht offenbarte kleine Sommersprossen auf seiner Nase. In diesem Moment sah er aus wie 15: jung und voller Energie und zu allem bereit, so wie die Jungs, mit denen Anna als Wildfang mit dreckverschmiertem Gesicht herumgerannt war.

»Willst du mich fragen, ob ich mit dir durchbrennen will?«, neckte ihn Anna.

»So was in der Art. Anna, ich will dir das Geschäft deines Lebens vorschlagen.« Noah senkte die Stimme. Er klang wie der Moderator einer Spielshow, der sich anschickt, einer halb hysterischen Hausfrau einen Wäschetrockner zu schenken. »Ich biete dir an, den Sommer an einem sagenhaften Ort zu verbringen. Nicht einer, sondern zwei schneidige Männer sind deine Gastgeber und lesen dir jeden Wunsch von den Lippen ab, während du deine Zeit mit einer Sache verbringst, die dir am Herzen liegt. Sämtliche Unkosten sind gedeckt.«

Anna stemmte die Hände in die Hüften. »Und wo ist der Haken?«

»Du bist der Haken«, sagte Noah leichthin.

»Komm schon. Im Ernst. Was ist das für ein Angebot?«

»Ein Job. Urlaub. Eine Gelegenheit zu forschen. Nenn es, wie du willst. Hast du Interesse?«

»Kommt darauf an, was noch daran hängt.« Annas Hoffnung schnellte in die Höhe, aber ihr Mund war trocken. Machte sich Noah einen Spaß mit ihr? Hängte er ihr nur eine Möhre vor die Nase, um zu sehen, ob sie dumm genug war, hinterherzulaufen?

Noah zog Annas Rad aus dem Ständer, sprang auf und fuhr auf dem Gehweg los, trat aber langsam genug in die Pedale, dass sie im Laufschritt mithalten konnte.

»Noah! Halt an!«, schrie sie.

Er blickte zurück und streckte ihr die Zunge raus. »Vergiss es! Lauf du doch schneller!«, schrie er zurück.

Noah senkte den Kopf und fing an, ernsthaft in die Eisen zu steigen. Bei allem Frust kam Anna nicht umhin, Noahs Pobacken zu bewundern, die sich rhythmisch unter seinen Shorts bewegten, und seine kräftigen Kniesehnen, die sich bei jedem Tritt in die Pedale spannten. Er war fitter, als sie dachte, und bald lief sie ernsthaft Gefahr, von ihm abgehängt zu werden.

Anna hatte nicht vor, sich von einem Computernerd schlagen zu lassen. Herz und Lungen voller Feuer, raste sie ihm auf dem Gehweg hinterher. Nach ein paar Blocks ließ Noah Anna aufholen. Dann sprang er vom Rad und schob es für sie. Wie sie so neben ihm herging, kam sich Anna vor wie ein Schulmädchen, das einen Jungen seine Bücher tragen lässt. Als Anna klein war, waren die Jungs allerdings nicht so blöd, ihr irgendwas hinterherzutragen.

»Du bist ein netter Kerl, Noah«, sagte sie. »Ein wirklicher Gentleman.«

»Autsch.« Noah schnitt eine Grimasse. »Das zerstört wohl meine Chancen, dass du mich attraktiv finden könntest.«

»Was soll denn das heißen? Ich mag Männer, die ab und zu auch mal aufmerksam sein können.«

»Dann bist du anders als die meisten Frauen. In der Regel mögen Frauen sexy Deppen.«

»Böse Jungs haben tatsächlich eine Menge Sexappeal«, stimmte Anna zu. Allerdings würde sie Noah nicht erzählen, wie vielen bösen Jungs sie in ihrem Leben schon hinterhergerannt war, oder wie viele sie erwischt hatte.

»Was glaubst du, woran das liegt?«

»Böse Jungs strahlen Gefahr aus, Risiko, und das setzt bei Frauen die Hormone frei. Sie sind aggressiv, was bedeutet, dass sie wahrscheinlich einen höheren Testosteronwert haben als der Durchschnittsmann. Außerdem mögen die Mütter sie nicht, wodurch sie automatisch attraktiv werden. Kein Mädchen will mit einem Mann ausgehen, den ihre Mutter gut fände.«

»Das erklärt, weshalb ich als Teenager so ein bizarres Sexleben hatte«, sagte Noah. »Wenn ich in ein Mädchen verknallt war, landete ich am Ende mit der Mutter im Bett.«

»Nicht im Ernst!« Anna lachte. »Ist das wirklich passiert?«

»Beinahe ... ein Mal. Jedenfalls weiß ich mit Sicherheit, dass die Mutter von einem der Mädchen was von mir wollte. Aber vielleicht hab ich mir das auch nur eingebildet. Ich hatte schon immer eine lebhafte Fantasie.«

»Bei deiner Arbeit brauchst du das auch.«

»Das stimmt«, sagte Noah. »Es ist nicht so einfach, die ideale Frau zu finden, wenn man 18 Stunden am Tag vor dem Bildschirm sitzt. Manchmal muss man sie erfinden.«

»Erfinden? Was treibst du denn in deinem Büro? Frauen basteln à la Frankenstein?«

»Nicht ganz. Ich zeig's dir, wenn du mit hoch kommst.«

Anna war gar nicht aufgefallen, wohin Noah sie geführt hatte. Sie hatte nicht mitbekommen, wie lange sie gegangen waren und sich unterhalten hatten, und jetzt waren sie auf dem Hügel mit dem alten Fabrikgebäude angekommen, in dem *Shiva Systems* untergebracht war. Bevor er die Tür aufmachte, hielt Noah inne, packte Anna an den Schultern und drehte sie zu sich herum. Von ihm hätte sie so eine dominante Geste nicht erwartet, was sie überraschte und zugleich erregte.

»Bevor wir da hochgehen, will ich, dass du etwas weißt«, sagte er. »Tausende kennen meine Designs aus den Spielen, die wir entwickeln, aber nur einer weiß, was mir Yulana bedeutet.«

»Ich nehme an, du redest von Cade«, sagte Anna.

Noah nickte bedeutungsvoll. »Du musst mir versprechen, dass du nicht lachst, mich nicht pervers nennst und keine Witze über Nerds machst, die ihre Zeit damit verbringen, von computergenerierten Frauen zu träumen, wenn ich dir Yulana vorstelle. Cade drückt mir schon genug von diesem Scheiß rein.«

»Verstanden. Keine Witze«, versprach Anna. »Sollen wir einen Blutschwur schließen? Oder wie wär's mit Spucke und Handschlag?

»Dein Wort genügt mir«, sagte Noah.

Er hielt Anna die Tür auf, und sie nahmen den Lastenaufzug nach oben. Seit der Abgabe des Produkts waren die Büros von

Shiva Systems so gut wie verlassen, nur im dunklen Pausenraum hämmerten zwei junge Programmierer auf einen Flipperautomaten ein.

»Zwischen Kirk und Tuan ist ein Kampf auf Leben und Tod entbrannt«, sagte Noah erklärend. »Dieses Spiel läuft jetzt seit gestern Abend um elf.«

»Alles klar«, sagte Anna, obwohl sie diese Art der Freizeitgestaltung nicht so recht nachvollziehen konnte. Manche Spielefanatiker lebten anscheinend in einer Welt der ewigen Nacht und saßen permanent vor Maschinen, während die Jalousie die Sonne draußen hielt.

Auf Noahs Schreibtisch sah es aus, als hätte eine Bombe eingeschlagen. Die Arbeitsfläche war übersät mit Papier, CDs, Energieriegel-Verpackungsmüll und einem Haufen Actionfiguren und dreidimensionalen Puzzles. Der einzige unberührte Fleck im ganzen Raum war Noahs gigantischer Monitor, in dessen Umkreis mehrere Zentimeter Fläche sauber waren. Im Gegensatz zu den anderen Monitoren des Büros war sein prächtiger Flatscreen nicht mit Post-it-Zetteln und Aufklebern von Superhelden tapeziert.

Noah zog einen Stuhl für Anna heran, dann setzte er sich und schaltete den Computer ein.

»Willkommen in meiner Welt«, sagte er.

Er klickte auf ein Symbol auf dem Desktop, und auf dem Monitor erschien ein Wald wie aus einem Traum. Bäume mit fantastischen Formen neigten sich über einen engen Pfad, der in der Ferne in vielfarbiges, verschwommenes Licht führte. Aus der flirrenden, blaugrünen Tiefe des Laubwerks blickten Tiere aus ihren Verstecken heraus und blinzelten mit ihren goldenen Augen. Plötzlich erwachte die Masse aus Blättern zum Leben und formte sich zu einer Reihe wirbelnder Buchstaben, aus denen sich die Worte *Mutant Quest* ergaben.

»*Mutant Quest*!« Anna lachte verzückt. »He, wir sind in der gleichen Branche. Ich bin immer auf der Suche nach zufälligen Mutationen.«

Noah grinste. »Du wirst jede Menge davon sehen. Pass auf.«

Er klickte auf ein Symbol, und auf dem Bildschirm erschien ein Fenster mit Spielfiguren.

»Du kannst als Tier spielen oder als männlicher oder weiblicher Mensch«, erklärte er. »Am liebsten spiele ich mit Yulana. Sie ist eine Kriegerin, eine Prinzessin, deren Vater von einem bösartigen Mutantenbären getötet wurde. Das Ziel des Spiel ist es, den Wissenschaftler zu finden, der für die Monster verantwortlich ist.«

»Ein böser Gentechniker – wunderbar. Lass mich raten – nachdem du ihn gefunden hast, schießt du sein Labor mit automatischen Waffen zu Klump.«

»Nein, so einfach ist es nicht. Zuerst musst du ihn dazu bringen, dass er dir das Versteck seiner Mutanten verrät. Je nach dem, was für Fähigkeiten deine Figur hat, kannst du ihn bestechen, bedrohen oder verführen. Auf der Suche nach seinem Labor kannst du Waffen und Gegenstände kaufen.«

»Wie besiegt Yulana ihn?«

»Yulana ist einfach großartig«, sagte Noah selig. »Sie besitzt Kraft, Intelligenz, List und natürlich jede Menge Sexappeal. Eigentlich ist sie dir ziemlich ähnlich.«

Er klickte auf Yulanas Symbol, und vor Annas Augen präsentierte sich eine umwerfende Blondine in Rüstung. Anna zuckte zurück.

»Mir ähnlich?«, sagte sie. »Ich fühle mich geschmeichelt, aber als ich das letzte Mal vor dem Spiegel stand, sah ich ganz und gar nicht so aus.«

Yulana hatte gewelltes Haar, das sich bis hinab zu ihrer Taille kräuselte, und ihr juwelenbesetzter Brustpanzer konnte nicht verbergen, dass sie riesige Brüste hatte.

Ihre gewaltigen Schenkel sahen aus, als könnten sie einem Mann damit das Genick brechen, falls je ein Mann das Glück haben sollte, so nah an sie ranzukommen. Ihr zur Seite stand ein faszinierendes Wesen, ein muskulöser Panther, dessen Fell glänzend blau war.

»Yulanas Aussehen ist nur Show. Was die Kids eben sehen wollen. Was ich meinte, sind andere Merkmale, Eigenschaften, die einem nicht sofort ins Auge springen. Ihre Tapferkeit. Ihr Scharfsinn. Sie kommt sexy rüber, ist aber bewaffnet.«

»Wow, Doktor Freud. Was bekommen Sie für diese Blitzanalyse?«

»Die geht aufs Haus. Was hältst du von Yulana?«, fragte Noah mit dem schüchternen Stolz eines Künstlers.

»Sie ist der Hammer. Aber sag mal – ist Yulana die Frau, die du bumsen willst, oder die Frau, die du gern wärst?«

Anna sah sogar im Dämmerlicht des Monitors, dass Noah rot wurde.

»Ein bisschen von beidem«, sagte er. »Sie wäre meine ideale Partnerin. Und sie ist das, was ich gern wäre, wenn ich frei wählen könnte. Nicht sehr realistisch, oder?«

»Die besten Träume sind alles andere als realistisch«, sagte Anna. »Große Träume zu haben, ist völlig in Ordnung, solange man bei der Verwirklichung ein paar Kompromisse machen kann.«

»Oh, Kompromisse habe ich reichlich gemacht«, sagte Noah. Sein kühler, distanzierter Ton machte klar, dass er keine Fragen mehr zu diesem Thema wünschte. Er ließ die Figuren von Yulana und der blauen Katze rotieren, damit Anna die beiden prächtigen Geschöpfe von allen Seiten sehen konnte. Sie waren liebevoll ausgearbeitet bis ins letzte Detail; Noah musste sich monatelang mit seinen Schöpfungen beschäftigt haben.

»Ich liebe diesen Panther«, bemerkte Anna.

»Das ist Azzurro. Er ist Yulanas Führer aus dem Tierreich, und er ist ebenfalls ein Mutant.«

»Dachte ich mir schon, wegen des blauen Fells.«

»Und du erkennst wirklich, dass es ein Panther ist?«, fragte Noah. »In der Testgruppe konnte nur einer der Jungs angeben, zu welcher Art er gehört, und die genetische Mutation haben nur drei von ihnen bemerkt. Die meisten von diesen Typen finden Yulanas Möpse interessanter als Azzurros Chromosomen.«

»Das ist ganz eindeutig ein Panther. Du hast deine Hausaufgaben in Katzenanatomie gemacht.«

»Katzen sind auch so eine Leidenschaft von mir. Zu Hause habe ich fünf von diesen kleinen Monstern, aber am liebsten mag ich wilde Großkatzen.«

»Ich auch!«, rief Anna. »Darum geht's in meiner Abschlussarbeit: sexuelle Selektion bei Feliden.«

Noah wandte sich von seiner zweiten Realität ab und lächelte sie an.

»Ich weiß. Cade hat's mir erzählt.«

»Ihr teilt einander eine Menge mit, oder?«

»Wir teilen so gut wie alles.«

»Auch die Frauen?«

»So was würde ein Gentleman nie verraten.«

»Wenn du's mir nicht sagst, muss ich Cade fragen. Er scheint kein Problem damit zu haben, sich mitzuteilen«, sagte Anna.

Ihr wurde ganz warm, als sie an den Zwischenfall im Diner von heute Morgen dachte. Cade und Noah waren so verschieden wie Tag und Nacht; es war ein Wunder, dass sie so eng befreundet waren.

Während Cade keinen Moment zögerte, in der Öffentlichkeit von seinen erotischen Heldentaten zu berichten – und Anna dabei einen Orgasmus zu bescheren – würde Noah nicht mal hinter verschlossenen Türen über sein Sexleben reden.

»Dann hat Cade dir sicher auch von meinem Schutzprojekt für Großkatzen erzählt.«

»Äh … nein. Über so was haben wir nicht geredet.«

»Ich bin einer der Gründer eines Schutzparks für wilde Katzen. Es ist ein kleines Areal in den Bergen, fernab von allem. Zur Finanzierung bieten wir im Sommer Führungen an und betreiben einen kleinen Souvenirladen, aber das meiste Geld stammt von privaten Spenden. Na ja, meinen privaten Spenden vor allem.« Ein Schatten huschte über Noahs Gesicht. »Meine Verlobte findet, ich werfe das Geld zum Fenster raus, trotz der Steuerabschreibungen.«

»Deine Verlobte? Cade hat nicht erzählt, dass du verlobt bist.« Anna war verwundert, wie sehr sie das enttäuschte. Wenn Noah verlobt war, hätte sie keine Chance bei ihm. Sie spürte, wie stark er sich zu ihr hingezogen fühlte – sie spürte es ganz tief im Bauch, wo es wirklich zählte –, aber im Gegensatz zu Cade war Noah ein Mann für *eine* Frau.

»Manchmal vergesse ich selber, dass ich verlobt bin«, sagte Noah. Es klang nur zur Hälfte wie ein Scherz. »Können wir die persönlichen Dinge gerade mal beiseite lassen? Ich will dir ein Angebot machen.«

»Okay«, sagte Anna, die das Thema nur zu gern wechselte. »Schieß los.«

»Der Park braucht immer Freiwillige, vor allem Leute, die sich mit Tieren auskennen. In den Sommermonaten haben wir viel zu tun, da brauchen wir am meisten Hilfe. Cade hat oben im Park ein Ferienhaus, das schön groß ist. Wir können dir nichts zahlen, aber wenn du den Sommer über im Park arbeiten würdest, könnten wir dir Unterkunft und Verpflegung bieten. Wer weiß, vielleicht kannst du die Katzen sogar für deine Studien gebrauchen. Wir versuchen, einen weißen Tiger zu züchten, hatten aber noch keinen Erfolg. Klingt das nicht interessant?«

»Das klingt fantastisch, aber ich bin ziemlich eingebunden …«

»Zum Beispiel?«

Annas Stimme versagte zusehends, als sie an den Sommer dachte: Sie sollte Unterricht an der Sommeruniversität geben und hatte geplant, sich alle zwei Wochen mit ihrem Doktorvater zu treffen. Ihren Kurierjob konnte sie nicht aufgeben, weil ihn ihr sonst irgendein Idiot wegschnappen würde. Und ihren Mitbewohnern konnte sie auch nicht zumuten, ihren Mietanteil mitzufinanzieren, während sie in die Berge zog, um mit Raubkatzen zu spielen.

Noah lehnte sich in seinem Stuhl nach vorn und stützte die Ellbogen auf die Knie. Seine dunklen Augen musterten sie eindringlich. Er war absolut nicht ihr Typ. Und außerdem war er auch noch verlobt. Aber Noah und Anna teilten so viele Gemeinsamkeiten, dass sie trotz allem beste Freunde werden konnten … Freunde, die tierisch scharf aufeinander waren.

»Was hast du denn alles zu tun?«, hakte Noah nach.

»Nichts«, sagte Anna. »Nichts, was sich nicht umdisponieren ließe. Ich würde sehr gern kommen.«

»Gut«, sagte Noah. »Cade und ich kümmern uns darum.«

Anna war sich nicht sicher, aber sie hätte schwören können, dass in Noahs Worten etwas Zweideutiges mitschwang. Genauso wie in seinem geheimnisvollen Lächeln.

Kapitel 4

Willkommen im Dschungel

Noah hatte nicht viel Überzeugungsarbeit leisten müssen, um Anna dazu zu bewegen, den Sommer auf der »Katzenranch« zu verbringen, wie Cade sie nannte. Die Entscheidung fiel ihr auch um einiges leichter als die Suche nach dem Sommerhaus in Sasquanatee County. Anna verfuhr sich mehrmals auf der zweispurigen Straße, die sich durch die Berge schlängelte, aber das machte ihr nichts aus. Sobald sie anfing, sich Sorgen zu machen, musste sie nur die Augen schließen und die sauerstoffgesättigte Regenwaldluft des Pazifischen Nordwestens einatmen. Frisch, süß und köstlich wie sie war, gab sie ihr das Gefühl, als würde sie besten Champagner nippen.

Anna saß an der Böschung eines zugewachsenen Forstweges auf der Kühlerhaube ihres Autos und ließ sich berauschen. Es spielte plötzlich keine Rolle mehr, dass sie keine Ahnung hatte, wo sie war. Das Leben war so ruhig geworden wie der Rhythmus ihrer Atmung. Neben ihr lag eine Landkarte ausgebreitet, aber sie hatte das Interesse an den Linien und Schnörkeln verloren, die für die Straßen standen, die hier hochführten. Irgendwie und irgendwann würde sie den Weg zum Sommerhaus schon finden. Jetzt hatte sie erst mal große Freude daran, in der Stille des Regenwaldes einfach gar nichts zu tun.

Nach und nach ließ sie die Sorgen los, die ihr im Kopf herumgewirbelt waren. Ihre Mitbewohner hatten jemand finden können, der für den Sommer ihr Zimmer übernahm. Ihr technophober Doktorvater hatte mittlerweile gelernt, wie man mit E-Mail-Programmen umging, so dass sie ihm schicken konnte, woran sie gerade arbeitete. Und was ihr als Zusatzeinkommen für den Unterricht auf der Sommeruniversität entging, wurde durch die gesparte Miete wieder ausgeglichen. Das Leben in der Stadt würde sich von selbst regeln. Unterdessen fühlte sie sich so entspannt wie seit der Reise nach Costa Rica nicht mehr.

Costa Rica. Wo sie sich Hals über Kopf in die Evolutionsbiologie verliebt hatte – und Hals über Kopf mit Alessandro im Bett gelandet war.

So wie dieses Land stellte Anna sich das Paradies vor. Es war eine Spielwiese für Evolutionsforscher. Es gab so viele Arten von Vögeln, Amphibien und Säugetieren, dass man ein Leben lang dafür gebraucht hätte, auch nur einen Bruchteil der Variationen zu erfassen. Jeder Mensch, den Anna dort kennenlernte, war offenbar Biologe. Das Land bot so fruchtbaren Boden für die Forschung, dass Wissenschaftler aus der ganzen Welt herbeiströmten, um seine Schätze zu erkunden. Anna hatte einem Team von Doktoranden angehört, das Daten über Jaguare und ihre Paarungspartner sammelte. Wenn sie nicht gerade auf der Suche nach Kotproben war oder unter einem Laubdach kauerte, um eine der seltenen Sichtungen der scheuen Katzen aufzuzeichnen, feilte Anna mit einem italienischen Ornithologen, der viel mehr im Kopf hatte als nur Vögel, an ihren eigenen Paarungskünsten.

Während Anna das Sexualverhalten von Katzen untersuchte, war Alessandro ähnlich fasziniert von den Paarungsmustern der Vögel. Anna absolvierte einen Großteil ihrer Forschung in der Dämmerung oder nach Einbruch der Dunkelheit; Alessandro arbeitete sehr häufig kurz vor Sonnenaufgang. Er sah selbst ein bisschen aus wie ein Vogel, ein geschmeidiger und verführerischer Raubvogel mit stechenden Augen, die Anna eines Abends in einer rappelvollen Cantina entdeckt hatten, wo sie mit Freunden feierte.

Sie beobachtete, wie er sich seitwärts gehend einen Weg durch die Cantina bahnte. Durch den Tequilanebel erkannte Anna ihn als Kollegen. Sie hatte im Jahr zuvor seine Präsentation auf einer Konferenz gehört, und wusste, dass sie die beruflichen Gepflogenheiten wahren sollte. Aber in dieser schwülen Nacht interessierte sie nur seine glänzend braune Haut unter dem weißen Hemd und das raubtierhafte Funkeln in seinen Augen. Es war viel zu laut für eine höfliche Vorstellung oder oberflächliches Geplauder; Alessandro packte einfach Annas Arm, zog sie von ihrem Barhocker und führte sie auf die Tanzfläche.

Auf der winzigen Fläche drängten sich halbnackte, schwitzende junge Menschen, die sich wanden wie ein einziger großer Organismus. Alessandro ließ sich bei seiner Verführung von der Menge helfen. Er stand hinter Anna, hielt sie sanft an der Taille und ließ ihre Hüften zum Beat des lauten Latinopop kreisen. Anna und er trieben auf den Wellen der anderen Tänzer, erst in die eine, dann in die andere Richtung, je nachdem, wohin das Meer der Körper strömte. Inmitten all der sich windenden Menschen war Hautkontakt unvermeidlich, und dass Annas Hüften ständig in der Kuhle von Alessandros Becken landeten, wirkte beinahe wie ein Zufall.

Binnen kürzester Zeit rotierte ihr Hintern in seinem Schoß wie eine Kugel in ihrem Lager, und sie spürte bei jeder Bewegung, wie hart er war. Seine Finger wanderten immer weiter ihre Taille hinauf, die nackt war unter dem abgeschnittenen Sweatshirt. Bald klemmten seine Hände in den verschwitzten Spalten unter ihren Brüsten, und Anna lehnte sich zurück an seinen warmen, stützenden Oberkörper.

In diesem Moment kam einer der Betrunkenen auf der Tanzfläche zu dem Schluss, dass Annas Busen mit einer Tequiladusche noch besser aussehen würde. Als sie den ersten brennenden Schwall auf der Brust spürte, wäre sie beinahe losgehechtet, um den Kerl niederzustrecken. Doch als ihr der Alkohol durch den Stoff auf die Haut drang, sich das empfindliche Fleisch um ihre

Nippel zusammenzog und der Tequila ihren Bauch hinab eine feuerheiße Spur zurückließ, verwandelte sich ihre Wut in Lust. Sie wischte sich etwas von dem Alkohol mit dem Zeigefinger von der Haut, drehte sich um und steckte Alessandro den Finger in den Mund.

Als der Italiener anfing, an ihrer Fingerspitze zu saugen, wusste Anna, dass sie auf eine Goldader gestoßen war. Er legte bei dieser simplen Geste mehr Geschick und Hingabe an den Tag als die meisten Männer in einer ganzen Nacht. Seine Lippen und seine Zunge schufen eine Welt voller Empfindungen, die sich alle auf diese kleine Stelle ihres Zeigefingers konzentrierten. Und als sie dachte, ihre Lust könnte nicht größer werden, tat Alessandro etwas, womit sie bei einem angesehenen Ornithologen nie gerechnet hätte: Er zog ihr Top nach oben und fing an, den restlichen Tequila von ihr abzulecken.

Bestimmt hatten die anderen Leute mitbekommen, was er tat, aber inzwischen waren die meisten Frauen ohnehin so gut wie nackt, und Anna war über den Punkt hinaus, an dem sie sich noch darum scherte, was die anderen dachten. Sie schloss die Augen, warf den Kopf in den Nacken und sah auf die wirbelnde Diskokugel über ihrem Kopf, während Alessandros Zunge ihren Hals, ihr Schlüsselbein und den Ansatz ihrer Brüste leckte. Als er begann, an ihrem Nippel zu saugen, schloss sie erneut die Augen und gab sich ganz dem Gefühl hin. Ein Pochen zwischen ihren Beinen antwortete auf sein rhythmisches Saugen. Während er den Mund nicht von ihrem steifen Nippel nahm, ließ er ihren Körper, sie sicher in seinen Armen haltend, nach hinten sinken.

Der DJ spielte jetzt einen poppigen Ohrwurm mit Mambo-Beat, einen dieser fürchterlichen Top-Ten-Hits, die sich im Gehirn festsetzen wie ein Parasit. Anna sollte dieses Lied für den Rest des Jahres immer und immer wieder hören, und jedes Mal dachte sie daran, was Alessandro in der Cantina mit ihr gemacht hatte. Er zog sie wieder in eine aufrechte Haltung, dann hob er ein Bein und fing an, mit seiner Kniescheibe ihre Muschi zu massieren.

Nachdem er sie vorher schon so heftig stimuliert hatte, brauchte er nicht mehr lange, bis Anna kam. Er hielt ihr Gesicht in seinen Händen, so dass sie nicht anders konnte, als seinem durchdringenden Starren standzuhalten. Diese feurigen schwarzen Augen entlockten ihr mehr Wellen der Erregung, als sie je für möglich gehalten hätte. Als die letzte schließlich abgeklungen war, griff sie nach seinem Schwanz, in der Hoffnung, ihn belohnen zu können. Doch Alessandro wich zurück, zeigte lächelnd auf seine Uhr und verschwand in der Menge.

Die Belohnung holte er sich ein paar Stunden später.

Es war die Zeit, die Anna »die hässliche Stunde« nannte: zu nah am Morgengrauen, um noch zu feiern, und für Normalsterbliche noch zu dunkel, um herumzulaufen. Nachdem sie mit ihren Freunden noch gefeiert hatte, bis die Cantina dichtmachte, war sie ins Hostel zurückgewankt und dann auf dem Bett weggenickt. Von einem beharrlichen Klopfen wurde sie wieder geweckt.

»Wer zum Teufel ...«, grummelte sie in ihr Kissen und war schon wieder weggedöst. Als sie aufwachte, wurde sie von jemandem angezogen, der deutlich wacher war als sie. Sie musste in der Nacht vergessen haben, die Tür abzuschließen; jetzt wurde sie von einem Fremden zwangsbekleidet. Wie oft passierte einem denn so was?

Anna öffnete ihre vernebelten Augen und stellte fest, dass der Mann in ihrem Zimmer gar kein Fremder war – es war ihr Freund, der Vogelbeobachter, der Mann, der sie zuvor so heftig hatte kommen lassen.

»Was liegst du denn so spät noch im Bett rum?«, schimpfte Alessandro. »Du hast schon den halben Morgen vertrödelt.«

»Der Morgen geht um zwölf erst los«, sagte Anna. »Geh weg und komm später wieder.«

»Vergiss es. Ich muss dir was Unglaubliches zeigen.«

»Was denn?« Anna wurde munter. Sie liebte Morgensex. Dass Alessandro ihr *in* die Kleider half, war allerdings wenig vielversprechend.

»Das erfährst du noch früh genug.«

Alessandro zerrte sie vom Bett, die Treppe hinab und auf die Straße, wo sein schlammverspritzter Jeep geparkt war. Er schnallte Anna im Auto fest, und bevor sie sich versah, brausten sie durch den kühlen, tiefblauen Morgen in Richtung Berge.

»Verrätst du mir vielleicht, warum du mich entführt hast?«, fragte Anna, als Alessandro den Jeep im Vorgebirge am Rand einer Straße parkte.

»Ich brauche eine Assistentin«, erklärte er.

»Das ist ein Scherz, oder?«

»Nein. Ganz und gar nicht. Und deine Kollegen erzählen nur das Beste über dich.«

»Brauchst du so dringend Hilfe, dass du deine Assistentinnen in Bars auflesen musst?«, fragte Anna.

Alessandro hievte einen schweren Rucksack aus dem Jeep. Sie nahm an, er würde ihn sich auf den Rücken schnallen. Stattdessen gab er ihn Anna, zusammen mit einem Fernglas.

»Es ist schwierig, mit mir zu arbeiten«, sagte er und bedachte sie mit einem Blick, der jede Welle, jedes Beben, jeden Schauer der letzten Nacht noch einmal in ihr wachrief. »Sehr schwierig. Bist du jetzt bereit oder nicht?«

»Ich bin so weit«, sagte sie verschüchtert.

Anna hatte geglaubt, mit dem Zehn-Tonnen-Rucksack hätte sie es am schlimmsten erwischt, aber am Ende trug Alessandro den größten Teil der Ausrüstung. Er führte sie einen steilen, schlammigen Pfad hinauf, der sich durch die Bäume wand. Es dauerte eine Ewigkeit, bis sie auf diesem Weg in den Wald gelangten. Alle paar Meter blieb er stehen, legte einen Finger an die Lippen, damit Anna sich still verhielt, und zeigte hinauf in die Baumkronen. Wenn Anna das Fernglas auf die Stelle richtete, konnte sie einen Blick auf eine exotische Art erhaschen, einen Ara oder Tukan. Als die Sonne weiter stieg, sah sie die Farben ihrer Federn immer deutlicher, und allmählich konnte sie sie an ihren Farben und Rufen unterscheiden.

»Du wirst hier eine größere Artenvielfalt erleben als irgendwo sonst auf der Welt«, erzählte Alessandro, als sie schließlich auf einer flachen Lichtung haltmachten, um ihre Ausrüstung aufzubauen. Er hatte alles dabei: Laptop, Aufnahmegeräte, Kameras, einen Rucksack voller Kochgeschirr und Essen und sogar ein Zelt. »Deshalb will ich hier nie mehr weg. Einschränkungen finde ich unerträglich.«

Es klang wie eine sachliche Bemerkung über Vögel, aber Anna wusste, wenn Männer zweideutig wurden.

»Was du damit sagen willst, ist: Lass uns Spaß haben, solange wir können, aber erwarte nichts von Dauer.«

Er lächelte. »Hast du ein Problem damit?«

»Das Einzige, womit ich ein Problem habe, ist, dass du annimmst, ich könnte dich heiraten und zehn Kinder von dir wollen, nur weil wir letzte Nacht einen heißen Mambo hingelegt und ein bisschen Tequila zusammen aufgeleckt haben.«

»Wusstest du, dass es Vogelarten gibt, die angeblich ein Leben lang denselben Partner haben?«, fragte Alessandro. Er war schon dabei, das Zelt aufzubauen. »Auf der anderen Seite gibt es Arten, die sich absolut nicht binden, und da ist es nicht immer das Männchen, das die Vielfalt sucht. Wenn das Männchen zur Futtersuche das Nest verlässt, macht das Weibchen mit anderen Männchen rum. Wenn es sich mit mehr als einem Partner paart, steigen seine Chancen auf lebensfähige Nachkommen.«

»Worauf willst du hinaus?« Anna stemmte die Hände in die Hüften.

»Ich will darauf hinaus, dass ich nie etwas annehme, wenn es um die weibliche Sexualität geht.«

»Du nimmst aber ganz gewaltig was an, wenn du so früh am Morgen schon das Zelt aufbaust«, konterte Anna.

Alessandro lachte. »Glaub mir, bei dir würde ich nie von irgendwelchen Annahmen ausgehen. Dass ich ein Optimist bin, darfst du mir nicht vorwerfen. Ich habe gern Sex, bevor ich mit der Arbeit anfange. Es löst Spannungen und macht gute Laune. Ich dachte mir nur, es könnte durchaus sein, dass du von mir gefickt werden willst, und in diesem einen Fall wäre ein bisschen Privatsphäre ganz nett.

»Privatsphäre? Soll das ein Witz sein? Letzte Nacht auf der Tanzfläche sah es nicht danach aus, als würdest du dir große Sorgen um die Privatsphäre machen. Du hast mich förmlich aufgefressen, und die ganze Cantina konnte dabei zusehen.«

»In der Cantina haben nur Leute zugesehen«, sagte Alessandro abschätzig. »Hier gibt es Vögel und Säuger und Insekten, die ihr Leben leben. Ich will sie nicht unnötig stören.«

Diese Einstellung überraschte Anna nicht. Viele der Biologen, die sie kannte, hatten keine besonders hohe Meinung von der eigenen Spezies. Was die Raffinesse des Stoffwechsels, die sexuelle Vielfalt oder die physiologische Robustheit anging, konnten die Menschen nicht mit anderen Geschöpfen mithalten. Dumm nur, dass nicht mal der leidenschaftlichste Wissenschaftler in einer kalten Winternacht mit einem Protozoon kuscheln oder sich von einem Arthropoden mit heißem Öl massieren lassen konnte.

Das Zelt war aufgebaut. Alessandro stellte sich davor und hielt den Eingang auf.

»Nun, Signorina«, sagte er mit gespielter Galanterie, »wollen wir zu Ende bringen, was wir letzte Nacht begonnen haben?«

Der Morgen war perfekt. Die Luft fühlte sich herrlich sinnlich an: weich und seidig und dunstig verschleiert. Die Temperatur sorgte für Kühle, aber sobald sie ihre Haut an Alessandros presste, wusste Anna, dass sie nicht frösteln würde. Sie spürte bereits, wie sich tief in ihr drin etwas löste. Es ging einher mit einem gleitenden Gefühl zwischen den Schenkeln und einem Kitzeln in den Gliedern. Alessandros Augen waren auf einer Höhe mit ihren Nippeln, und ihre Erregung war so sichtbar wie ein Scheinwerfer bei Dunkelheit.

Sie mussten sich ausziehen, bevor sie in das kleine, enge Zelt krochen. Anna hatte es so eilig, dass sie an ihren Knöpfen herumfummelte und mit den Füßen in den Jeans hängen blieb. Alessandro ging es nicht viel besser; er fiel beinahe hin, als er sich hastig T-Shirt und Shorts vom Leib riss. Seine Haut war glatt und sanft, bis auf eine kleine Stelle schwarzer Haare zwischen den Brustmuskeln, die den Bauch hinab immer dünner wurden. In der kühlen Luft war sein Schwanz halb erigiert. Anna grinste innerlich; wie er es versprochen hatte, war Alessandro optimistisch, ließ sich jedoch nicht zu voreiligen Schlüssen hinreißen.

Anna stieg zuerst ins Zelt. Alessandro folgte. Die gelben Nylonwände filterten das Sonnenlicht und verliehen seiner Haut einen goldglänzenden Schimmer. Das Zelt war eigentlich nur zum Schlafen gedacht. Alessandro hatte nicht mal genug Platz, um sich auf allen vieren zu bewegen.

»Mein Zelt ist nicht sehr romantisch«, räumte er ein und legte sich neben Anna.

»Ich finde es wunderbar«, sagte sie.

Sie waren sich in diesem gelben Kokon so nah, dass sie einander den Puls hätten messen können, ohne einen Finger zu heben. Es hatte etwas eindringlich Intimes, dachte Anna, wie sie so splitternackt neben einem Mann lag, den sie kaum kannte und der genauso nackt war wie sie. Es kam ihr komisch und vertraut vor, wie sie so linkisch verheddert dalagen, doch der Umstand, dass sie sich praktisch fremd waren, machte es neu und aufregend. Alessandro empfand das offenbar genauso, denn da war nichts mehr nur halb hart an ihm. Sein Penis drückte sich in voller Länge an Annas Unterbauch.

Sie fasste nach unten an seine Erektion, die sich weich in ihre Handfläche schmiegte, als wäre sie dafür gemacht. Er hatte ein Kondom dabei, doch bevor er es überzog, wollte Anna seinen Schwanz noch mit ihren Fingern bekannt machen. Anschließend begab sie sich weiter nach unten und stellte ihn ihren Lippen vor.

Alessandro schob ihr seinen Schwanz tief den Mund, aber nicht zu tief, so dass sie ihn bequem aufnehmen konnte. Als sie ihn lutschte, bettete Alessandro ihren Kopf in seine Hand und bewegte die Hüften, erst sanft, dann drängender.

»Dreh dich um«, sagte er.

Sie hob den Kopf und sah ihn an. »Wie?«

»Ich will dich über mir, deine Möse an meinem Mund. Schnell.«

Anna ließ die Zeltbefestigung wackeln und konnte sich irgendwie in die Position bewegen, die er wollte. Man hatte ihr gesagt, dass sie für diesen Ausflug fit sein müsste, aber über die Risiken – und Freuden – eines 69ers in einem Einmannzelt hatte sie niemand informiert. Es dauerte ein paar Minuten, bis sie den Rhythmus von Lecken und Gelecktwerden, Lutschen und Gelutschtwerden raus hatte; sie musste sich innerlich zweiteilen, um Alessandros Schwanz nicht zu vernachlässigen, während sie genoss, wie seine Zunge ihre Kleine erforschte.

Eine Regenwolke zog über ihnen vorbei, und ein kurzer Schauer besprenkelte das Zelt. Das Geräusch des prasselnden Wassers vermischte sich mit den Leckgeräuschen, und im Nu hatte Anna die technischen Fragen des 69ers vergessen. Sie ließ sich fallen und bewegte sich im hypnotischen Rhythmus des Regens, wiegte die Hüften an Alessandros Mund und ließ seine Zunge ihr Geschlecht durchstreifen. Er packte ihren Hintern, presste sie fest auf sein Gesicht und übte mit dem harten Kinn Druck auf ihre Kleine aus, während seine Lippen ihre Klit bezupften.

Sie verwöhnte seinen Schwanz so gut sie nur konnte, doch bald schon hatte sie Mühe, sich auf etwas anderes zu konzentrieren als die wogende Wärme zwischen ihren Beinen. Seine Zunge schnellte zwischen ihren Lippen auf und ab und stupste und reizte ihre Klit. Es dauerte nicht mehr lange, und Anna verlor sich in einem Orgasmus, der ihren Körper beben ließ. Als der Sturm durch sie hindurchgejagt war, brach sie mit dem Gesicht nach unten zwischen Alessandros Schenkeln zusammen. Vielleicht war es die tropische Luft des Regenwaldes oder die Herausforderung eines neuen Liebhabers, jedenfalls konnte sich Anna nicht daran erinnern, wann sie sich während des Sex jemals so beschwingt gefühlt hatte.

Alessandro gab ihrem festen Hintern einen leichten Klaps, um sie daran zu erinnern, dass er auch noch da war.

»Reite mich«, befahl er.

Anna gelang es, sich umzudrehen, so dass sie ihrem neuen Lover wieder ins Gesicht sehen konnte. Sein Schwanz glitt mühelos in sie, aber sie hatte Mühe, sich unter dem niedrigen Zeltdach aufzusetzen. Mit Rücksicht auf die Grenzen ihres Nylonkokons fing Anna an, ihn langsam und vorsichtig zu ficken, doch als er ihre Hüften packte und sich in sie rammte, warf sie jede Vorsicht über Bord und ritt ihn wie wild. Das Zelt war ohnehin Schrott. Aus der Vogelperspektive musste es aussehen wie eine riesige gelbe Raupe, die sich mitten im Dschungel krümmte und wand.

Alessandros Höhepunkt hatte die gleiche Wucht wie der von Anna. Sie wusste, dass er kurz davor war, als er anfing, auf Italienisch kehlige Anweisungen zu erteilen, dann verschlug es ihm komplett die Sprache. Sie packte all ihre Energie in die letzten Minuten und ritt ihn im Auf und Ab, und als er kam, schrie er etwas in seiner Muttersprache, das sich nicht gerade nach einer

Andacht anhörte. Seine letzten Stöße bescherten ihr einen zweiten Orgasmus, der noch gewaltiger war als der erste. Während sie kam, hörte sie irgendwo im Dschungel einen wilden Schrei, und einen Moment lang wusste sie nicht, ob er aus ihrem Mund gekommen war oder dem eines Tieres.

Alessandro hatte nicht zu viel versprochen. Er wollte nichts Dauerhaftes, nur ein paar Wochen heißen Sex an jedem Ort und in jeder Stellung, die sich Anna nur denken konnte. Da Anna sehr einfallsreich, wenig gehemmt und mit Leib und Seele Biologin war, fesselte sie sein Interesse länger als die meisten anderen Frauen. Wenn sie nicht gerade Sex hatten, unterhielten sie sich über ihre Arbeit. Er lehrte Anna fast genauso viel Hochachtung vor Vögeln, wie sie vor Katzen hatte, und sie konnte ihn davon überzeugen, dass Feliden genetisch mehr mit Menschen gemeinsam hatten, als er dachte. Es gab keinen Grund, fand Anna, weshalb eine so freie und zwanglose Beziehung irgendwann zu Ende sein sollte.

Eines Abends in einer Bar fiel Alessandro dann eine umwerfende norwegische Ökologin auf. Er ging los, um der Frau einen Drink zu besorgen, und das war der Zeitpunkt, an dem Anna ihn das letzte Mal gesehen hatte.

So ist das eben mit den Paarungsspielen, dachte Anna. *Heiß und intensiv und so abwechslungsreich wie möglich.*

Doch nach der Alessandro-Erfahrung stellte sie fest, dass sie sich Männern gegenüber reserviert verhielt. Sie genoss den Sex kein bisschen weniger – den Anblick, die Gerüche, die Geräusche –, doch wenn es darum ging, sich einen Partner zu suchen, hielt sie sich zurück.

Genau genommen, wurde ihr schmerzhaft bewusst, war Alessandro der letzte richtige Liebhaber, den sie seit einer Ewigkeit gehabt hatte. Anstatt sich einen neuen Partner zu suchen, hatte Anna viel zu lange von den Erinnerungen an ihn gezehrt. Sie erinnerte sich noch immer an ihren Frühsport im Zelt, wenn der Radau exotischer Vögel ihr Stöhnen übertönte und die schwüle Luft ihren nackten Rücken streifte. Sie erinnerte sich, wie Alessandro sie leckte, und wie die feuchten Spuren in der morgendlichen Kühle kitzelten, wenn er damit fertig war. Sie erinnerte sich, wie einsilbig er wurde, wenn sie den dominanten Part einnahm, ihn auf den Rücken drückte, seinen Schwanz bestieg und ihn ritt. Sie würde nie vergessen, wie heftig sie gekommen war, als sie einen Affen in den Bäumen kreischen hörte und ihr schlagartig bewusst wurde, dass sie genauso ein Tier war.

Die Wälder im Pazifischen Nordwesten waren mit Costa Rica nicht zu vergleichen, aber die Sinneseindrücke in der Natur waren genauso erregend. Anna lehnte sich gegen die Windschutzscheibe ihres Wagens, spreizte die Beine und knöpfte ihre Bluse ein Stück auf. Die kühle, feuchte Luft strich über den Saum ihrer abgeschnittenen Jeans und liebkoste die Innenseite ihrer Schenkel. Sie strömte am Revers ihres Hemdes entlang und umhüllte ihre Brüste mit ihrer Frische. Für Anna fühlte es sich an wie eine luxuriöse Wellness-Behandlung. Sie bog den Rücken durch, warf den Kopf in den Nacken und streckte sich nach Leibeskräften. So eine Dehnung war manchmal ebenso gut wie Sex.

Es sei denn, man hatte ihn mit einem Typen wie dem, der sie gerade dabei beobachtete. Der großgewachsene, langhaarige Fremde wirkte nicht besonders freundlich, war aber definitiv ein Augenschmaus. Er sah aus, als könnte er zur heimischen Fauna gehören. Sein dunkelrotes Haar hatte fast dieselbe Farbe wie die Rinde der Mammutbäume, und so regungslos wie er dastand, hätte er gut ein Teil der Landschaft sein können.

»He«, sagte sie und schloss zögernd die Knie. »Kann ich irgendwie behilflich sein?«

Eine dämliche Frage in Anbetracht ihrer Situation, aber etwas anderes war ihr nicht eingefallen. Entspannt wie sie war, hatte

Anna überhaupt nicht bemerkt, dass sie Publikum hatte. Wobei er nicht besonders schmeichelhaft war, wie er so finster aus dem Schatten der Mammutbäume blickte. Er sah nicht aus, als wüsste er es zu schätzen, wenn er mitten im Wald über eine spärlich bekleidete Frau stolperte.

Womöglich war er einer von diesen fanatischen Zurück-zur-Natur-Umweltschützern, die schon aus Prinzip jeden Eindringling in die Natur hassten. Von dieser Sorte hatte Anna an der Biologischen Fakultät wirklich mehr als genug kennengelernt. Hoffentlich war der hier nicht bewaffnet oder sonst irgendwie gefährlich.

»Haben Sie sich verfahren?«, fragte der Waldmensch.

»Ich ... ja, schon«, räumte Anna ein. »Könnte man so sagen.«

Sie machte die Schultern rund, um ihre Brüste zu verdecken. Am liebsten hätte sie ihre Bluse zugeknöpft, dachte sich aber, dass sie damit nur noch mehr Aufmerksamkeit auf sich lenken würde. Sie konnte das Starren dieses Typen nicht deuten. Vielleicht wollte er sie vergewaltigen. Wahrscheinlicher war, dass er ihr ein paar Holzfäller-Schmähschriften in die Hand drücken und sie dann in die Stadt zurückschicken würde.

»Wo wollten sie hin?«

»Hier in der Gegend gibt es irgendwo einen Schutzpark für Großkatzen. Ich werde dort den Sommer über arbeiten. Ich suche ein Sommerhaus, das zum Park gehört. Zwei Freunde von mir wohnen da.«

Der Mann machte ein grunzendes Geräusch, das möglicherweise ein Lachen war. »Na so was«, sagte er.

»Was soll das denn heißen?«, fragte Anna empört.

Er steckte die Hände in die Taschen und scharrte mit dem Stiefel in der lehmigen Erde. Anna hätte schwören können, dass er versuchte, ein Grinsen zu verbergen.

»Ist mir was entgangen? Was ist denn daran lustig?«

Er riss sich zusammen und war wieder ganz bei der Sache. »Sie sind gar nicht mehr weit weg. Wenn's Ihnen nichts ausmacht, fahre ich mit und zeigen Ihnen den Weg.«

Mittlerweile machte es Anna aber etwas aus. »Nein, danke. Sagen Sie mir einfach, wie ich fahren muss, ich finde mich schon zurecht.«

»Sie fahren auf dieser Straße ungefähr einen Kilometer weiter«, sagte der Fanatiker völlig ungerührt. Halten Sie die Augen offen nach einem Baum mit einem weißen Farbklecks am Stamm. Er ist nicht leicht zu finden, aber das ist die einzige Wegmarkierung. Vom Westen aus hätten Sie das Haus viel leichter gefunden.«

»Ich sagte ja schon, dass ich mich verfahren habe«, sagte Anna. Unfassbar, wie dieser Kerl nerven konnte. Hoffentlich gehörte der hier nicht zum Inventar. »Woher wissen Sie eigentlich so viel über den Park?«

»Ich bin der Tierpfleger für die Katzen«, sagte er. »Und der Parkverwalter, und der Geschäftsführer. Alles Mögliche. Das ist mein Job.«

Na prima, dachte Anna. *So viel zum Thema Inventar.* Er gehörte nicht nur fest dazu, sondern würde auch noch das letzte Wort bei ihrer Arbeit haben. Falls er beschloss, ihr nicht zu vertrauen, würde er sie nie an die Katzen lassen.

»Hören Sie, wir können auch zusammen da hoch fahren«, sagte sie seufzend und rutschte von der Kühlerhaube. »Da wir zusammen arbeiten werden, sollten wir uns ein bisschen kennenlernen. Ich bin Anna.«

»Ich heiße Rick.«

Als sich der Katzenpfleger dem Wagen näherte, fiel Anna sein elastischer, rhythmischer Gang auf. Er war eindeutig ein Katzentyp und strahlte einen geschmeidigen, natürlichen Stolz aus. Anna könnte darauf wetten, dass Rick seine Partnerinnen nicht lange suchen musste; Frauen liebten solche Herausforderungen.

Anna war da keine Ausnahme. Während sie den Wagen lenkte, musste sie dem heftigen Drang widerstehen, mit ihm zu flirten. In der Beengtheit ihres alten Honda sprach Ricks Nähe all ihre Sinne an. Sie roch den Kieferndufi der Seife, mit der er sich wusch, sie hörte seinen Atem, spürte die dichte, maskuline Härte seines Körpers. Sie registrierte, wie sich seine Muskeln lösten: Er gewöhnte sich an sie. Als er sich eine Strähne seines langen, kastanienbraunen Haars hinters Ohr strich, fiel ihr auf, dass er einen kleinen silbernen Ohrring trug und am Hals ein chinesisches Schriftzeichen eintätowiert hatte. Vielleicht, überlegte Anna, war Mister Zurück-zur-Natur doch nicht so rein und naturverbunden.

»Das Tattoo hat sicher weh getan«, sagte Anna. »Wofür steht dieses Zeichen?«

»Es bedeutet ›Tiger‹«, sagte Rick. »Ich hab's mir zur Feier von Sekas Geburtstag stechen lassen.«

»Wer ist Seka?«

»Meine große Liebe. Eine prächtige weiße Tigerin, die wir von einer Ranch in Arizona gerettet haben. Wir dachten, sie würde ihr zweites Jahr nicht überleben. Deshalb das Tattoo.«

»Hat sie Ihnen diese Narbe auf der Hand verpasst?«, fragte Anna und zeigte auf eine gezackte Naht, die vom Ansatz des Zeigefingers schräg bis zum Handgelenk verlief.

»Nein. Das war Mingus. Ein Rotfuchs.«

»Klingt nach einem gefährlichen Job.«

»Ich pflege lieber Katzen als Kunden«, antwortete Rick. »Vor acht Jahren bin ich mit Zweireihern rumgelaufen statt mit Tattoos. Ich lass mir eher ein Stück aus der Seite beißen, als dass ich damit wieder anfange.«

»Verstehe ich vollkommen. Was haben Sie gemacht?«

Zum ersten Mal seit sie sich kennengelernt hatten, wirkte Rick, als hätte man ihn auf dem falschen Fuß erwischt. Er räusperte sich und murmelte etwas.

»Wie bitte?«, sagte Anna. »Das hab ich nicht verstanden.«

»Passen Sie auf, da vorne ist der Baum«, sagte er, und es klang, als wäre er froh, dass er das Thema wechseln konnte. »Da müssen Sie abbiegen.«

Plötzlich lag Ricks Hand auf Annas Bein. Er bewegte ihren Oberschenkel nach rechts, als wäre er ein Schaltknüppel. Sie steuerte den Wagen in diese Richtung, und er ließ wieder los. Die Berührung dauerte nur wenige Sekunden, aber die hatten es in sich. Rick war sicher keiner dieser sanften Lass-dich-mal-umarmen-Typen, sondern eher von der Sorte, die immer die Kontrolle haben müssen, und mit dieser Berührung signalisierte er ihr, wer hier der Boss war.

»Sie verbringen wirklich viel Zeit mit Katzen«, sagte Anna. Sie versuchte lässig zu klingen, aber es lag ein peinliches Zittern in ihrer Stimme.

»Wie kommen Sie darauf?«, fragte Rick.

»Sie verteidigen Ihr Revier. Ein Wunder, dass Sie mich noch nicht mit Ihren Drüsen markiert haben.«

»Nicht so einfach, wenn Sie fahren.«

Da sie den Wagen den von Farnen gesäumten Forstweg entlang lenken musste, konnte sie nicht zu ihm rübersehen, aber sie wusste, dass Rick eine subtile Bestandsaufnahme der Formen und Kurven ihres Körpers machte. Sie spürte noch immer den Abdruck seiner Hand auf ihrem Schenkel. Wie es sich wohl anfühlen würde, wenn der Katzenpfleger *sie* bändigen würde?

Nicht so schnell, ermahnte Anna sich. Besser, sie lotete erst mal die Lage aus, bevor sie sich kopfüber in die nächstbeste Affäre stürzte. Sie trat auf die Bremse.

»Warum halten Sie an?«, fragte Rick. »Bis zum Park sind es noch zwei Kilometer.«

»Das weiß ich. Ich denke, ich finde mich jetzt allein zurecht, nachdem Sie mir die Abzweigung gezeigt haben.«

»Sicher?«

»Sicher«, sagte sie und funkelte ihn bedeutungsvoll an. »Manche Sachen kann ich besser allein. Autofahren zum Beispiel.«

Sie rechnete damit, dass Rick verärgert sein würde, doch er wirkte nur amüsiert. Er machte die Tür auf und glitt anmutig aus dem Wagen, ohne zu protestieren.

»Kommen Sie später mal bei meiner Hütte vorbei. Jeder weiß, wo sie ist. Dann zeige ich Ihnen den Park«, sagte er über das Beifahrerfenster gebeugt. »Es sei denn, Sie wollen sich selber führen.«

»Ich überlege es mir lieber noch mal, ob ich mich von Ihnen führen lasse«, sagte sie und startete den Motor.

Sie wollte der Versuchung widerstehen, in den Rückspiegel zu sehen, aber dann ertappte sie sich doch dabei, wie sie hineinschielte. Sie bereute es sofort. Rick schlenderte mitten auf der Straße. Er hatte die Hände tief in den Taschen, im Gesicht das ärgerlichste, herablassendste Grinsen, das sie je gesehen hatte.

Zu dumm, dass dieses dreiste Schmunzeln nichts daran änderte, was für ein Prachtstück er war.

*

Nach der Begegnung mit Rick war die Ankunft im Sommerhaus eine Wohltat. Sie erkannte das alte, weiträumige Haus im Western-Stil an dem sexy Mann, der auf der Veranda saß. Cade lümmelte mit einem Bier in der Hand auf einem Stuhl, die nackten Füße auf einem Hocker. In seinen verwaschenen Jeans und dem weißen T-Shirt sah er zum Anbeißen aus – wie einer der älteren Jungs aus der Highschool, auf die Anna mit 14 so scharf gewesen war.

»Dieser Ort ist großartig!«, rief Anna, als sie aus dem Wagen stieg.

Das Sommerhaus sah aus wie eine natürliche Fortentwicklung des Waldes: Die breite Veranda war von grünem Farn fast überwuchert, und das Dach war moosbedeckt. Am Fuß der Treppe stand links ein bemalter Totempfahl, und rechts erhob sich ein aus Wurzelholz geschnitzter Berglöwe, der fast so groß war wie Anna. Hinter dem Haus lag der Wald, durch den sich Nebelschwaden wanden. Die riesigen, vom Dunst umhüllten Bäume hätten unheimlich wirken können, doch Anna fand, dass die dunklen Tiefen dieser immergrünen Pflanzen unzählige Möglichkeiten bargen. An einem Ort wie diesem, fernab von Stress und der Zivilisation, konnte man wirklich loslassen. Hier oben konnte einen keiner sehen und hören, und falls doch, war niemand da, um es weiterzuerzählen.

»Freut mich, dass es dir gefällt«, sagte Cade. »Das alles gehörte mal meinem Großvater. Er kam hier immer her, um zu fischen, auszuspannen und Orgien zu feiern.«

»Das glaube ich sofort. Die Promiskuität steckt dir in den Genen.«

Cade beugte den Kopf. »Ich verneige mich vor Ihrem Scharfsinn, Frau Evolutionsbiologin. Bier gefällig?«

»Das wäre toll.«

Anna warf ihre Reisetasche auf die Veranda und setzte sich neben Cade auf einen der Schaukelstühle. Er reichte ihr eine eiskalte grüne Bierflasche, und sie nahm dankbar einen tiefen Schluck.

»Und du glaubst, dass Promiskuität die Spezies stärkt?«, fragte Cade.

Anna nahm noch einen Schluck. Sie hatte keine Lust auf große Debatten, aber eine zwanglose Plauderei mit einem attraktiven Mann an einem Sommernachmittag war ja etwas ganz anderes.

»Ich gebe es ungern zu, aber das tue ich. Und ich denke, das gilt für Männer genauso wie für Frauen. Mit mehr als einem Sexpartner hat eine Frau bessere Chancen auf lebensfähige Nachkommen.«

»Und warum werden Frauen dann so rasend eifersüchtig, wenn sie glauben, dass ihr Mann sie betrügt? Meine Güte, warum reden wir beim Sex überhaupt von ›betrügen‹, wenn deine Theorie stimmt?«

»Ich glaube, Eifersucht ist vor allem eine Projektion. Frauen werden auf ihre Männer eifersüchtig, weil sie tief in ihrem Innern auch herummachen wollen. Nur ist es für eine Frau eben nicht in Ordnung, wenn sie promisk ist, deshalb muss sie sich verstellen und kämpft eisern für die Monogamie. Was das ›Betrügen‹ angeht, so scheint da die Wortwahl seltsam. Das Wort ›betrügen‹ benutzen wir, wenn wir über Spiele oder Prüfungen reden, aber eine monogame Beziehung betrachten wir doch nicht als Spiel, oder?«

»Als Spiel nicht, aber eine Prüfung ist es garantiert«, sagte Cade. »Eine Prüfung der Willensstärke.«

»Und deine Verlobte? Glaubst du nicht, dass es für sie auch eine Willensprüfung ist?«

»Nein. Ich glaube, für sie ist es ganz natürlich. Wir haben am Anfang unserer Beziehung darüber geredet. Sie sagte mir unverblümt, dass sie nicht will, dass ich sie ›betrüge‹, und ich könnte ihr vertrauen, dass sie mich auch nie ›betrügen‹ würde.«

»Okay. Du kennst dich gut genug, warum bist du darauf eingegangen?«, fragte Anna. »Es macht mich immer fertig, wenn Männer so reden – dass sie sich der Monogamie ergeben haben, obwohl sie sich eigentlich austoben wollen. Warum machen sie nicht einfach einen großen Bogen um die Ehe?«

»Weil Männer so verrückte Sachen machen wie sich zu verlieben«, sagte Cade. »Wir können Liebe und Sex trennen. Frauen können das nicht. Wir bekommen die Frauen, die wir lieben, nur unter der Bedingung, dass wir keinen Sex mit anderen Mädchen mehr haben.«

»Du müsstest dich mal hören. Der Mensch, den du liebst, ist eine ›Frau‹, aber besinnungslosen Sex hast du mit ›Mädchen‹. Ist Monogamie für dich automatisch an Reife gebunden?«

Cade zupfte am Etikett seiner Bierflasche. »Wahrscheinlich schon. Man heiratet, wenn man älter wird, stimmt's? Man fällt eine Entscheidung, gibt ein Versprechen, wird sesshaft.«

»Und wenn du nebenbei einen wegstecken willst, holst du dir ein paar leichte Mädchen ins Sommerhaus. So läuft es doch, oder?«, zog Anna ihn auf. »Wäre es nicht besser, wenn man ehrlich sagen würde, was man will? Wenn die Monogamie von Natur aus an Reife gekoppelt wäre, sollte es kein Problem für dich sein, dich darauf einzulassen. Du hast ja auch kein brennendes Verlangen mehr, Räuber und Gendarm zu spielen, oder etwa doch?«

»Nein.«

»Dann solltest du vielleicht die Möglichkeit in Erwägung ziehen, dass dein Verlangen nach mehreren Sexpartnern zu dir gehört, und dass es nicht einfach verschwindet, wenn du dir einen Ring an den Finger steckst oder ins dritte oder vierte Lebensjahrzehnt kommst.« Anna reckte sich und gähnte. »Ich würde ja zu gern wissen, was Belinda zu alldem sagt.«

Cade zupfte weiter schweigend an dem Etikett. Seine Stirn lag in Falten.

»Cade, alles in Ordnung?«, fragte Anna.

»Du kannst sie selber fragen«, sagte Cade. »Sie kommt heute Abend her. Zum Essen wird sie da sein.«

»Und? Wo ist das Problem?«

»Ehrlich gesagt hatte ich nicht so bald mit ihr gerechnet. Ich dachte, wir hätten mehr Zeit, um dir alles zu zeigen und dir beim Einleben zu helfen.«

»Aber es ist doch großartig, dass sie kommt! Ich kann's kaum erwarten, Prinzessin Monogamie kennenzulernen. Vielleicht kann ich sie davon überzeugen, dass sie auf dem falschen Dampfer ist. Dann führt ihr beide eine lange und glückliche Ehe und könnt euch nach Herzenslust mit anderen vergnügen.«

»Hübsche Fantasie, aber das wird nie passieren.«

»Vielleicht bist ja du derjenige, der den Gedanken nicht ertragen kann, seine Partnerin mit anderen zu teilen«, überlegte Anna.

»Warte einfach, bis du sie kennenlernst. Dann kannst du dein Urteil fällen«, antwortete Cade bedrückt.

»Tu nicht so deprimiert. Sie ist bestimmt der Fang des Jahrhunderts, sonst wärst du nicht mit ihr zusammen.« Anna gab Cades Knie einen Klaps. »Was soll ich machen? Gemüse schneiden? Den Tisch decken?«

»Schlag dir das aus dem Kopf. Du bist heute unser Ehrengast. Lehn dich zurück, trink noch ein Bier oder zwei oder drei und warte, bis das Essen auf dem Tisch steht. Noah rackert sich da drin am Herd ab. Er macht seinen berühmten Lachs mit Ahornsirup-Marinade. Der lässt dich beim ersten Bissen kommen, garantiert.«

»Noah kocht? Hach, ich liebe Männer, die kochen können«, sagte Anna und seufzte selig.

»Seine Kochkünste sind gar nichts im Vergleich zu seinem Artwork. Der Mann ist ein Genie«, sagte Cade. »Warte mal, bis du *Mutant Quest* gespielt hast.«

»Ich kann's kaum erwarten.«

Anna sah einen seltsamen Ausdruck über Cades Gesicht huschen, der wieder verschwunden war, bevor sie sich einen Reim darauf machen konnte. Irgendwas war hier am Köcheln, und zwar nicht nur Noahs Spezialrezept. Sie merkte, wie sich ihre Härchen aufstellten – ein sicheres Zeichen, dass ihr Körper auf das Abenteuer ansprang. Cades Verlobte würde dem Mahl noch extra Pfeffer geben.

Und dann war da noch Rick.

»Ach, übrigens«, fragte Anna beiläufig, »was ist denn mit eurem Katzenpfleger? Ist Rick immer so charmant oder knipst er seinen Sex-Appeal nur für verirrte Autofahrerinnen an?«

Ricks Name schien Cade aus dem Konzept zu bringen. Seine Augen wurden schmal, und seine Faust schloss sich fester um die Bierflasche.

»Wo hast du Rick getroffen?«

»Im Wald. Es war verdammt schwer, hierher zu finden, und er hat mir den Weg gezeigt. Komisch, dass er plötzlich da war. Wie aus dem Nichts.«

»Rick ist ziemlich präsent«, sagte Cade. »Du wirst dich wohl an seine Art gewöhnen müssen. Am besten, du versuchst, ihm aus dem Weg zu gehen.«

»Geht nicht, wenn ich mit den Katzen arbeiten will. Ich hatte eigentlich vor, mich heute Abend mit ihm zu treffen. Er hat mir angeboten, mir den Park zu zeigen, und ich dachte, er wäre genau der Richtige dafür.«

»Warte doch einfach mit der Führung. Noah kann dir nach dem Essen alles zeigen.«

»Aber Rick ...«

»Um den kümmern wir uns«, sagte Cade mit leicht unheilvollem Unterton. Er stand auf. »Hör zu, ich helfe jetzt Noah mit dem Fisch. Da ist die Kühlbox. Bedien dich einfach, wenn du noch ein Bier willst.«

»Mit Vergnügen.« Anna schwenkte die Beine herum und legte die Füße auf den von Cade geräumten Hocker. Komisch, wie die Erwähnung von Ricks Namen Cade vertrieben hatte. Vielleicht machte er sich jetzt daran, seine Schrotflinte zu polieren.

Männer sind so vorhersehbar, dachte Anna und nippte zufrieden an ihrem Bier. Wenn ein Mann seinen sexuellen Aktionsradius einschränken soll, gibt es Heulen und Zähneklappern, aber beim ersten Zeichen, dass ein Konkurrent was von einer »seiner« Frauen will, schaltet er in den Angriffsmodus.

Anna leerte ihr Bier, dann dämmerte sie in dem bequemen alten Schaukelstuhl langsam weg. Das Brummen eines Automotors weckte sie wieder. Als sie die Augen öffnete, sah sie ein champagnerfarbenes Lexus-Cabrio auf das Sommerhaus zusteuern. Der schicke Wagen hielt neben Annas Honda und ließ den grünen Kleinwagen wie eine Schrottmühle aussehen.

Anna wusste sofort, wer am Steuer saß. Auch ohne den verräterischen rotblonden Bubikopf oder die makellosen Upperclass-Gesichtszüge war offensichtlich, dass der Wagen Cades Verlobter gehörte: Auf dem Kennzeichen stand BELSBABY. Ob Belinda ihren Besitz grundsätzlich so markierte oder nur ihr Auto? Anna hatte plötzlich das Wort BELSBOY vor Augen, das auf eine von Cades Pobacken tätowiert war, und sie musste laut lachen.

Belinda schien nicht sonderlich erfreut über die fremde Frau auf der Veranda, die bei ihrer Ankunft lachte. Sie verzog den Mund zu einem rosa Knötchen. Anna konnte es ihr nicht verübeln. Eine neue Frau im eigenen Revier war immer ein Grund zur Beunruhigung.

Anna hievte sich aus dem Stuhl und streckte Belinda die Hand hin.

»Ich bin Anna«, sagte sie. »Ich werde diesen Sommer im Park arbeiten. Sie müssen Belinda sein. Cade hat mir von Ihnen erzählt.«

Und nicht zu knapp, fügte Anna im Stillen hinzu. Während sie Belinda von oben bis unten musterte, musste sie an die Geschichte mit der Dusche denken. Cade hatte nicht übertrieben, als er sagte, Belinda habe einen Körper, für den er sterben würde. Sie war etwa zehn Zentimeter größer als Anna und brachte es fertig, gleichzeitig athletisch und sinnlich zu sein. Und als wäre das noch nicht genug, hatten ihre Bluse und ihr Rock aus cremeweißem

Leinen die lange Autofahrt mit gerade mal ein, zwei Falten überstanden.

Belinda wartete einen Augenblick, bevor sie Annas Hand schüttelte. Ihr Händedruck war nicht der Rede wert. Eher ein Fingerstreicheln aus dem Anstandsunterricht.

»Mir hat er nichts von Ihnen erzählt«, sagte sie. »Aber im Sommer sind ja immer neue Leute hier.«

Neue *Leute*. Eine strategische Wortwahl: Belinda bekam es fertig, ihre Rivalin zu neutralisieren, indem sie ignorierte, dass sie eine Frau war. Kaum hatte sie Anna hübsch in eine Schublade gesteckt und aus dem Weg geschafft, schaute sie an ihr vorbei in ihre fabelhafte Zukunft.

»Ich muss mal nachsehen, was Cade so treibt«, sagte Belinda. »Nett, Sie kennenzulernen, Anne.«

»Ebenfalls.«

Anna machte sich nicht die Mühe, Belinda auf ihren Fehler hinzuweisen. Etwas sagte ihr, dass Cades Verlobte ihren Namen mit Absicht durcheinanderbrachte. Als diese durch die Fliegengittertür entschwand und Anna ihren langen, geraden Rücken betrachtete, stach ihr ein interessantes Detail ins Auge. Im Auftritt der perfekten Belinda, deren Haar im Cabrio nicht zerzaust wurde und deren Leinen niemals knitterte, gab es einen Schönheitsfehler. Das Riemchen ihres BHs war auf dem Rücken verdreht, als hätte sie ihn überstürzt verschlossen ... oder jemand mit ungeschickten Männerfingern. Was das wohl zu bedeuten hatte? Anna verbuchte es als Beweismaterial zur späteren Untersuchung und setzte sich mit einem neuen Bier wieder in den Schaukelstuhl.

*

Das Abendessen war merkwürdig. Sie speisten köstlich. Noahs Lachs mit Ahornsirup zerging Anna auf der Zunge, und der frische, fruchtige Wein, den er dazu servierte, machte sie herrlich beschwingt. Aber trotz des Essens war offenbar niemand in Plauderstimmung – bis auf Belinda. Sie plapperte und plapperte, über ihre Arbeit (sie vertrat eine angesagte Galerie), ihre Suche nach einer neuen Wohnung für sich und Cade zum Auftakt ihres Ehelebens (»Daddy« übernahm die Anzahlung) und natürlich die Doppelhochzeit.

»Deshalb dachten Val und ich, wir könnten für die Kleider der Brautjungfern doch wieder Ecru nehmen und das mit dem Malve bleiben lassen. Ecru passt viel besser im September, und Malve ist so abschlussballmäßig. Dann könnten wir auch diese Mini-Chrysanthemen verwenden, wie wir es von Anfang an geplant hatten. Meine Güte, ich weiß nicht, wie Val überhaupt auf Malve kam. Alle ihre Schwestern und Cousinen sind blass und rothaarig. In Malve sehen Rothaarige ja aus wie Leichen.«

Belinda warf entgeistert die Hände in die Höhe. Der Solitär an ihrem Ringfinger blitzte wie ein Lichtschwert. Anna trank noch mehr Wein, lauschte Belinda und beobachtete die beiden Männer. Cade schob sich das Essen in den Mund und klebte mit den Augen an seiner Verlobten, als würde er lieber was ganz anderes mit ihr schieben. Er mochte über Monogamie denken, was er wollte, offensichtlich hielt Belinda sein Herz in einer Hand und seine Eier in der anderen.

Während sie mit halbem Ohr auf Belindas Geschnatter horchte, musste Anna sich in Erinnerung rufen, dass dies dieselbe Frau war, die Cade in einem Umkleideraum um den Verstand gebracht hatte. Wie's schien, hatte Cade eine Seite an Belinda entdeckt, die man sich kaum vorstellen konnte. Nur schade, dass sie nicht immer die heiße Wildkatze war. Man könnte viel mehr Spaß mit ihr haben.

Wäre es nicht interessant, sinnierte Anna, wenn Belindas verruchte Seite häufiger zum Vorschein kommen dürfte? Vielleicht war ihre Sexualität wie ein unterdrücktes Gen, das sich freisetzen ließ, wenn man ein bisschen daran herumbastelte.

Noah schien Belinda überhaupt nicht wahrzunehmen. Er hatte die Augen auf einen Dachs geheftet, der über dem gemauerten Kamin hing. Cades Großvater war Hobby-Präparator gewesen, und die Früchte seiner Arbeit zierten im Esszimmer die Wände und Regale. Anna fand, dass der Raum dadurch aussah wie eine Ruhmeshalle der Wildunfälle, aber Cade war so stolz auf das Hobby seines Großvaters gewesen, dass sie den Mund gehalten hatte.

Die Einrichtung des Sommerhauses ließ sich nur schwer in Worte fassen. »Provinz-Kitsch« wäre eine höfliche Umschreibung gewesen, »Amerikanische Psychotik« hätte auch ganz gut gepasst. Es war bis unters Dach voll mit Zweiter-Weltkriegs-Objekten, handgeschnitzten Indianer-Totems und verstaubtem Nippes, und man hätte, je nach Geschmack, ein Museum oder einen Trödelladen damit eröffnen können. Auf dem Kaminsims stand ein ganzer Wald aus Schnapsgläsern – Andenken von Raststätten, Souvenirläden und Tankstellen aus sämtlichen Bundesstaaten. Die Wand über dem Tisch zierte ein Arrangement von Bierkrügen aus Deutschland und der Schweiz. In jedem Zimmer des Hauses wurde irgendeine Sammlung ausgestellt, von Schwertern bis zu Salz-und-Pfeffer-Streuern.

»Belinda droht ständig damit, alles wegzuschmeißen«, hatte Cade Anna bei einer Führung durch das Haus erzählt. »Ich lass sie aber nicht mal in die Nähe. Dieses ganze Zeug hier gibt es schon seit meiner Kindheit.«

Und dann war da das Haus an sich, eine Ansammlung von verschachtelten Zimmern, die auf den ersten Blick sinnvoll erschien, bei näherer Betrachtung aber jegliche Logik vermissen ließ. Der Kern des Sommerhauses war noch immer unberührt, aber im Verlauf der Jahre hatte Cades Großvater so viele Schlafzimmer,

Badezimmer und Kammern eingebaut, dass das Haus inzwischen einem Irrgarten glich. Einer der Korridore endete sogar als Sackgasse an einer bloßen Wand.

»Mein Großvater war ... exzentrisch«, sagte Cade entschuldigend. »Mit dem Alter wurde es noch schlimmer. Wir haben versucht, ihn davon abzuhalten, aber er baute einfach immer weiter.«

Im Esszimmer herrschte genauso viel Durcheinander wie im übrigen Haus, doch es war so riesig, dass es bis auf die Köpfe der toten Tiere und den massiven Eichentisch alles zu verschlucken schien. Es war das Herz, der Raum, in dem der alte Herr Tagungen des Familienrats, Festessen und Treffen mit alten Kameraden veranstaltete. Die vier Personen, die nun am Tisch saßen – Cade und Belinda, Noah und Anna –, nahmen nicht mal die Hälfte des Platzes ein. Dicke Kerzen aus Bienenwachs warfen ein flackerndes Licht auf die wenigen Teller und Platten, mit denen sie ihn gedeckt hatten. Ohne Belindas endloses Gerede wäre der riesige, schattige Raum vielleicht sogar gruselig gewesen.

In dem Moment, da Belinda innehielt, um nach Luft zu schnappen, streckte Anna sich und gähnte. »Mann, bin ich müde«, sagte sie. »Ich hatte ja gehofft, heute Abend noch die Katzen zu sehen, aber bald ist es zu dunkel. Nach dem vielen Essen und dem Wein hab ich ohnehin mehr Lust auf was Häusliches. Zeig mir doch mal euer neues Spiel, Noah. Ich würde es schrecklich gern ausprobieren, bevor es offiziell herauskommt.«

Schlagartig wurde es still. Anna sah in die Runde. Alle saßen da wie erstarrt, als wären sie einer Episode von *Twilight Zone* entsprungen.

»Hab ich was Falsches gesagt?«, fragte sie. »Hallo?«

Belinda seufzte und verdrehte die Augen. »Dieses Haus ist eine spielfreie Zone. Hier wird nicht über Spielfiguren, Storys, Waffen oder 3D-Titten geredet.«

»Sie musste ein paar Grundregeln aufstellen«, ergänzte Cade, »sonst hätten Noah und ich sie wahnsinnig gemacht.«

»Es ist schon schlimm genug, dass sich die Jungs, wenn sie in der Stadt sind, ausschließlich mit dem Spiel beschäftigen«, beschwerte sich Belinda. »Aber wenn sie hier hoch kommen, brauchen sie Erholung.«

Dasselbe könnten die »Jungs« über deinen Brautmonolog sagen, dachte Anna, doch sie lächelte freundlich und sagte, das könne sie verstehen.

»Wir erlauben Noah, seinen Laptop mitzunehmen, aber er darf ihn nur in seinem Zimmer benutzen, und nur wenn es dunkel ist«, sagte Belinda.

»Ich hab hauptsächlich Pornos auf der Festplatte«, sagte Noah trocken.

»Stimmt ja gar nicht! Das würdest du Val nie antun«, heulte Belinda auf.

»Val hätte nichts dagegen, wenn Noah ab und zu ein paar Sauereien runterladen würde«, sagte Cade, klang aber nicht sehr überzeugt.

Belinda starrte Cade an, Noah sah elend aus, und Anna hatte keine Lust, sich das warme Glühen des Weins von der nächsten Debatte vermiesen zu lassen. Sie stand auf und räusperte sich laut.

»Okay, vergesst einfach, dass ich ihr-wisst-schon-was erwähnt habe. Ich geh und mach den Abwasch.«

»Ich helfe dir«, bot Noah sich an.

Cade und Belinda hatten nichts dagegen, den beiden die ganze Arbeit zu überlassen. Während Anna und Noah den Eichentisch abräumten, zog sich das Pärchen zurück, jeder einen Arm um die Hüfte des anderen geschlungen. Cade hatte schon eine Hand auf Belindas festem Hintern platziert. Junge, das wird ihr Leinen ganz schön zerknittern.

»Sie geben ein schönes Paar ab«, sagte Anna zu Noah, als sie ihm in die Küche folgte. »Weißt du, er kommt daher wie der große Macker, aber wenn sie zusammen in einem Raum sind, kann er die Augen nicht von ihr lassen. Ich glaube, er ist verrückt nach Belinda.«

»Das ist er. Zweifellos.«

»Dir geht es mit deiner Verlobten bestimmt genauso. Wie hieß sie noch?«

»Val.«

Noah stellte das Geschirr in die rostfleckige Spüle und drehte das Wasser voll auf. Anna hatte das starke Gefühl, dass er das Thema wechseln wollte, aber sie war einfach zu neugierig. Sie hopste auf die Ablage neben der Spüle und schlug die Beine übereinander.

»Und? Erzähl mal, wie ist sie denn so?«, fragte sie. »Nein, lass mich raten. Sie ist so ein kreativer Typ, wie du, arbeitet aber in einem anderen Bereich. Sie könnte Journalistin sein, oder Musikerin, oder Tänzerin. Ein zarter Rotschopf. Habe ich recht?«

»Falsch. Val ist Rechtsanwältin und so zart wie ein Güterzug. Mit dem Rotschopf hast du allerdings recht gehabt.«

»Wie hast du sie kennengelernt?«

»Über Belinda. Val betreut ihre Verträge. Vor ein paar Jahren hat Belinda ein Date für uns arrangiert. Der Rest ist Geschichte.«

»Deine oder ihre?«

»Unsere. Was denkst du denn?«, sagte Noah genervt.

Der Dampf aus der Spüle hatte seine Brille beschlagen lassen, und seine Augen waren nicht zu erkennen. Anna hatte das Gefühl, dass sie ohnehin nicht viel Ausdruck darin gesehen hätte.

»Ich denke, dass das nicht nach deinem Typ klingt«, sagte sie.

»Woher willst du wissen, was mein Typ ist? Nur weil du jede Menge Tiere beobachtet und ihr Paarungsverhalten analysiert hast, bist du noch lange keine Männerexpertin.« Er sagte es bestimmt genug, um Anna klarzumachen, dass sie nicht weiterbohren durfte.

Jedenfalls nicht jetzt.

Es war ohnehin besser, das Tempo zu drosseln. Auf der Fahrt hierher hatte sich Anna eine Aufgabe für den Sommer vorgenommen: Sie würde als Katalysator für eine Veränderung bei Noah und Cade fungieren, ohne selbst in die neue Verbindung einzugehen.

Es war allerdings schwer, so zu denken, während all ihre Moleküle durch die Gegend hüpften und ganz heiß darauf waren, sich mit denen von Noah zu vereinen. Je mehr sie über ihn erfuhr, desto stärker zog er sie an. Sie mochte sein zerzaustes schwarzes Haar, das aussah, als könnte er mal wieder zum Friseur, und sie mochte es, wie er beim Nachdenken an seiner Unterlippe kaute. Ganz besonders mochte sie, wie er mit diesem geistesabwesenden Blick durch die Gegend lief, der sich in hundertprozentige Konzentration wandelte, wenn er mit Anna sprach.

Wie sie ihn so sah, die sehnigen Arme tief im Seifenwasser, musste sie an seine Berührungen denken, als er ihr Knie verarztet hatte – er war geschickt und fürsorglich und hungrig gewesen. Alles auf einmal. So würde er auch im Bett sein, nur viel intensiver.

Noah war ein Typ, in dem es brodelte. Im primitiven Teil seines Hirns brauten sich jede Menge heftige Wünsche zusammen; er hatte sie nur noch nicht ans Tageslicht gelassen. Cade dagegen kochte auf höchster Stufe. Er kannte seine Stimuli ganz genau, nur konnte er sich nicht entscheiden, was er damit anfangen sollte.

Anna würde den Männern helfen, herauszufinden, was zu tun war. Sie war schon dabei, auf der Grundlage ihrer bisher gesammelten Anhaltspunkte eine Hypothese über Noah, Cade und ihre Bräute zu entwickeln. Ihre große Liebe waren zwar die

Feliden, doch es könnte durchaus Spaß machen, einen Ausflug in die Welt menschlicher Paarungsstrategien zu unternehmen, erst recht, wenn sie im Hintergrund die Fäden ziehen konnte. Wenn sich ihre Theorie als korrekt erweisen sollte, hätte am Ende des Sommers jeder genau das, was er wollte.

Natürlich würde Anna nicht so lange warten, um ihre *eigenen* Bedürfnisse zu befriedigen, aber das brauchten Noah und Cade nicht zu erfahren.

*

»Fang an zu schaukeln. Los!«

Cade klatschte in die Hände. Es klang wie ein Schuss aus einer Schrotflinte, als die harten Handflächen aufeinanderknallten. Zum Glück war der Speicher gut gedämmt, denn wenn er erst mal richtig loslegte, würde es hier drin zugehen wie auf einem Schießstand.

Belinda schüttelte den Kopf so wild, dass das blonde Haar nur so ums Gesicht wirbelte. Anders konnte sie nicht widersprechen, weil ihr ein Knebel den Mund verstopfte. Cade schämte sich fast, wie sehr er es genoss, seine Verlobte zu knebeln. Belinda liebte es genauso, sonst wäre er sich vorgekommen wie ein Dreckskerl. Wenn sie nicht sprechen konnte, waren ihre Augen zehnmal so beredt. Gerade sagten sie: Ich hasse jedes Haar an dir, du Arschloch. Wie konntest du eine andere Frau einladen, ohne mir Bescheid zu sagen?

»Ich weiß, warum du sauer bist, Belinda«, sagte Cade besänftigend. »Aber das spielt keine Rolle, weil du trotzdem für mich kommen wirst.«

Mein Gott, sie sah unglaublich aus, wie sie splitternackt auf dem frisch lackierten alten Schaukelpferd saß, die Hände auf dem Rücken gefesselt. Durch ihre angewinkelten Arme wurden ihre

Brüste nach vorn gereckt, und die leichte Biegung ihres Rückens ließ ihren Unterbauch hervortreten. Sie wollte dieses Bäuchlein immer mit Diäten bekämpfen, aber für Cade war es eine ihrer schärfsten Eigenschaften. Die weiche Schwellung ihres Körpers war der Gegenpol zu ihrem straffen, durchtrainierten Hinterteil. Belinda hasste es, dass sie nichts gegen diese Stelle unternehmen konnte. Cade liebte es, dass es etwas an ihr gab, das sie nicht unter Kontrolle hatte.

Dabei war ihr Bauch gar nicht das Einzige, was Belinda an sich nicht unter Kontrolle hatte; er war nur am sichtbarsten.

»Du weißt, dass du für mich kommen willst«, sagte Cade. »Du hältst dich nur aus Trotz zurück. Nun, ich habe Mittel und Wege, um mit trotzigen Mädchen fertig zu werden. Wenn du bei ›drei‹ nicht anfängst zu schaukeln, wirst du mich kennenlernen. Hast du verstanden?«

Belinda kniff die Augen zusammen – ihr okularer Ersatz für eine herausgestreckte Zunge.

»Eins«, sagte Cade. »Ich hoffe, du weißt, worauf du dich einlässt.«

Belinda drehte den Kopf zur anderen Wand. Sie musste innerlich kochen. Cade konnte es ihr nicht verübeln. Sie hatte eine Verabredung zum Essen mit einem der angesagtesten Bildhauer der Westküste abgesagt, damit sie mit ihrem Verlobten den Abschluss des Produktzyklus von *Mutant Quest* feiern konnte, und das Erste, was sie sah, als sie aus dem Wagen stieg, war eine umwerfende Fremde auf ihrer Veranda.

»Zwei«, sagte Cade bedrohlich. »Du legst es drauf an, Belinda. Für diese Aufmüpfigkeit musst du bezahlen.«

Belinda tat weiterhin so, als gäbe es ihn gar nicht.

Das Lustige war, dass Cade gar nicht mehr so oft an Anna dachte, seit Belinda hier war. Wenn jemand hier und jetzt von ihm verlangt hätte, sie zu beschreiben, hätte er sogar große Schwierigkeiten gehabt, sie sich vor Augen zu führen. Was Belinda anging, machte sie das allerdings nicht weniger bedrohlich. Sie hatte beim Abendessen eine gute Show abgezogen und einen Wirbelsturm herbeigeredet, damit niemand mitbekam, wie unsicher sie sich fühlte. Aber Cade wusste, dass ihr Konkurrenzsaft gärte.

Cade hatte sogar schwören können, dass er diesen Saft auf dem englischen Sattel quietschen hörte, als Belinda auf dem Schaukelpferd das Gewicht verlagerte.

Wahrscheinlich hatte vor ihm noch nie ein Mensch einen wertvollen englischen Sattel für ein Schaukelpferd gekauft, aber er hatte nicht widerstehen können. Er hatte das ramponierte Holzpferd vor ein paar Monaten auf einem Flohmarkt in der Stadt entdeckt. Er ließ ihn neu lackieren und brachte den restaurierten Schatz mit dem Vorhaben ins Sommerhaus, ihn Belinda zur Hochzeit zu schenken.

Beim ersten Anblick dieses Pferdchens hatte er eine Vision von Belinda gehabt, die sein Blut in Wallung brachte. In den Jahren als Softwareentwickler war Cade gut darin geworden, Pannen vorherzusehen. Was er als Allerletztes wollte, war, dass seine Braut sich die Splitter aus dem Schritt ziehen musste, weswegen er ein kleines Vermögen für den besten englischen Sattel ausgeben hatte, den er finden konnte – alles nur für ein Holzspielzeug. Und nach dem verqueren Dinner mit Anna hatte er beschlossen, lieber nicht bis zur Hochzeit zu warten und das Pferd schon heute Abend einzuweihen.

»Drei«, sagte Cade. Er ragte jetzt über Belinda auf, bereit, ihr zu zeigen, wie ernst er es meinte. Sie war halsstarrig, Papas kleines Mädchen, dessen Lebensweg mit goldenem Asphalt planiert worden war. Er würde sehr viel Zeit und Energie – und eine Menge Disziplin – aufwenden müssen, um seine Vorherrschaft in dieser Beziehung zu erhalten.

Nicht, dass er es anders gewollt hätte.

»Also gut. Jetzt reicht's. Jetzt gibt's Ärger, Belinda.«

Belinda saß da wie ein Stein, die blauen Augen auf die Wand geheftet. Cade packte sie an den Ellbogen und half ihr beim Absteigen. Sie kochte vor Wut, war aber fügsam, und das Tempo ihres Pulsschlags und die feuchte Wärme ihrer Haut verrieten ihm, dass sie gespannt war, was er für sie auf Lager hatte.

»Du hättest es ja einfach haben können«, sagte Cade, »aber du bist so störrisch, dass du lieber leidest, als das zu tun, was ich dir sage. Jetzt bin ich schon so lange Geschäftsführer, aber unter allen meinen Mitarbeitern hat mir keiner so viel Schwierigkeiten gemacht wie du. Das Gute ist nur: Von meiner Verlobten muss ich mir so einen Mist nicht gefallen lassen.«

Cade führte Belinda zu einem alten Reisekoffer hinüber, der in einer staubigen Ecke des Speichers stand. Sobald er sie in dessen Richtung lenkte, fing sie am ganzen Körper an zu zittern. Sie hatte diesem Koffer schon ein paar Besuche abgestattet.

»Du weißt, was jetzt kommt, oder?«, sagte Cade hämisch. »Du würdest wohl gern zurück aufs Schaukelpferd, aber jetzt ist es zu spät. Runter auf die Knie.«

Er wollte Belinda helfen, sich niederzuknien, doch sie schaffte es graziös allein. Bevor sie ihren Oberkörper über den breiten, abgerundeten Deckel des Koffers beugte, warf sie ihm einen respektlosen Blick zu.

»Oh, du meinst, du brauchst meine Hilfe nicht?«, sagte Cade lachend. »Glaub mir, das Aufstehen wird deutlich schwieriger als das Niederknien.«

Bevor er Belinda kennenlernte, hatte Cade noch nie zuvor einer Frau den Hintern versohlt. Auch wenn er es ab und an mal etwas härter mochte, hatte er immer gedacht, es sei bestenfalls albern, einem erwachsenen Menschen auf den Allerwertesten zu hauen, und schlimmstenfalls barbarisch. Als Belinda ihn zum ersten Mal dazu angestachelt hatte, ihr eine aufs Hinterteil zu klatschen, konnte er nicht fassen, dass er es getan hatte. Beim zweiten Mal fand er langsam Geschmack an der Rolle des Herrn und gab ihr ein paar Schläge mehr, als sie wollte. Inzwischen hatten Cade und Belinda ihre disziplinarischen Rituale so perfektioniert, dass beide genau das bekamen, was sie brauchten. Während Belinda nun auf ihre Strafe wartete, zuckte ihr Hintern schon erwartungsvoll.

»Nicht so schnell«, sagte Cade. »Erst mal musst du aufgewärmt werden.«

Er griff ihr zwischen ihre Backen, um ihre Kleine zu betasten. Ungeduldig bewegte sie ihren Hintern; sinnliche Streicheleien gingen Belinda auf die Nerven, wenn sie in Schmerzstimmung war. Doch wenn sie so vor ihm kniete, konnte Cade der Versuchung nicht widerstehen, ihre Muschi zu befingern. Ihr Anblick in dieser unterwürfigen Haltung hatte etwas so Ursprüngliches. Er brannte darauf, sie zu ficken, aber das hätte ihrem abendlichen Treiben ein vorzeitiges Ende bereitet.

»Das willst du jetzt nicht, was?«, flüsterte er und schob seinen Zeigefinger langsam rein und raus. »Manche Frauen könnten diese Behandlung die ganze Nacht lang genießen, aber für Papas Prinzesschen ist das einfach nicht gut genug, stimmt's?«

Belinda grunzte verächtlich.

»Wie wär's dann hiermit?«

Cades leichter, schneller Klaps landete mitten auf ihrem Po. Er stützte sich mit einem Arm ab, die Handfläche auf dem Reisekoffer, und bearbeitete mit der freien Hand Belindas Hintern. Dann steigerte Cade das Tempo und die Härte seiner Hiebe, und bald schon war aus Belindas Stöhnen ein flehendes Schreien geworden. Er war inzwischen ein Meister der Übersetzung für die Laute, die sie von sich gab, wenn sie geknebelt war, und gerade bettelte sie darum, dass er locker ließ. Er ließ auch tatsächlich locker, aber erst nach einem weiteren Dutzend Klapse. Er konnte sich nicht daran sattsehen, wie ihr durchtrainiertes Fleisch erzitterte und seine Handfläche dabei Spuren auf ihre Haut malte.

»Hast du genug, Prinzessin?«, fragte er, als er fertig war.

Belinda nickte. Mit bebendem Brustkorb lag sie über dem Koffer und kam langsam wieder zu Atem. Schweißperlen schimmerten auf ihrer Haut. Cade war, als sähe er Abdrücke auf ihrem Oberarm, eine undeutliche Reihe blauer Flecken, doch als sie sich von dem Koffer erhob, waren sie weg. Falls jemand grob zu ihr gewesen war, vielleicht einer dieser überspannten Künstler, mit denen sie arbeitete, war Cade sich sicher, dass es dem Typ jetzt deutlich schlechter ging als Belinda.

»Du wirst jetzt brav für mich spielen«, machte Cade weiter. »Ich habe einen Haufen Kohle in diesen alten Plunder gesteckt. Du wirst dich jetzt auf dieses Pferd setzen, du wirst darauf schaukeln, und du wirst darauf kommen. Verstanden?«

Er half Belinda auf die Beine und schubste sie in Richtung Schaukelpferd. Sie schlurfte über den Boden wie ein reumütiges Kind, dann hob sie ein Bein und ließ sich wieder auf dem Sattel nieder. Sie hielt sich etwas steif, weil sie versuchte, nicht mit dem ganzen Gewicht zu sitzen, und Cade musste lächeln, er war zufrieden mit seinem Werk.

»Nur zu«, sagte er. »Wir machen da weiter, wo wir aufgehört haben, bevor ich dir den Hintern versohlen musste.« Belinda fing an zu schaukeln. Anfangs bewegte sie sich zögerlich. Sie hielt den Kopf gesenkt, so dass ihr das Haar ins Gesicht hing und Cade gerade genug erkennen konnte, um zu sehen, wie wütend sie war.

»So ist's gut, Baby«, sagte er aufmunternd. »Weiter so. Schaukel's aus dir raus.«

Er sah Belindas Kiefer arbeiten, als ihre Zähne auf dem Knebel malmten, aber schließlich fügte sie sich doch. Nur mit den Hüften brachte sie das Pferd in Schwung, schneller und schneller, bis die Kufen knirschten und Cade dachte, das Holz würde brechen.

Ihr Atem drang schnaufend und keuchend durch den Knebel, und die Wangen unter ihrem wehenden Haar waren knallrot. Jedes Mal, wenn das Pferd zur Ruhe kam, klatschten Belindas gefesselte Hande auf ihren Steiß, und ihr Hintern landete mit einem Satz auf dem Sattel. Das Schaukelpferd starrte Cade mit einem Glasauge an und wirkte äußerst beunruhigt.

Auch Cade machte sich Sorgen. Das Blut war ihm größtenteils in den Schritt geschossen, und ihm war etwas schwindelig. Wenn er Belinda nicht von diesem Pferd holte und dafür sorgte, dass er den steigenden Druck in seinem Schoß ablassen konnte, würde es ihn umhauen.

»Du kannst jetzt aufhören, Baby«, sagte er. »Belinda? Hör auf. Es reicht. Zeit, dass du mir deine Aufmerksamkeit schenkst.«

Seine Verlobte wippte auf dem Pferd wie auf dem größten Sexspielzeug der Welt. Ihre Schenkel pressten sich so daran fest, dass ihre Muskeln zitterten, und zwischen ihren hüpfenden Brüsten bildete der Schweiß kleine Rinnsale. Dann, mit einem Schlag, versteifte sich Belinda. Ihrem Mund entwich ein erstickter Schrei, sie wölbte den Rücken, stieß die Hüften vor und kam.

Cade hätte diesen Orgasmus zu gern auf Film gebannt, um ihn sich endlos in Zeitlupe vorzuspielen. Der erste Krampf hätte sie beinahe abgeworfen, dann schleuderte sie zurück wie ein Cowgirl auf einem bockenden Wildpferd. Dann erhob sich ihr schöner Körper senkrecht vom Pferd, sie schien in der Luft zu schweben, stand still, bis ihr Orgasmus abklang, und fiel mit einem satten Wumms wieder in den Sattel.

Belinda starrte Cade mit glasigen blauen Augen an. Er ging auf sie zu und nahm ihr mit fahrigen Händen den Knebel aus dem Mund. Dann band er ihre Fesseln los.

»Wasser«, verlangte sie heiser.

»Noch nicht.« Er baute sich vor ihr auf und ließ sie die Beule in seiner Hose sehen, damit sie genau wusste, was sie zu tun hatte.

Noch immer auf ihrem Ross sitzend, knöpfte Belinda seine Jeans auf und zog sie ihm über die Knie. Bevor sie seine Boxershorts folgen ließ, neckte sie seinen Ständer unter der Baumwolle, indem sie beide Handflächen daran rieb und für vielversprechende Reibung zwischen Stoff und Haut sorgte. Als sie seine Shorts herunterzog, sprang ihr sein steifer Schwanz entgegen. Er wusste, dass ihr Mund von dem Knebel trocken war, aber seine Lusttropfen würden für den Anfang reichen müssen.

Belinda leckte zuerst die empfindliche Unterseite seiner Eichel. Als sie ihre Zunge langsam den Hautstrang, der den Schaft durchzog, entlanggleiten ließ, bekam er weiche Knie und wäre beinahe gestürzt. Es war, als würden alle seine Nerven in diesem winzigen Punkt zusammenlaufen. Cade packte Belindas Kopf und drückte sie an sich.

Sein Verlangen spürend, schluckte sie noch ein Stück mehr. Sie war unersättlich, genau so wie er sie mochte. Cade wünschte, ihre Freunde aus dem Country Club könnten Belinda jetzt sehen, wie sie nackt auf einem Schaukelpferd sitzend seinen Schwanz lutschte.

Cade schloss die Augen, vergrub seine Finger in Belindas vollem Haar und ließ sich gehen. Er bewegte ihren Kopf vor und zurück, und sie sträubte sich kein bisschen, selbst dann nicht, als er sie weiter drückte, als sie für möglich gehalten hätte. Das Letzte, was er hörte, bevor der Orgasmus ihn überwältigte, war Belindas überraschtes Wimmern, als sie ihn bis zum Anschlag drin hatte.

Vom Ehrgeiz getrieben, massierte Belinda Cade sanft an den Eiern, als er kam, und ließ in den Tiefen seines Hirns ein Feuerwerk krachen. Es heißt, Männer könnten keine multiplen Orgasmen haben, doch jeder, der von Belinda einen geblasen bekommt, würde massive Einwände dagegen haben.

Cade wünschte, er würde nicht jedes Mal von nagenden Zweifeln geplagt, nachdem seine Verlobte einen dieser Blowjobs vollbracht hatte. Oder seinen Schwanz ritt wie ein Jockey auf der Zielgeraden. Oder ihm einen phänomenalen neuen Sextrick zeigte. Er wünschte, er könnte Belinda glauben, wenn sie ihm sagte, dass er erst der dritte Liebhaber in ihrem Leben war. Es wollte ihm einfach nicht in den Kopf, wie sie mit so wenig Übung so gut im Bett sein konnte … so wenig Übung, wie sie bei einer Bilanz von gerade mal drei Männern eben haben konnte.

Anna würde laut aufjaulen wegen dieser Doppelmoral, aber das war Cade egal. Er wollte keine Frau heiraten, die mehr Liebhaber auf der Liste hatte als er selbst.

»Schatz?« Belinda sah zu ihm hoch, ein zufriedenes Grinsen im Gesicht. »Alles in Ordnung?«

»Viel besser als in Ordnung. Du bist meisterhaft.«

»Ich weiß«, sagte sie und drehte an ihrem Verlobungsring, um den dicken Klunker besser betrachten zu können. »Mein neues Spielzeug ist großartig.«

»Meinst du das Schaukelpferd oder den Ring?«

Belinda lachte. »Beides. Du bist der wundervollste Verlobte auf der ganzen Welt. Bekomme ich jetzt mein Wasser? Oder, noch besser, bring mir ein Glas Wasser und den Rest von dem Wein.«

Cade wischte seinen Verdacht beiseite und ging nach unten, um seiner angehenden Braut etwas zu trinken zu holen.

Kapitel 5

Sinnliche Gegnerschaft

Früh am nächsten Morgen trafen sich Cade und Noah an einem Waldweg in der Nähe des Sommerhauses zu ihrem täglichen Lauf. Noah wartete bereits. Er trug ein T-Shirt von *Shiva Systems*, Shorts und Joggingschuhe mit zwei verschiedenen Socken und sah seltsam finster drein. Cade hatte seinen Freund noch nie so entschlossen und grimmig gesehen. Normalerweise joggten sie in freundschaftlichem Schweigen nebeneinander, aber heute hatte Noah etwas auf dem Herzen.

»Cade, wir müssen über Anna reden«, sagte Noah, als sie sich zwischen den Bäumen hindurch in Gang setzten. »Ich muss wissen, wo dieses Spiel hinführt, bevor die Sache uns entgleitet.«

»Bislang ist uns noch gar nichts entglitten«, sagte Cade beschwichtigend. »Wir haben Anna genau dort, wo wir sie haben wollen. Sie ist jetzt in unserem Revier.«

Cade musste allerdings zugeben, dass Belindas überraschende Ankunft ein Rückschlag gewesen war. Kaum war seine Verlobte aufgetaucht, hatte Anna sich zurückgezogen und der anderen Frau das Feld überlassen. Und das Intermezzo mit dem Schaukelpferd von letzter Nacht hatte Cade von der Vorbereitung einer neuen Eroberung abgelenkt.

»Du verstehst mich nicht. Die Sache ist mir wichtig«, schnaufte Noah.

Noah war gut in Form; wenn er jetzt keuchte, konnte es nur daran liegen, dass er aufgebracht war. Seine Schuhe beackerten den losen Pfad so hart, dass die Lehmklumpen von seinen Fersen flogen. Cade sah seinen Freund verwundert an.

»Was ist los, Junge? Gestern ist die Sache vielleicht etwas aus dem Ruder gelaufen, aber das juckt doch nicht weiter. Morgen fährt Belinda wieder in die Stadt, und wir können uns mit Anna beschäftigen.«

»Wir dürfen's nicht versauen«, wiederholte Noah.

»Werden wir auch nicht. Wo bleibt dein Optimismus?«

Noahs Verhalten sah ihm absolut nicht ähnlich. Bislang war er in ihrer Freundschaft immer der Entspannte gewesen; für Cades Verhältnisse grenzte seine Entspanntheit sogar schon an Scheintod. Als Val in sein Leben geschneit war, hatte sie ihn regelrecht überrannt. Bis vor Kurzem hatte es so ausgesehen, als würde Noah sich gern von der kurvenreichen, dominanten Rothaarigen lenken lassen. Braute sich da etwa ein Aufstand zusammen?

»He, Noah«, fragte Cade, »wie findest du Anna im Vergleich zu den anderen Frauen, die wir hatten?«

Noah schnaufte noch schwerer. »Sie gefällt mir besser als die meisten anderen.«

Gut genug, um Val den Laufpass zu geben? Die Frage brannte Cade auf der Zunge, aber er beherrschte sich.

Cade hatte ganz eigennützige Gründe, weshalb er Val loswerden wollte. Noah und er standen sich so nahe, dass die Frau, die Noah heiraten würde, praktisch gesehen seine Schwägerin wäre, eine feste Größe an Feiertagen, auf Partys und Familienausflügen. Val übte einen schlechten Einfluss auf Belinda aus. Wenn die Frauen zusammen waren, hatte Cade immer das Gefühl, als würde ihm der Prozess gemacht, nur weil er ein Mann war. Sie beobachteten ihn wie ein Paar eifersüchtiger Falken, als wären sie beide mit ihm verlobt, und wenn er auch nur nach einer gutaussehenden Frau schielte, wurde er der Triebhaftigkeit bezichtigt. Der Umstand, dass die Vorwürfe berechtigt waren, machte ihm das Leben auch nicht einfacher.

»Ich finde Anna sagenhaft«, sagte Cade. »Weißt du, wenn du sie allein jagen willst –«

»Was? Auf keinen Fall.« Noah blieb abrupt stehen. »Es gibt nur eine Regel in diesem Spiel, schon vergessen?«

»Ich weiß. Wir dürfen der Frau allein nachstellen, wir dürfen sie berühren, und wir dürfen sie auch kommen lassen. Aber für den finalen Akt müssen wir zusammen sein.«

»Genau. Du hast das eingefädelt, Cade – jetzt musst du's auch durchziehen.«

Die Männer standen sich schwer atmend gegenüber. Noahs Gesicht war gerötet. Seine Lippen waren geöffnet, seine Nasenflügel flatterten. Ein leichter Schweißfilm ließ sein T-Shirt auf der Haut kleben, und Cade sah, dass seine Brustwarzen steif waren. Er wusste wahrscheinlich besser als jeder andere Mensch, wie empfindlich die Nippel seines Freundes waren. Wenn in Noah die Gefühle wogten, verwandelten sie sich in kleine, harte Spitzen, und wenn er sexuell erregt war, konnte man sie zwicken und ihn damit zum Höhepunkt bringen. Die Frauen liebten es, wenn Cade ihnen diesen Trick zeigte, falls sie nicht schon von selbst darauf gekommen waren.

Was bin ich doch für ein Perversling, dachte Cade, nicht ohne Genugtuung. *Mein bester Freund hat eine emotionale Krise, und mir fällt nichts Besseres ein, als darüber nachzudenken, wie man ihn am besten kommen lassen kann.*

»Mach dir keine Sorgen. Wir ziehen das durch«, versprach Cade. »Nichts kann uns davon abhalten.«

»Nichts«, wiederholte Noah mit einem knappen Nicken. Er hob die Hand, und die Männer klatschten sich ab.

Die morgendliche Stille wurde jäh durchbrochen vom Brummen eines Motors. Ein uralter Ford Pick-up tauchte vor ihnen auf und schleppte sich schwerfällig dahin. Aber er war schneller, als man dachte. Noah und Cade mussten zur Seite springen, um nicht überfahren zu werden. Als der Wagen vorbeirumpelte, erhaschte Cade einen Blick auf ein scharf geschnittenes männliches Profil und eine Strähne langen rötlichen Haars.

Cade und Noah sahen dem Truck hinterher, dann starrten sie sich an.

»Scheiße«, sagte Noah. Er ließ die Schultern sinken. »Rick hab ich ganz vergessen.«

»Ich nicht. Dieser geile Sack kommt uns nicht in die Quere«, schimpfte Cade.

Er klang nicht besonders überzeugend. Nicht mal in seinen Ohren.

*

Morgens um sechs war Rick nicht schwer zu finden – man musste nur dem Duft frisch gebackener, bewusstseinserweiternder Muffins bis zu April Mays Haus folgen. April May führte in ihrem baufälligen Häuschen eine Bäckerei und verkaufte marihuanagewürzte Muffins am Morgen und Brownies am Nachmittag. Frühmorgens konnte man Rick oft beim Bumsen mit April May antreffen; ein Hippie aus Überzeugung, die ihren Gefallen an freier Liebe nie verloren hatte.

Cade entdeckte Ricks Wagen neben dem Entwässerungsgraben, der an April Mays Grundstück vorbeiführte. Getreu ihrer Lebenseinstellung hatte sie die Eingangstür sperrangelweit offen gelassen, so dass jeder, der vorbeikam, das Stöhnen und Keuchen hören konnte, das sie beim Sex von sich gab. Cade hatte nicht die Absicht gehabt, zu spannen, konnte aber nicht vermeiden, einen Blick zu erhaschen, als er sich dem Häuschen näherte.

Bei der heutigen Vorstellung hatte Rick April May auf ihrem Diwan in der Mangel. Die Füße auf den Boden gestemmt, hatte er sich über das Sofa gebeugt und hielt mit den Händen den

Rahmen umklammert, während sich sein Becken rhythmisch bewegte. Das Einzige, was Cade hinter Ricks Rücken erkennen konnte, waren April Mays wohlgeformte Beine, die sich in einem Winkel spreizten, der nur durch lebenslanges Yogatraining möglich war. Ihre Finger hatten sich in den handgeknüpften Wollteppich verkrallt, der über dem Diwan lag, und die hölzerne Lehne knarzte bedrohlich unter Ricks Stößen.

Man kann auch ohne Axt ordentlich was spalten, dachte Cade. Er lehnte sich an den Türrahmen, verschränkte die Arme vor der Brust und genoss die Vorstellung. Die beiden sollten wirklich Eintritt für ihre Morgenshow verlangen. Jeder, der hier in der Nähe wohnte – Männer, Frauen und frustrierte Pubertierende –, hatte Rick und April May schon gesehen oder gehört. Wie ein Beleg für das nicht totzukriegende Interesse des Menschen an Sex kamen sie immer wieder zurück und holten sich ihren Kick aus zweiter Hand.

April May war nicht Ricks einzige Affäre, alles andere als das. Die meisten Frauen im Bezirk hatten schon seine Beißspuren auf dem Körper durch die Gegend getragen, und die meisten Männer wollten ihn umbringen. Ein paar Mordversuche hatte er bereits überlebt. Wie alle Kater hatte Rick mindestens neun Leben. Angesichts der vielen Feinde, die ihn umgaben, war es trotzdem ein Wunder, dass er noch lebte. Männer hassten Rick, da machte Cade keine Ausnahme.

Während er das wellenförmige Auf und Ab von Ricks breitem Rücken betrachtete, die sanften Kontraktionen seiner Hinterbacken und das Schwingen seiner schweren Eier, wurde Cade von Erinnerungen an die Highschool-Zeit heimgesucht. Er war der dürre Strebertyp gewesen, der sich verkroch, sobald eine Sportskanone oder ein kiffender Bassgitarrist auftauchte. Rick war auch eins dieser Alpha-Männchen, mittlerweile 15 Jahre älter, doch er zog die Frauen noch immer magisch an.

Auch wenn Cade Rick und April May überhaupt nicht gekannt hätte, wäre sofort klar gewesen, dass die beiden sich schon viele Male geliebt hatten. Sie bewegten sich mühelos im Einklang, in eingespielten Rhythmen. Als April May ein Bein hob, griff Rick danach und streichelte es vom Knöchel bis zur Innenseite ihres Schenkels wie eine Skulptur, die er in- und auswendig kannte, aber deshalb nicht weniger zu schätzen wusste. Als sie ihren Hintern von der Couch hob, packte er danach und drückte sie fest in seinen Schritt, so dass er bis zum Anschlag in ihr war.

Nach ein paar kraftvollen Stößen zog sich Rick heraus und glitt zwischen April Mays Schenkel auf den Boden, um sich ihr mit der Zunge zu widmen. Wie ein Raubtier warf er den Kopf hin und her und trieb April May damit zur Raserei. Während er sie leckte, massierte sie sich die Brüste. Als sie anfing, an ihren Nippeln zu ziehen, dachte Cade, sie würde kommen, doch das ließ Rick nicht zu. Er erhob sich von den Knien, nahm seine alte Stellung wieder ein und stieß ein weiteres Mal tief in sie rein.

April Mays Stöhnen steigerte sich zum Crescendo. Die Finger in Ricks Schultern verbohrt, bewegte sie ihre Hüften, bis ein markerschütternder Schrei ihren Höhepunkt markierte. Fest entschlossen dranzubleiben, zuckte Rick ein letztes Mal, dann lief ihm ein Schauer über den Rücken. Er warf den Kopf zurück, während er kam und stöhnte tief und kehlig.

Cade hätte am liebsten sarkastisch applaudiert, aber wahrscheinlich hätte Rick das ernst genommen, und er wollte das Ego dieses Mannes nicht noch weiter aufblasen. Stattdessen trat er aus der Sichtlinie und wartete ein paar Minuten, bis das Paar in gesellschaftsfähiger Verfassung war.

Rick war keiner von den Typen, die sich im Nachglühen der Liebe wärmten. In nicht mal dreißig Sekunden war er angezogen und unterwegs zur Tür. April May folgte ihm. Sie strahlte unter ihren braunen krausen Locken. Da war viel Grau in diesen

Locken, doch April Mays Körper war so schlank und biegsam wie der einer 25-Jährigen. Auch wenn man ihren morgendlichen Vorstellungen nicht beiwohnte, bekam man den Großteil ihrer Vorzüge unter den leicht transparenten Leinenkleidern zu sehen, die sie immer trug. Konventionelle Utensilien aus der Welt des Bürgertums wie etwa Höschen oder BHs waren ihr nur lästig.

»He, Cade. Dich hab ich ja seit einer Ewigkeit nicht gesehen.«

April May drückte ihn. Sie war high, vom Sex, von Gras oder von beidem.

»Ich war schon eine Weile nicht mehr im Sommerhaus.«

»Machst du noch immer diesen Computerkram?«

»Klar doch«, sagte Cade.

April May kratzte sich am Kopf. »Irgendwann besorg ich mir einen Computer. Mein Anschluss an die moderne Welt. Vielleicht auch nicht. An sich mag ich meine Welt so, wie sie ist. Und du?«

Rick war durch die Tür gestürmt, ohne von Cade Notiz zu nehmen. Er war schon fast bei seinem Truck, die Schlüssel klimperten in seiner Hand.

»Ich hab's leider eilig, April May, ich muss Rick erwischen«, sagte Cade. Er versuchte, sich aus ihren Armen zu befreien, doch sie hielt ihn umklammert wie eine Efeuranke. Ihre Haut war noch warm vom Frühsport, und ihr Haar roch nach Sex und Patchouli.

»Kommst du mich mal besuchen? Wir könnten ... du weißt schon.« Sie rauchte pantomimisch einen Joint.

»Auf jeden Fall«, sagte Cade. Rick startete den Wagen. »Jetzt muss ich aber los.«

Er machte sich frei und rannte zum Truck. Rick sah ihn kommen, hielt es aber nicht für nötig, den lärmenden Motor auszumachen.

»Rick! Wir müssen reden«, brüllte Cade durch den Krach. »Stell ihn ab!«

Cade lehnte sich an die Seite von Ricks Fahrertür und machte es ihm dadurch unmöglich, ihn zu ignorieren. Schließlich nahm Rick seine Anwesenheit mit verdrießlichem Gesicht zur Kenntnis. Er stellte den Motor ab.

»Was willst du?«, fragte der Katzenpfleger.

»Lass die Finger von Anna«, sagte Cade, »sonst versaue ich dir dein hübsches Arrangement hier.«

Es hatte keinen Sinn, Rick gegenüber auf die Wortwahl zu achten. Er war ein Konkurrent und musste abgeschreckt werden. Nicht, dass Cades Worte Eindruck auf Rick machten. Drohungen anderer Männer verspeiste der Katzenpfleger zum Frühstück. Trotzdem hielt Cade es für fair, ihn zu warnen.

Rick gähnte und fuhr sich mit der Hand über das dichte kastanienbraune Haar. Eine eitle Geste, die in Cade den Wunsch weckte, ihm eine zu verpassen. »Wer ist Anna?«

»Die ist schwer zu übersehen. Sportliche Blondine, vorlaut, fährt einen alten Honda. Klingelt's?«

»Was soll ich sagen?« Rick hob die Schultern. »Ich kann mir nicht jeden Namen merken.«

»Red keinen Scheiß. Du weißt, wen ich meine. Sie hat dich gestern mitgenommen.«

»Okay. Jetzt fällt's mir wieder ein. Ihre vorlaute Art vor allem.«

»Gut. Rühr sie nicht an. Du hast hier genug Frauen zur Auswahl. Anna lässt du in Ruhe.«

Rick seufzte. »Hör mal, Cade, da warten hungrige Tiere auf mich, die was zu fressen brauchen. Willst du mit dieser Unterhaltung auf was Bestimmtes hinaus oder hattest du heute Morgen nur das dringende Bedürfnis, mir auf die Nerven zu gehen?«

»Anna wird die nächsten Monate für dich arbeiten. Ich will, dass eure Beziehung professionell bleibt. Sie nimmt ihre Forschung ernst. Lenk sie nicht ab.«

Rick grinste, schüttelte den Kopf und ließ den Wagen wieder an. »Ich würde dir gern helfen, Cade, aber du liegst gewaltig daneben.«

»Wieso?«

»Du glaubst, ich bin wie du. Du denkst, ich mache nichts anderes, als den Frauen hinterherzurennen. Hast du schon mal daran gedacht, dass es meistens gar nicht ich bin, der hinterherrennt?«

Rick stellte den Motor an, und der Truck schob sich aus dem Schlamm. Zum zweiten Mal an diesem Morgen musste Cade Rick aus dem Weg springen.

»Ich bleibe professionell, was Anna angeht«, sagte Rick, »aber wenn sie mir unprofessionell kommt, ist alles drin. Mehr kann ich nicht tun.«

Der Truck rumpelte davon, und Cade stand allein mitten auf der Straße. Er spürte, wie seine Schultern nach unten sackten. Wie vorhin bei Noah.

In der Stadt war Cade der Leitwolf, aber hier war Rick der König des Dschungels. Vielleicht war Anna schlau genug und hütete sich davor, die nächste Kerbe in seinem Bettpfosten abzugeben.

Falls Geschichte sich wirklich wiederholte, war sie es nicht.

*

Anna war früh aufgestanden, allerdings nicht so früh wie Belinda. Als sie im Gästebad aus der Dusche trat, hörte sie die Stimme der anderen Frau im Zimmer nebenan. Dem Klang der Unterhaltung nach redete sie mit ihrem Verlobten.

»Ich habe nichts gegen ein paar blaue Flecken ab und an«, sagte Belinda vorwurfsvoll, »aber diesmal warst du zu grob. Ich habe keine Lust, den ganzen Sommer mit langärmligen Blusen herumzulaufen, nur weil du deine sadistischen Triebe nicht im Griff hast.«

Anna, die sich gerade die Haare trocknete, erstarrte. Belinda stand auf harte Sexspielchen – das war um einiges interessanter als neue Eigentumswohnungen und Kleidchen für die Brautjungfern. Anna wartete auf Cades Antwort.

Nichts.

»Hör zu«, fuhr Belinda fort, ihre Stimme wurde lauter. »Ich habe lauter Fingerabdrücke auf der Rückseite meines Arms und auf der Innenseite meines Schenkels. Wenn wir uns weiter sehen sollen, musst du dich bremsen. Wie wär's, wenn du deine Aggressionen bei deiner Arbeit ausleben würdest? Vielleicht könnte ich dann ab und zu eins von deinen Bildern verkaufen.«

Anna musste sich die Hand auf den Mund pressen, um einen überraschten Aufschrei zu ersticken.

Belinda unterhielt sich nicht mit ihrem zukünftigen Gatten, sondern mit einem der Künstler, die sie vertrat. Wahrscheinlich ein unflätiger Bohemien, der noch nie einen Country Club von innen gesehen hatte.

»Ich muss los. Denk drüber nach. Ich will dich nicht bis nach den Flitterwochen vertrösten müssen«, sagte Belinda drohend.

Anna machte die Tür zum Badezimmer auf, nur dürftig in ein Handtuch gewickelt. Belinda stand auf dem Flur und setzte mit der einen Hand ihre Reisetasche ab, während sie mit der anderen ihr Handy zuklappte. Sie blickte auf und sah Anna in die Augen. Einen angespannten Augenblick lang starrten sich die beiden Frauen über den Korridor hinweg an. Schuld, Verlegenheit und Angst huschten über Belindas Patriziergesicht, doch sie hatte sich schnell wieder im Griff.

»Meine Kunden nerven, dass es weh tut«, sagte Belinda. Sie warf ihren Bubikopf zurück und stopfte das Handy in die Handtasche. »Sie geben keine Sekunde Ruhe.«

»Verstehe«, sagte Anna. »Das mit dem Wehtun jedenfalls. Manche Männer müssen immer Spuren hinterlassen. Das liegt an ihrem Dominanzbedürfnis.«

Sie zwinkerte Belinda verschwörerisch zu und flitzte in ihr Zimmer.

Doch bevor sie die Tür schließen konnte, schob Belinda sich hindurch, knallte sie zu und sperrte ab. Anna hatte nicht mal Zeit für einen Mucks, bevor Belinda ihr einen Arm auf den Rücken gedreht und ein Bein um den Knöchel gewunden hatte. In ihrem schwarzen Kostüm von Donna Karan sah sie aus wie ein urbaner Ninja mit blonden Haaren.

»Wie viel hast du gehört?«, wollte sie wissen.

»Genug«, sagte Anna.

Belindas Gesicht war eine Maske flammender Wut. Sie stieß Anna nach hinten aufs Bett, dann stieg sie auf sie drauf und hielt ihre Handgelenke fest. Anna hätte sich gegen ihre Angreiferin werfen und ihr in den Hals beißen können, aber Belinda war größer und stärker, und bei der Wahl zwischen Kampf oder Flucht erschien Anna Flucht als die bessere Reaktion. Sie strampelte mit den Beinen und wand sich mit aller Kraft, doch Belinda drückte sie nieder.

Daher beschloss Anna, dass Totstellen die beste Option war. Sie erschlaffte am ganzen Körper, und Belindas Griff ließ nach. Annas Handtuch gab es inzwischen nur noch in der Erinnerung. Sie war splitternackt, und ein großer blonder Ninja drückte sie aufs Bett. *Das müsste man echt filmen*, dachte sie. Im Internet ließe sich ein Vermögen damit verdienen.

Das Zimmer war so voller Energie, dass die Luft knisterte. Belindas Wangen leuchteten rosa von der Anstrengung des Kampfs. Sie roch nach Schweiß und Körpermilch. Plötzlich wusste Anna ganz genau, wie es wäre, wenn sich Belindas feminines Gewicht auf sie herabsenken und sie den Kontrast zwischen dem kühlen Rand des blonden Haars und der heißen Haut der Blondine spüren würde. Es war nur nicht ganz einfach, sich Belinda als mögliche Gespielin vorzustellen, solange sie die Augen zu mörderischen Schlitzen zusammenkniff.

»Glaub bloß nicht«, zischte Belinda, »dass ich dich nicht umbringe, wenn Cade davon erfährt.« Sie schlang die Finger um Annas Hals, legte ihr die Daumen an die Gurgel und drückte zu.

»Ich glaube dir«, sagte Anna.

»Wirklich?« Belinda drückte fester.

»Ich schweige wie ein Grab. Versprochen!«, keuchte Anna.

Belinda lockerte ihre Todeskralle, aber sie ließ ihre Gefangene nicht frei. Sie senkte ihre Hüften und Schenkel auf Annas Körper herab und beugte sich über sie, das Gewicht auf die Arme gestützt. Sie presste ihr Schambein gegen Annas Damm, bis der Druck so groß wurde, dass Anna nicht mehr wusste, ob sie lustvoll stöhnen oder vor Schmerz aufschreien sollte. Als Belinda anfing, mit den Hüften zu kreisen, entschied sie sich fürs Stöhnen.

»Ich könnte dich auf der Stelle umbringen«, sagte Belinda. »Ist dir das klar? Oder dich kommen lassen. Ich kann tun und lassen, was ich will.«

Bilder einer finsteren Nacht in Costa Rica kamen Anna in den Sinn. Sie war zu Forschungszwecken mit einem Infrarot-Nachtsichtgerät im Dschungel unterwegs, als sie plötzlich einem Jaguar auf Beutezug gegenüberstand. Zuerst hatte sie den schimmernden Reflex in den Augen der Katze gesehen, dann stellte sich jedes Haar ihres Körpers auf, als das Tier sich duckte. Doch im selben Moment war Annas Kollege über einen Teil der Ausrüstung gestolpert und ins Unterholz gestürzt, und der Lärm ließ den Jaguar die Flucht ergreifen.

Dass Anna diese Begegnung überlebt hatte, war reines Glück gewesen. Würde sie auch diesmal Glück haben? Eine berufstätige Frau aus der Upperclass, die ihr Territorium verteidigte, konnte gefährlicher sein als jede Wildkatze. Das Blau in Belindas Augen war von den riesigen Pupillen fast völlig verdrängt, und ihre Nasenflügel bebten. Die raubtierhafte Neugier in ihrem Blick machte Anna ziemlich nervös und erregte sie nicht unbeträchtlich. Belinda legte forschend eine Hand auf Annas Brust, dann zwickte sie mit den Fingernägeln in ihren Nippel und summte vor sich hin. Nur weil die Nägel aufwendig manikürt waren, sahen sie nicht weniger wie Krallen aus.

Belinda verlagerte ihr Gewicht auf die Seite, damit sie mehr von Annas Nacktheit hatte. Anna hätte die Gelegenheit nutzen und ihr entkommen können, doch sie blieb reglos, und es war eher Erregung, die sie lähmte, keine Angst. Belindas Hände ließen von Annas Brüsten ab, und ihre Nägel harkten über Annas straffen Bauch, um schließlich zwischen ihren Beinen nach Hinweisen zu suchen. Als sie merkte, wie feucht Anna war, blitzten ihre Augen triumphierend auf.

»Du stehst also auch auf Frauen«, sagte Belinda nachdenklich. »Ich hatte mich das bei unserer ersten Begegnung gefragt. Du sahst so was von burschikos aus. Cade steht ungemein auf sportliche Mädchen. Ich wette, er wäre jetzt gern an meiner Stelle und würde spüren, wie erregt du bist.«

Belinda glitt auf dem Bett hinunter, ihr Mund folgte dem Pfad, den ihre Klauen auf Annas Bauch gezeichnet hatten. Ihre vollen Lippen hinterließen eine feuchte Erinnerung auf der Haut.

»Ich liebe es, mir die Frauen zu nehmen, die Cade begehrt«, sagte die Blondine. »Du riechst nach frischen Äpfeln. Ich bekomme Hunger.«

Dem Himmel sei Dank für das Apfel-Duschbad, dachte Anna, sonst würde Belinda sie jetzt vielleicht ermorden und nicht zum Frühstück vernaschen wollen. Sie schmolz unter Belindas Mund dahin, öffnete die Schenkel und wiegte die Hüften. Als Belinda die Innenseite ihrer Schenkel küsste, streifte das Haar ihres Bobs, das von der morgendlichen Dusche noch leicht feucht war, über Annas Haut wie ein Vorhang aus Seide.

Belinda glitt vom Bett und ging zwischen Annas Beinen auf die Knie. Sie spreizte Annas Muschi mit den Fingern (wobei sie sie daran erinnerte, wie scharf ihre Nägel waren) und beugte sich hinab, um sie zu verschlingen. Sie leckte nicht einfach. Sie nahm Annas zarte innere Lippen in den Mund und saugte, was das Zeug hielt, als wäre Annas Geschlecht eine reife Orange, an deren Saft sie sich laben wollte bis zum letzten Tropfen. Das rhythmische Saugen gab Anna das Gefühl, als wäre sie aus Watte, leicht und flauschig und beim leisesten Windhauch zum Abheben bereit.

Dieser Windhauch war Belinda, die sich zurücklehnte, um zwischen Annas offene Schenkel zu blasen. Das sanfte Streicheln der Luft jagte ihr heftige Schauer durch den Körper. So kurz vor dem Höhepunkt war diese köstlich zarte Empfindung mehr, als sie ertragen konnte. Anna vergaß, dass sie die Passive sein sollte. Sie streckte die Hände aus, nahm Belindas Kopf und drückte ihr Gesicht wieder hinab.

»Leck mich«, bettelte sie. »Ich muss dringend kommen.«

Sofort war Belindas Zunge an Annas Klit. Anna packte Büschel von Belindas seidigem Haar und dirigierte diese Zunge in Kreisen, in Achten und schließlich schnörkellos auf und ab, was sie bebend zum Höhepunkt brachte. Als sie wieder zur Besinnung kam, merkte sie, dass auch Belinda einen Höhepunkt hatte. Während sie Anna verwöhnte, hatte die Blondine es sich mit den Fingern besorgt, und Annas Orgasmus hatte ihr den Rest gegeben. Als ihr Stöhnen abgeebbt war und sie nur noch zufrieden schnurrte, tat Belinda etwas, das noch keiner von Annas Liebhabern gemacht hatte. Mit ihrer rauen und leicht trockenen Zunge leckte sie gemächlich Annas Muschi aus, wie eine Katze. Diese sanfte Geste erfüllte Anna mit Zufriedenheit. Für eine egozentrische Zicke gab Belinda eine wunderbare Liebhaberin ab.

»Du hast alles vergessen, was ich am Telefon gesagt habe, nicht wahr?«, sagte Belinda, als sie fertig war und vom Fuß des Betts aus Anna ansah.

Anna nickte.

»Gut.«

Belinda erhob sich. Sie erblickte ihr Spiegelbild in einem antiken Spiegel und hielt inne, um Frisur und Make-up zu kontrollieren. Dann ließ sie sich in einen Sessel sinken und versuchte, zu Atem zu kommen. Anna lag auf dem Rücken und tat es ihr gleich.

»Du bist toll im Bett, aber du kämpfst unfair«, sagte Anna, während sie ihren schmerzenden Hals abtastete. Wie es sich anfühlte, hatte Belinda ihr wider Erwarten keinen Wirbel ausgerenkt.

»Tut mir leid«, sagte Belinda. »Ich wollte dir nicht wehtun. Ich darf Cade nicht verlieren, wir haben unser gesamtes Leben zusammen geplant. Aber auf die anderen kann ich auch nicht verzichten.«

»Die anderen? Soll das heißen, es gibt nicht nur einen?«

»Natürlich nicht.« Belinda hob angriffslustig das Kinn. »Das ist doch wohl viel besser. Ein einziger Mann könnte mir viel eher gefährlich werden. Als Ehemann würde ich nie einen anderen wollen als Cade. Aber die anderen muss ich auch alle haben. Jeden für ein anderes Bedürfnis.«

»Ich weiß, was du meinst, Belinda«, sagte Anna. »Vor mir musst du dich nicht rechtfertigen.«

Plötzlich gab Belinda ihre Deckung auf und war ein nervöses Mädchen.

Sanfter fügte sie hinzu: »Ich will mir ein geregeltes Leben mit Cade aufbauen, aber was den Sex angeht, will ich mich nicht einschränken. Klingt das nicht völlig unsinnig?«

»Für mich klingt das gar nicht unsinnig, ob du's glaubst oder nicht«, sagte Anna. »Ich finde es sogar vollkommen natürlich.

Natürlicher als sich für den Rest des Lebens auf einen Partner zu beschränken.«

»Wirklich? Manchmal denke ich, ich bin verrückt. Früher hat man Frauen wie mich weggesperrt, oder man hat uns Medikamente verabreicht, bis unser Hirn nur noch Matsch war, damit wir nicht mehr an Sex denken konnten.«

Anna rappelte sich auf und setzte sich hin. Sie entdeckte das Handtuch auf dem Boden und legte es sich um den Körper.

»Wie viele Partner hast du denn? Abgesehen von Cade, meine ich.« – »Drei, im Moment. Vorhin habe ich mit Paul telefoniert. Er duscht vielleicht ein Mal im Monat, und von Liebeskunst hat er noch nie was gehört. Aber er hat so eine brutale Energie, nach der ich süchtig bin. Dann ist da noch Todd. Er ist 19, kellnert in meinem Club und spielt Gitarre in einer Rockband, die gerade im Kommen ist. Er ist unwiderstehlich, außerdem spiele ich ab und zu ganz gern die Lehrerin. Und manchmal, wenn mir danach ist, treffe ich mich mit Sylvie. Ich war bei ihr im Yoga-Kurs, bis ziemlich deutlich wurde, dass sie mir näher kommen wollte. Jetzt machen wir nur noch Einzelunterricht.«

»Puh«, sagte Anna. »Und da versteckt sich nicht noch einer irgendwo unterm Bett oder im Schrank?«

»Na ja«, Belinda beugte sich nach vorn und lächelte vertrauensvoll. »Wenn ich hier oben bin, sehe ich zu, dass ich ein, zwei Mal beim Katzengehege vorbeischaue, um ein bisschen was von Rick zu naschen.«

»Aus irgendeinem Grund überrascht mich das nicht«, sagte Anna. Sie dachte kurz nach und fuhr dann vorsichtig fort: »Hast du mal dran gedacht, es Cade zu erzählen?«

Belinda machte große Augen. »Oh Gott, nein. Du machst wohl Witze! Cade hätte am liebsten eine Jungfrau als Braut. Ich habe ihm erzählt, ich hätte drei Partner gehabt. Was ich nicht gesagt habe, war, dass das für die letzte Woche galt.«

»Das sind vier Partner, mich eingerechnet«, erinnerte Anna sie.

Die Eingangstür knallte. Die beiden Frauen erstarrten. Die Stimmen von Cade und Noah wanderten die Treppe hinauf und wurden dann immer leiser, als die beiden Männer in die Küche gingen.

Belinda stand auf und musterte sich noch einmal kurz im Spiegel. Als sie sich zu Anna umdrehte, hatte sie sich wieder abgekühlt. Sie war die erfolgreiche angehende Braut. Energisch und professionell.

»Mir ist es ernst mit allem, was ich hier gesagt habe, Anna«, sagte sie. »Wenn ich beschütze, was ich liebe, verstehe ich keinen Spaß.«

Diesmal hatte sie Annas Namen richtig ausgesprochen. Ein sicheres Zeichen, dass sie es ernst meinte.

»Weißt du, Belinda, du hast keinen Grund, dich schlecht zu fühlen«, sagte Anna. »Leopardenweibchen können sich bis zu hundertmal am Tag paaren. Welche Karrierefrau von heute kann da schon mithalten?«

Belinda lachte, und es war kein Lachen aus dem *Country Club*, sondern voll und heiser und dreckig. Die Prinzessin mit dem goldnen Haar war eindeutig weniger zugeknöpft, als Anna gedacht hatte.

*

Belinda musste an diesem Vormittag wegen eines »Meetings« mit ihrer heißen, kreativen Neuentdeckung Paul mal kurz in die Stadt zurück. Anna beobachtete Cade und Belinda, die in der Auffahrt standen, vom Küchenfenster aus. So wie sich Cade von ihr verabschiedete, hätte man meinen können, Belinda würde in den Krieg ziehen.

Wenn der wüsste, dachte Anna, während ihr Belindas Telefongespräch mit dem Mann durch den Kopf ging, den sie insgeheim den Fleckenmann nannte. Irgendwann würde Belindas geheimes Sexleben frontal mit dem von Cade zusammenknallen. Doch gerade waren sie der Innbegriff romantischer Hingabe. Cade hatte Belinda an die Fahrertür ihres Lexus gedrückt und küsste sie mit einer überschwänglichen Leidenschaft, dass Anna schwindelig wurde. Sie war so vertieft in die Bewegungen von Cades Lippen und seiner Zunge, dass sie gar nicht bemerkte, wie Noah hinter sie trat.

»Ich frage mich, ob er sie in zehn Jahren wohl noch immer so küsst«, sagte er.

Anna zuckte zusammen. »Erschreck mich nicht so, sonst hänge ich dir eine Glocke um den Hals.«

»Tut mir leid. Ich wollte mich nicht anschleichen.«

»Schon okay«, sagte Anna. »Voyeure schleichen nun mal gern herum. Ich kenne mich da aus.«

»Ich habe keine Lust, Voyeur zu sein«, sagte Noah. »Und ich will garantiert nicht mein Leben lang nur zusehen, wie Cade Belinda küsst.«

»So lange wird er sie wohl nicht küssen. Sie ist zum Mittagessen in der Stadt verabredet«, sagte Anna im Spaß.

»So war das nicht gemeint«, sagte Noah.

Sie war sich nicht sicher, wie sie Noahs Verhalten einordnen sollte. Er stand so nah bei ihr, dass sie die erhöhte Temperatur seiner Haut spürte, und ihre eigene fing an zu prickeln. Der Softporno in der Auffahrt war da auch nicht gerade hilfreich. Cade hatte Belinda eine Hand unter das enge schwarze Top geschoben und knetete ihre Brust, während er sie küsste. Seine Finger spielten liebevoll über ihren Körper und modellierten ihr Fleisch, während sich Belindas lange Taille im Takt dazu wiegte. Noah lehnte sich mit den Ellbogen aufs Fensterbrett, direkt neben Anna, und sein Oberarm streifte den ihren. Felder feiner Härchen stellten sich überall an ihrem Körper auf wie Hunderte von Antennen. Ihr Magen verkrampfte sich zu einem Knoten, in dem das Verlangen steckte wie ein glühender Stein. Sie staunte über ihre Reaktion auf diese schlichte Berührung. Als hätte Noah sie vom Hals bis zum Schritt mit der Hand gestreichelt.

Wir sollten einfach ficken und diese Spannung hier loswerden, dachte Anna. Aber sie wusste, dass Noah nicht so ungehobelt sein würde, und er würde sie nicht so einfach gehen lassen. Sie würden ein, zwei Mal Sex haben, aber dann würde er nicht zufrieden seines Weges gehen. Er würde alles kompliziert machen wollen mit Gefühl und Seelenpein. Pläne würden umgeworfen, Leben gerieten aus der Spur.

Ich bin in diesem Haus nur der Katalysator, rief Anna sich in Erinnerung. Ich kann Veränderungen anstoßen, darf mich aber selbst nicht verändern.

»Ich brauche Koffein«, sagte sie, etwas zu aufgekratzt. »Komm mal mit und zeig mir, wie dieses Wahnsinns-Ding von Espressomaschine funktioniert. Ohne Astronautentraining kann man die wohl nicht bedienen.«

Sie gab Noah einen spielerischen Klaps auf die Schulter. Er packte sie am Handgelenk, und bevor sie sich versah, war sein Mund auf ihrem. Das war kein schüchternes Küsschen, sondern ein harter, wilder Kuss, der jede Menge Lust zu Tage förderte. Er küsste sie, bis ihr Kinn Feuer fing an seinen Stoppeln und ihr die Lungen brannten, als müsste sie unter Wasser schwimmen. Als er sie schließlich auftauchen und nach Luft schnappen ließ, musste sie sich an ihn lehnen, um nicht umzukippen. Sie rutschte halb an ihm hinab, und ihr Busen rieb an seiner Brust. Er hielt sie an den Ellbogen und zog sie nach oben. Sie stolperten und verloren fast das Gleichgewicht.

»Lass uns hochgehen«, drängte Anna.

Das harte Etwas, das sie in den Bauch stupste, stimmte ihr zu, doch bevor Noah antworten konnte, ließen Cades energische Schritte den Zauber platzen.

»Was für ein Morgen!«, röhrte er. »Klar wie Kristall. Anna, komm mit, ich zeige dir den Park, solange es nicht dunstig ist. Wer weiß, wann wir noch mal so ein Wetter haben.«

Noah rückte ein Stück von Anna ab. Er drehte sich zur Anrichte um und machte sich an der futuristischen Kaffeemaschine zu schaffen, wodurch er elegant seine Erektion verbarg. Anna rauschte noch immer das Blut in den Ohren, ihre Wangen brannten, und ihre geschwollenen Lippen sahen wahrscheinlich aus wie frisch aus dem Mixer. Cades Augen entging nichts davon, und er grinste. Anna hatte nie zuvor den Wunsch verspürt, einen Menschen zu töten, aber dieses wissende Grinsen führte sie verdammt stark in Versuchung.

»Wie sieht's aus? Willst du diesen Sommer hier arbeiten oder nicht?«, fragte er. »Der Vormittag ist schon zur Hälfte rum.«

»Ich hatte noch keinen Kaffee«, presste Anna zwischen den Zähnen hervor. »Ohne Koffein im Blut bin ich kein Mensch.«

»Den Katzen wird das recht sein«, sagte Cade. »Komm.«

»Noah? Kommst du mit?«, fragte Anna.

Noah warf einen Blick über die Schulter, sah ihr aber nicht in die Augen.

»Heute nicht. Ich bleibe hier«, murmelte er.

So viel zum Thema schlüpfrige, spätpubertäre Küsse an der Spüle, dachte Anna. In solchen Momenten war sie auf der Seite ihres Mitbewohners Jack, der fand, die menschliche Sexualität werde absolut überbewertet. Sie war genauso wütend auf Cade wie auf Noah und beschloss, dass Cade die bessere Wahl war. Wenigstens wusste der, was er wollte.

»Gut. Sehen wir uns die Katzen an«, sagte Anna. Sie holte ihren Rucksack und folgte Cade aus dem Haus, ohne sich noch mal nach Noah umzusehen. Auf der Fahrt in den Park beruhigte sich Anna wieder. Cade hatte recht gehabt, es war ein strahlend schöner Morgen. Das Sonnenlicht säumte die immergrünen Bäume, und über der Straße schwebten Dunstwölkchen. Zwischen Baumstämmen und Unterholz sah Anna blaues Wasser durchscheinen, als Cade den Wagen an dem See entlangsteuerte, an dem sein Großvater immer geangelt hatte.

Cade ließ Anna die Landschaft still genießen. Er schwieg, bis sie die Durchfahrt zum Park erreichten. An dem frisch in Grün gestrichenen Tor verkündete ein Schild, dass sie den *Sasquanatee Zoological Park* betraten und informierte sie darüber, dass sie die Tiere weder füttern, noch streicheln, noch reizen durften, und Grimassen schneiden war auch verboten.

»Nicht sehr einladend«, bemerkte Anna. »Hoffentlich niese ich nicht versehentlich.«

»Dieses Meisterwerk hat Rick verfasst«, sagte Cade. »Wir haben ihn gebeten, es freundlicher zu formulieren, aber da war nichts zu machen. Er würde die Leute am liebsten eine Verzichtserklärung unterschreiben lassen, bevor sie reingehen.«

»Was hat der denn für ein Problem?«

»Berufsbedingte Paranoia. Man glaubt es kaum, aber Rick war früher Anwalt.« Cade lachte. »Scheidungsanwalt.«

»Was ist daran so lustig?«

»Das wirst du bald erfahren«, sagte Cade. »Wahrscheinlich früher, als du denkst.«

Er stieg aus, um das Tor zu öffnen, stieg wieder ein und fuhr hindurch, einen unbefestigten Weg entlang, der zum Besucherparkplatz hin breiter wurde. Dort hielt er eine Weile an und ließ Anna die umwerfende Aussicht auf den Park genießen.

Es war Liebe auf den ersten Blick, als Anna den kleinen Zoo sah. Wenn sie sich den perfekten Ort zum Leben, Arbeiten und Forschen hätte einrichten können, er hätte genau so ausgesehen:

ein behagliches Ensemble bescheidener Gebäude, Käfige und Gehege auf einer Lichtung, die sanft zum Wald hin auslief. Dahinter ragten Baumwipfel in die Höhe, gefolgt von großartigen Bergen. Alles war üppig grün von den ausgiebigen Regenfällen im Frühling.

»Da wären wir«, sagte Cade. »Noahs Paradies. Als wir in das Parkprojekt einstiegen, ging es ausschließlich darum, wilde Tiere aufzupäppeln: ein paar Rotluchse, ein Bärenjunges und einen Fuchs. Jetzt ist es kommerzieller und hat einen Zoo und einen Souvenirladen, aber wir engagieren uns noch immer stark in der Pflege und im Naturschutz. Wir finanzieren uns über alle möglichen Geldgeber aus der Region und auf Bundesebene, aber er ist das Herz des Parks. Wie gefällt's dir?«

»Es ist traumhaft.«

Während Anna den Anblick bewunderte, war sie fast schon wieder bereit, Noahs Verhalten von vorhin zu verzeihen. Es gab wesentlich schlimmere Vergehen als sexuelle Verwirrung. Die Menschen überfrachteten Sex so sehr mit Bedeutung und machten alles so kompliziert, dass schon erstaunlich war, wie weit ihre Art es gebracht hatte.

In den folgenden zwei Stunden gab Cade Anna eine ausführliche Tour durch den Park und zeigte ihr jedes einzelne Tier. Die meisten Bewohner waren Felidae – darunter ein männlicher und ein weiblicher weißer Tiger, ein Bengaltiger, ein Serval aus Afrika, ein Rotluchs, ein amerikanischer Puma und ein seltener Nebelparder, bei dessen Anblick Anna einen Freudenschrei ausstieß – doch es gab auch ein kleines Reptilienhaus, ein Aviarium voller Vögel und diverse zahme Hunde, die das Gelände bewachten.

Während Cade zu jedem Tier die dazugehörige Geschichte erzählte, hatte der Zoo seine Pforten für die Besucher geöffnet. Ein Bus voller Kinder aus einem nahegelegenen Ferienlager hatte seine Fracht im Park abgeladen, und jetzt rannten die Kleinen überall herum und missachteten fröhlich die Gebote auf Ricks Schild. Anna wollte noch mehr Zeit bei dem Nebelparder verbringen, weshalb Cade sie zu der Katze zurückbrachte. Das Gehege der gefährdeten Katze lag etwas abseits von den anderen Tieren. Cade und Anna setzten sich vor dem Käfig auf eine Bank. Anna konnte den Blick nicht von dem Leoparden lassen. Nebelparder galten als Nachkommen des Säbelzahntigers, des Vaters aller Katzen.

Der Leopard erinnerte Anna daran, was sie dazu gebracht hatte, sich mit Katzen zu beschäftigen. Als Evolutionsbiologin befasste sie sich mit der Frage, wie Tiere sich verändern, doch sie war fasziniert von den Merkmalen, die bei allen Katzen gleich geblieben waren: der Kiefer des Räubers, der abgeflachte Schädel, die kraftvollen Hinterbeine, die gnadenlos wirkungsvollen Krallen. All diese Elemente waren so wunderschön aufeinander abgestimmt, dass die Tiere damit seit Abertausenden von Jahren jagten, töteten und Fleisch verschlangen. Doch dieselben Merkmale, die sie so effizient töten ließen, gerieten ihnen bei der Paarung zum Nachteil. Wenn ein männlicher Nebelparder ein Weibchen bestieg, hielt er sich mit seinen langen Fangzähnen in ihrem Genick fest, und manchmal kam das Weibchen dabei um.

Genauso gefährlich, dachte Anna, *konnte Sex für Frauen werden, wenn man sich vom falschen Männchen packen ließ.*

Hinter einem Vorhang aus Blättern betrachtete der Leopard Anna ungerührt, den eleganten Körper auf einem Felsen ausgestreckt. Nach dem Krawall im Zentrum des Parks war Anna dankbar für die Stille.

»Ganz schön viel Andrang hier«, bemerkte sie. »Ist das ganze Jahr so viel los?«

»Nein. Sommer ist Hochsaison. Den Rest des Jahres über ist es ziemlich ruhig, und im Winter haben wir eine Zeitlang geschlossen. Ich glaube, das ist Noah am liebsten. Er kommt dann hier hoch und kann Stunden damit verbringen, die Katzen zu zeichnen. Er bekommt viele Ideen für seine Figuren, wenn er den Tieren zusieht. Keiner kennt diese Katzen so gut wie Noah.«

»Ich war überrascht, dass er nicht mitkommen wollte«, sagte Anna. »Ich hätte angenommen, dass er mir die Tiere selber zeigen will.«

Die Szene in der Küche hatte noch immer einen bitteren Nachgeschmack. Sie konnte sich Besseres zum Frühstück vorstellen als Sexfrust.

»Noah ist unberechenbar«, sagte Cade. »Er ist Künstler, hat seine Launen.«

»Heute Morgen hatte er jedenfalls eine seltsame Laune.« Anna schüttelte den Kopf. »Manchmal werde ich nicht schlau aus ihm. Obwohl er mit Val verlobt ist, sendet er ständig Signale aus, dass er mich auch will. Ich könnte es ja verstehen, wenn er so ein Mann wie du wäre, aber Noah ist nicht so.«

»Vielen Dank«, sagte Cade. »Das klingt bei dir, als wäre ich ein richtiger Prachtkerl.«

»Du weißt, was ich meine. Noah ist kein Abenteurer. Ich kann mir nicht vorstellen, dass er einen One-Night-Stand hat und sich anschließend damit rausredet, dass er ein bisschen Abwechslung beim Sex brauchte. Ich wusste schon bei unserer ersten Begegnung, dass er der Pärchentyp ist.«

»Du würdest dich wundern. Warum schnappst du beim nächsten Mal nicht eins von seinen Signalen auf und guckst, was passiert?«

»Das habe ich ja, heute Morgen«, räumte Anna ein. »Wider besseren Wissens. Er hat mich in der Küche geküsst.«

»In der Küche? Du Flittchen!«, sagte Cade und haute sich in gespielter Entrüstung mit der Hand an die Stirn. »Das erzähl ich morgen den Mädchen in der Schule!«

»Halt die Klappe. Es war nicht nur ein Kuss. Er wollte mit mir vögeln. Wir wollten gerade nach oben gehen, als du reinkamst und vom Wetter geschwärmt hast.«

»Das tut mir leid«, sagte Cade und klang dabei alles andere als bedauernd. »Er hat dich scharf gemacht, und jetzt fühlst du dich hängen gelassen.«

»Allerdings. Nicht, dass dich das was angeht.«

»Aber es geht mich was an.« Cade war auf der Bank näher an sie herangerückt. Nah genug, dass sie die grünen und goldenen Sprenkel in seinen Augen sehen konnte. »Du bist den ganzen Sommer lang mein Gast. Ich sorge mich um deine Befriedigung.«

»Mach dir um mich keine Gedanken. Ich kann für mich selbst sorgen.«

»Wirklich? Beweis es.«

»Was?«

»Beweis es mir. Ich habe nichts lieber als eine unabhängige Frau, die sich selbst versorgt.«

»Vergiss es«, Anna lachte. »Ich bin doch nicht Belinda und spiele in der Öffentlichkeit an mir rum.«

»Da hast du recht«, seufzte Cade. »Belinda ist wild, abenteuerlustig und verwegen. Nicht mit dir zu vergleichen.«

»Ha!«, machte Anna spöttisch. »Ich bin so abenteuerlustig, wie eine Frau nur sein kann. Ich will nur den Leoparden nicht aufgeilen. Der braucht keine Pornoshow am Vormittag.«

»Finde ich gut, Indiana Jane. Ich kenne den perfekten Ort für eine kleine Privatvorstellung – garantiert keine katzenhaften Zuschauer. Wie sieht's aus? Hast du's drauf?«

Cade stand auf und streckte die Hand aus. Er sah zu Anna hinab, in seinem jungenhaften Grinsen lag etwas Herausforderndes. Sie sah sich um. Weiter hinten sah sie eine Gruppe von Kindern zum Käfig des Nebelparders rennen. Ein paar Betreuer bummelten hinterher, darauf bedacht, sie nicht zu verlieren.

»Komm schon. Verschwinden wir, bevor die Horden uns überrennen«, sagte Cade. »Oder willst du lieber zurück ins Sommerhaus und mit Noah in der Küche spielen?«

»Du kannst mich mal, Cade.« Anna sprang auf. »Geh'n wir.«

Cade führte sie durch ein Kiefernwäldchen auf eine kleine abgeschiedene Lichtung. Sie war eingefasst von mehreren Reihen grüner Zuschauerbänke, die zu einer erhöhten hölzernen Bühne wiesen. In der Mitte der Bühne standen ein Mikrofon und diverse technische Gerätschaften.

»In einer halben Stunde gibt es hier eine Vorführung mit exotischen Vögeln«, sagte Cade mit einem Blick auf seine Uhr. »Bis dahin sind wir ungestört.«

Er setzte sich auf eine der Bänke in der ersten Reihe und sah Anna erwartungsvoll an.

»Moment mal. Soll das heißen, dass hier in einer halben Stunde ein Haufen Kinder einfallen wird?«

»Kinder, Papageien, Sittiche und ein Strauß«, sagte Cade. »Aber wir haben reichlich Zeit.«

»Glaubst du! Ich habe keine Lust, zu hetzen.«

»Ich fürchte, dir bleibt keine Wahl. Je länger wir hier rumsitzen und plaudern, desto wahrscheinlicher wirst du ertappt. Ich würde lieber anfangen. Belinda wäre jetzt schon beim Striptease.«

Cades Worte waren lustig gemeint, doch seine Stimme hatte sich verändert. Er klang wieder wie der Chef, der seiner trödelnden Sekretärin Beine machte. Für wen hielt er sich, dass er so mit ihr umsprang? Das war das Problem mit diesen Managertypen: nicht genug, dass sie ihre Mitarbeiter kommandierten oder ihre Freundinnen. Sie wollten gleich die ganze Welt beherrschen.

Trotzdem fand Anna sein Verhalten erregend. Seine Arroganz brachte ihre Libido auf Touren.

»Gut. Du willst eine Show, du kriegst eine Show«, sagte sie.

Sie stampfte auf die Bühne. Im ersten Moment wusste sie weder, wie sie anfangen, noch was sie überhaupt machen sollte. Bilder aus dem *Amazon Room* von Stripperinnen in Bambuskäfigen tanzten ihr durch den Kopf. Nur gab es einen Riesenunterschied zwischen diesem Zoo in der Provinz und dem mega-angesagten Großstadtclub. Sie wurde nicht von einer aufgegeilten Menge mitgerissen, sondern stand lediglich vor einem aufgesexten Mann, und anstelle von Tanzbeats hörte sie nur das Zwitschern wilder Vögel und das gelegentliche Kreischen eines Sittichs oder Papageis im Aviarium. Aber Begierde war Begierde, ganz gleich, wohin es einen auch verschlug.

Anna schloss die Augen und stellte sich einen heißen, langsamen Jazz vor, der ihr einen Rhythmus vorgab. Sie wiegte sich hin und her, knöpfte ihre Shorts auf und zog sie sich halb über die Hüften. Sie öffnete die Augen und sah, dass Cade sie beobachtete. Sein freches Starren forderte sie heraus, sie wurde kühn. Sie schob eine Hand unter den Bund ihres Höschens. Doch sich mit Publikum selbst zu berühren, war nicht so vertraut, wie es allein zu tun. Ihre Klit erhob sich unter ihren Fingerspitzen zu einer Minierektion, und sie probierte verschiedene Arten sie zu streicheln, als wäre es das erste Mal, dass Anna sich berührte.

»Mach's mit dem Baum«, befahl Cade. »Reib dich daran. Aber lass erst die Shorts runter.«

Anna streifte sich die Shorts und das Höschen ab. Sie fielen zu Boden und sie kickte sie fort, dann funkelte sie Cade an und gab ihm zu verstehen, dass es ihr um ihren eigenen Spaß ging, nicht um seinen.

Auf einer Seite der Bühne stand ein kahler eingetopfter Baum, eine Requisite für die Vogelschau. Anna stellte sich daneben, das Gesicht Cade zugewandt, und beugte sich nach vorn, die Hände auf den Knien. Sie bog den Rücken durch und rieb sich an dem Baum, bis sich das Holz eng an ihre Muschi schmiegte.

Sie ließ die Hüften kreisen und genoss die Struktur des polierten Holzes auf der empfindlichsten Haut ihres Körpers. Als sie einen Knoten am Stamm spürte, der weit genug herausragte, um in sie einzudringen, lehnte sie sich mit ihrem ganzen Gewicht dagegen. Sie wippte mit den Hüften auf und ab, damit sie gleichzeitig ihr Loch und ihre Klit stimulieren konnte.

Ich muss diesen Baum mit nach Hause nehmen, dachte Anna. *Ich glaube, ich habe mich verliebt.*

Das Gefühl des Holzes und die Reibungen hatten sie so sehr davongetragen, dass sie Cade, der auf die Bühne geklettert war, erst bemerkte, als sie die Augen öffnete und ihn vor sich sah. Er hatte sich ihren weißen Slip wie bei einem Fadenspiel um die Finger gewickelt.

»Stell dich aufrecht hin«, sagte er. »Mit dem Rücken an den Baum. Hände hinterm Stamm gefaltet.«

»Wovon redest du? Ich dachte, das ist meine Show.«

»Falsch gedacht. Tu, was ich sage.«

Anna gehorchte. Sie hatte keine Lust, Cades Sexspielzeug zu sein, aber sie wollte unbedingt wissen, was er vorhatte. Kaum hatte sie die Position eingenommen, die er wollte, trat er hinter sie und wickelte ihr das Höschen um die Handgelenke.

»Ich könnte dich den ganzen Tag hier lassen«, sinnierte er. »Das wäre doch ein Spaß.«

»Nein! Absolut nicht. Du wolltest eine kurze, knackige Vorstellung – solo, übrigens. Und ich bin wunderbar allein klargekommen.«

Anna zerrte mit ihren gefesselten Händen am Stamm. Sie hätte nicht gedacht, dass ein Baumwollhöschen eine so stabile Fessel abgeben würde. Cade war sicher mal ein ausgezeichneter Pfadfinder.

»Ich war noch nie gut als unbeteiligter Zuschauer«, sagte Cade. »Dafür bin ich zu ungeduldig. Und zu gierig.«

Er schob ihr das Tanktop bis hinauf zum Schlüsselbein und zerrte die Körbchen ihres BHs nach unten. Ihr war unangenehm, wie hart ihre Nippel waren. Sie wurden noch härter, als Cade anfing, sie zu kneifen. Er drückte ihre Brüste zusammen und fuhr mit der Zunge durch den Spalt dazwischen, dann saugte er an ihren Nippeln, erst an dem einen, dann an dem anderen. Anna stöhnte. Ihre Muschi pochte schmerzhaft, weil sie plötzlich vernachlässigt wurde, nachdem sie so viel Aufmerksamkeit bekommen hatte.

Anna stellte sich breitbeinig auf, stieß die Hüften so weit nach vorn, wie sie nur konnte und wippte so einladend mit dem Becken, dass nur ein Blinder nicht verstanden hätte.

»Bist ganz schön geil, was?«, sagte Cade und grinste selbstzufrieden. Er sah auf die Uhr. »Huch, ich glaube, du musst ein bisschen Gas geben. In zehn Minuten geht's los mit der Vogelschau.«

»He, das ist unfair!«, jammerte Anna.

Sie zappelte und wand sich und schürfte sich die Arme an dem Baum, doch das Höschen löste sich nicht von den Handgelenken. Cade hatte recht, sie war geil bis zum Gehtnichtmehr, aber langsam stieg auch Panik in ihr auf. Sie war gefesselt und von der Hüfte abwärts nackt, ihre Shorts lagen zwei Meter weiter weg auf der Bühne. Die ersten Zuschauer konnten jeden Moment eintrudeln. Es gab immer einen zwanghaften Pünktlichkeitsfreak, der zeitig einen Platz ergattern wollte, auch wenn es nur um einen Haufen dressierter Papageien ging.

»Was könnte sexier sein als eine Frau in Fesseln?«, fragte Cade sich leise. Er hatte Annas Muschi noch nicht berührt, aber sie wusste, dass er daran dachte. Er starrte zwischen ihre Beine.

Was war nur los mit Cade und Noah?, fragte Anna sich. Beide waren gesunde, junge Männer, aber wenn es um sie ging, hätten sie genauso gut im Zölibat leben können. Sie baggerten sie zwar an – und ließen sie in Cades Fall sogar kommen –, aber dann wollten sie die Sache anscheinend nie zum Abschluss bringen.

Jetzt war Anna so weit, dass sie nahm, was sie kriegen konnte.

»Du kannst mich hier nicht so hängen lassen«, sagte sie. »Du wolltest sehen, wie ich komme. Aber wenn du mich nicht frei machen willst, musst du's dir selbst besorgen.«

»Herrisches kleines Biest«, sagte Cade und lachte vor sich hin.

Anna funkelte ihn trotzig an. »Wenn du das herrisch findest, warte mal ab, bis du verheiratet bist.«

»Glaub mir, ich weiß, was mich mit Belinda erwartet.«

Da hatte Anna starke Zweifel, doch sie hielt den Mund. Cade würde schon noch herausfinden, was für ein Sexmonster seine ach so perfekte Verlobte war. Aber wahrscheinlich erst nachdem ihr der Ring sicher auf dem Finger steckte.

»Ich glaube, ich sollte mich deiner erbarmen«, lenkte Cade ein. »Du Arme siehst aus, als würdest du gleich platzen.«

Er schob Anna zwei Finger in die Muschi, und als er spürte, dass sie fast so weit war, ließ er einen dritten folgen.

Sie schnappte nach Luft. Er sah ihr direkt in die Augen und fing an, sie zu fingern, erst langsam, dann, als sie schwerer atmete, immer schneller. Sie bewegte die Hüften seinen Stößen entgegen und presste sich auf den Ballen seiner Hand, um ihre Klit noch mehr zu reizen.

Cade atmete hektisch. Er mahlte mit den Zähnen und stieß Anna mit den Fingern, als wollte er sie dafür entschädigen, dass er sie nicht ficken durfte.

»Härter«, zischte sie. »Du hast ja wohl noch mehr drauf.«

»Nicht, ohne dich zu zweiteilen.«

Auf Cades Stirn glänzte der Schweiß. Er schloss die Augen, und sein Gesicht verzog sich, als hätte er Schmerzen. Als Anna ihn so leiden sah, ließ sie das fast kommen, und als er seine Hand wieder in sie stieß, konnte sie nicht mehr.

Anna kam gewaltig. Zu gewaltig: Fast hätte sie die Wucht der Wellen auf die Knie geworfen, und als sie ihrer Umgebung wieder gewahr wurde, stellte sie fest, dass ihr die Kehle schmerzte, weil sie geschrien hatte. Aber Cade war noch nicht fertig mit ihr. Er brachte sie mit ein paar weiteren sanften Stößen erneut in Fahrt. Dann kitzelte er ihre Klit mit hauchzarten Strichen, bis sie erneut kam.

Anna stürzte gegen den Baum, warf den Kopf in den Nacken und blickte in den Himmel. Zarte Nimbuswölkchen trieben durch ein blaues Meer. Sie fühlte sich so leicht und frei wie diese Wolken. Mann, wie gut es tat, so zu kommen: mit einem Mann anstelle eines Vibrators. In letzter Zeit hatte sie viel zu oft anderen beim Sex zugesehen und viel zu selten selbst welchen gehabt.

Ab heute würde alles anders werden.

»Wir müssen los«, sagte Cade. Im Gegensatz zu Anna wirkte er alles andere als glücklich. Als er sie losband und ihr das Höschen zurückgab, packte sie ihn an der Gürtelschnalle.

»Noch nicht. Jetzt bist du dran«, sagte sie.

»Ich kann nicht«, sagte er und klang dabei, als würde er gleich vor Enttäuschung heulen.

»Och, das glaube ich nicht. Es ist ganz einfach.« Anna knöpfte ihm die Hose auf, schob ihre Hand durch den Schlitz seiner Boxershorts und ergriff seinen Schwanz. Seine Eichel war so glitschig, dass Anna das Glied fast aus der Hand gerutscht wäre. Sie öffnete Cades Hose und befreite seinen Ständer.

»Heute ist dein Glückstag«, sagte sie sexy flüsternd. »In der Highschool nannten sie mich Handjob-Anna.«

Anna zog die Hand nur kurz aus Cades Shorts, um sich die Handfläche zu lecken, dann machte sie sich an die Arbeit. Cades Kehle entfuhr ein heiseres Stöhnen, als sie anfing, an seiner Erektion zu reiben. Zwischendurch hielt sie immer wieder inne und presste den Daumen an die Stelle, wo Schwanz und Eier aufeinandertrafen. Es kam ihr tatsächlich vor, als wäre sie wieder in der Highschool und würde ihren neuesten Freund hinter der Turnhalle hastig und schmutzig zum Orgasmus treiben, bevor es zur nächsten Stunde klingelte.

Offenbar war diese alte Spannung von Anna auf Cade übergesprungen, denn er sah sie genauso an wie die Jungs damals: Es war ein Blick, in dem sich Lust mit Bewunderung, Ungläubigkeit und einem Hauch von Furcht vermischte. Sie spürte, wie sich etwas Drängendes in seinem Körper Bahn brach, dann zitterte er.

Es blieb nicht viel Zeit für Sentimentalitäten. Cade lehnte sich an Anna, das Gesicht an ihrer Schulter, und noch während er nach Luft rang, hörten sie im Wäldchen einen Vogel kreischen. Hastig knöpfte Cade seine Hose zu, und Anna war in Rekordzeit in ihren Shorts.

»He, Cade. Willst du dir die Show ansehen?«

Auf der Lichtung stand ein großer Mann mit rotbraunem Haar. Ein leuchtend roter Ara saß ihm auf der Schulter. Anna erkannte den attraktiven, aber leicht unentspannten Naturfreund aus dem Wald wieder. Sie spürte, wie ihr Kopf die Farbe des Vogels annahm. Wie lange hatte Rick schon zwischen den Kiefern gestanden?

»Ich habe Anna nur gezeigt, wo unsere Vorführungen stattfinden«, sagte Cade. »Wir sind gerade auf dem Sprung.«

Anna spürte eine Konkurrenz zwischen den beiden Männern, die so greifbar war, als wäre ein Drahtseil zwischen ihnen aufgespannt.

»Irgendwie schade, dass du ihr die leere Bühne zeigst und dann verschwindest, bevor die Vorführung anfängt.«

»Wir haben zu tun. Lass gut sein«, sagte Cade.

Rick hob die Schultern. »Wie du meinst.«

Er lächelte Anna an. Das sarkastische Zucken seiner Oberlippe sagte Anna dreierlei. Erstens hielt er Cade für einen Dummkopf.

Zweitens hielt er Anna für bedauernswert, weil sie den Vormittag mit ihm verbracht hatte.

Drittens hatte er alles gesehen, was zwischen Anna und Cade gelaufen war, und war der Ansicht, dass es nicht besonders schwer sein dürfte, ebenfalls seine Portion abzukriegen.

Kapitel 6

Fütterungszeit

Belinda war mit Paul zum Mittagessen verabredet, doch als sie BELSBABY durch das Lagerviertel steuerte, in dem sich sein Loft befand, überlegte sie es sich anders. Der Zwischenfall mit Anna hatte ihren Appetit keineswegs gestillt, sondern sie im Gegenteil nur noch hungriger gemacht, aber auf Pauls grobe, animalische Energie hatte sie keine Lust. Heute wollte sie den Ton angeben.

Belinda musste lächeln, als sie an die Begegnung im Sommerhaus dachte. Sie hatte deutlich gespürt, dass Anna alles andere als passiv veranlagt war, aber die Neue hatte gewusst, wann sie sich einer stärkeren Frau mit größerem Einfluss unterordnen musste.

Belinda war zufrieden mit dem Ebenbild, das der Rückspiegel präsentierte. Mit der getönten Sonnenbrille, dem perfekt gestylten Haar und ihren lustvoll geschürzten Lippen sah sie einfach fantastisch aus – aber auch gefährlich, sollte sie in die falschen Hände geraten, ebenso wie der PS-starke Wagen, in dem sie saß.

Autofahren erregte Belinda fast so sehr wie Sex. Sie liebte es, in ihrem nagelneuen Baby über den Highway zu heizen, die Kraft des Motors in den Fingerspitzen spürend mühelos durch den Verkehr zu gleiten und die Familienkutschen abzuhängen. Belinda war dem Pöbel immer voraus, und sie arbeitete hart daran, dass es dabei blieb.

Im Takt der Rockmusik aus ihrem CD-Player presste sie die Schenkel zusammen. Weil das irgendwann nicht mehr stimulierend genug war, konzentrierte sie sich auf ihre Vaginalmuskeln und spannte sie an. Sylvie hatte ihr das beigebracht. Vielleicht wäre ein Besuch in Sylvies Studio jetzt genau das Richtige.

Oder vielleicht brauchte sie davon einen Happen: Belinda trat auf die Bremse und brachte ihren Lexus vor einer Espresso-Bar abrupt zum Stehen. Auf dem Gehweg standen ein Junge und ein Mädchen und bildeten das klassische Tableau junger, taufrischer Liebe. Sie lehnte an der Wand, er stand neben ihr und beugte sich, die Hand an der Mauer abgestützt, dicht über sie, nur ein bisschen zu schüchtern, um sie zu küssen.

Belinda hatte den Jungen wiedererkannt. Er war einer der neuen Programmierer, die Cade für sein letztes Spiel eingestellt hatte, *Monsterfest* oder wie zum Geier es hieß. Sie konnte sich die Titel von Cades Produkten einfach nicht merken, aber wie der junge Mann hieß, wusste sie noch: Tuan, denn sie war es gewesen, die ihn entdeckt hatte. Seine Mutter machte ihr die Nägel, und als sie ihr erzählte, ihr Sohn habe seinen Abschluss in Informatik mit summa cum laude bestanden, hatte Belinda ihn sich gleich für Cade geschnappt. Nun war es aber an der Zeit, ihn für sich selbst zu schnappen. Tuan hatte vietnamesische und deutsch-amerikanische Eltern, und die Mischung ihrer Gene hatte ein wahres Kunstwerk hervorgebracht. In T-Shirt und Schlabberjeans stand er da, schlank und hochgewachsen und mit Muskeln, durch die etliche Stunden Kampfsport zur Geltung kamen. Sein hervorstechendstes Merkmal aber waren seine Augen – sie hatten die Mandelform der Augen seiner Mutter und das Hellgrün der Augen seines Vaters. Was für ein Jammer, dass er seine Aufmerksamkeit an ein flachbrüstiges Mädchen verschwendete, das Ähnlichkeit mit Skipper hatte, der kleinen Schwester von Barbie. Sie war niedlich und dünn und sah in ihrem Strandkleidchen aus wie ein Engel. Und konnte kaum älter als 18 sein.

»Werd mal schnell erwachsen, Skipper«, sagte Belinda leise. »Löwenmama hat Hunger und frisst als Erste.«

Sie bog auf den Parkplatz ein und hielt neben den Turteltäubchen. Die lösten ihre sirupsüßen Blicke voneinander und starrten Belinda an. Zum Glück war sie an diesem Vormittag mit geschlossenem Verdeck gefahren. Sie wusste genau, was für ein Bild sie abgab, als sie Tuan anlächelte: eine extravagante Blondine in einem sündhaft teuren neuen Cabrio; die Art von Frau, die Sex in sieben verschiedenen Stellungen wollte und hinterher immer noch konnte.

Belinda schüttelte ihre duftende Mähne zurück, nahm die Sonnenbrille ab und strahlte Tuan an. Es war ausgeschlossen, dass ein Mann in seinem Alter ihre Zeichen nicht verstand, vor allem nicht, wie sie mit dem Finger am tiefen Ausschnitt ihres schwarzen Bodysuits entlangfuhr. Als sie die Hand sinken ließ, streifte der Finger zufällig ihre Brust, und unter dem glänzenden schwarzen Stoff meldete sich ihr Nippel zur Stelle.

»Was für ein herrlicher Tag, findest du nicht auch, Tuan?«, sagte sie kehlig schnurrend. »Viel zu heiß für Kaffee. Steig doch ein, und wir drehen eine Runde.«

Sie strich langsam, sinnlich kreisend mit der flachen Hand über den Beifahrersitz, als säße sein knackiger Hintern bereits neben ihr. In Tuans Gesicht stand Verwirrung. Belinda konnte förmlich hören, wie die widersprüchlichen Gedanken kreuz und quer durch sein Hirn jagten: Verdammt, ist die heiß ... aber sie ist die Verlobte meines Chefs ... wenn ich mit dieser Braut abziehe, versau ich's mir mit meiner Schnecke ...

»Äh ... weiß nicht. Ich hab schon was vor, irgendwie.« Er linste zu Skipper rüber, die plötzlich aussah, als hätte sie ein Bus gerammt. »Aber ich schätze, ich könnte, ich meine, ein bisschen Zeit hab ich –«

»Ich mach's dir ganz einfach«, sagte Belinda mit einer Stimme, die es vermochte, jedes männliche Ei in eine Haselnuss zu verwandeln. »Steig ein. Sofort.«

Sie ließ den Motor aufheulen und öffnete die Beifahrertür. Tuan huschte um den Wagen herum wie ein verschüchterter Schuljunge. Er rutschte auf den Beifahrersitz, und noch bevor er die Tür geschlossen hatte, brauste Belinda schon vom Parkplatz und ließ das Mädchen mit dem Strandkleid weit hinter sich.

»Eigentlich müsste ich ins Büro«, sagte Tuan nervös, als Belinda die Ausfahrt auf den Freeway nahm. »Ich wurde losgeschickt, um Caffè Latte zu besorgen. Jetzt denken die sicher, ich mache blau.«

»Keine Sorge. Du wurdest offiziell von der zukünftigen Frau deines Chefs entführt. Wenn sich einer beschweren will, soll er zu mir kommen. Du bist mir ausgeliefert, also lehn dich zurück und genieß die Fahrt.« Belinda unterstrich diesen Satz, indem sie das Lenkrad scharf herumriss.

Sie waren jetzt auf dem Highway und fuhren in den sonnigen Morgen. Belinda fühlte sich befreit, wie sie so ohne Ziel drauflosfuhr. Es war der einzige Moment, in dem sie nicht glaubte, in Terminen zu ersticken. Das Cabrio fühlte sich wie eine Erweiterung ihres Körpers an, wie ein PS-starkes Tier mit windschnittigen Kurven, mit dem sie durch den Raum glitt.

»Wohin fahren wir?« Tuan musste schreien, um das Donnern des Windes im Cabrio zu übertönen.

»Ich hab nicht die leiseste Ahnung!«, brüllte Belinda zurück.

Tuan grinste. Er wurde lockerer, lehnte sich zurück und legte die Arme über die Sitzlehne. Das Sonnenlicht ließ seinen Bizeps glänzen. Er griff in die Tasche und setzte eine Sonnenbrille auf. Mit den dunklen Gläsern und dem nach hinten wehenden Haar sah er aus wie ein frischgebackener Rockstar.

Belinda hatte sich seit Wochen nicht mehr so frei gefühlt. Zwischen einer anstrengenden Galerieeröffnung und den Problemen und Sorgen, die die Planung der Doppelhochzeit mit sich brachten, hatte sie enorm unter Druck gestanden. Cade hatte sich wie ein typischer Mann aufgeführt und ihr die ganze Arbeit mit der Zeremonie, dem Empfang und dem Catering überlassen, wobei er sich aber das Recht herausnahm, jederzeit Sand ins Getriebe zu streuen, wenn es ihm gerade gefiel. Neulich erst hatte er kurzerhand beschlossen, das minimalistische japanische Bankett, das sie als Hochzeitsessen bestellt hatte, zugunsten eines Buffets à la Hofbräuhaus abzusagen.

»Auf meiner Hochzeit will ich Fleisch«, hatte er verlangt. »Rotes Fleisch. Ich habe keine Lust auf eine Horde deiner Freunde, die herumtrippeln und Katzenfutter servieren; ich will eine Schnecke in Lederhosen mit Holz vor der Hütte, die mir dicke Scheiben blutiges Roastbeef abschneidet.«

Also hatte Belinda mitgespielt und so getan, als würde sie Cade seinen Willen lassen. Das Sushi und Sashimi hatte sie trotzdem nicht abbestellt. Cade musste lernen, dass er nicht immer alles bekommen würde, was er wollte. Sie hatte zudem den starken Verdacht, dass er es auf andere Frauen abgesehen hatte. Anna hatte er nicht ins Sommerhaus eingeladen, weil er mit ihr Mühle spielen wollte. Wenn er es nicht jetzt schon tat, würde er in spätestens einem Jahr durch die Gegend bumsen. Vielleicht hätte sie sich sogar mit seinen Seitensprüngen arrangiert, wenn er nur nicht diese altmodische Doppelmoral an den Tag gelegt hätte.

Belinda legte die Hand besitzergreifend auf Tuans Schenkel. Sie hatte damit gerechnet, dass er zurückzucken würde, was er aber nicht tat. Er rutschte tiefer in den Sitz, machte die Beine breit und lehnte den Kopf an die Kopfstütze.

»Und du meinst, das geht in Ordnung?«, fragte er. »Mit Cade?«

»Was Cade nicht weiß, macht ihn nicht heiß«, beruhigte ihn Belinda. »Und er wird es nicht erfahren, oder?«

»Ich bin doch nicht irre!«

Sie musste über diesen empörten Ton lächeln. Jüngere Männer waren so … begeisterungsfähig. Sie behielt die linke Hand am Lenkrad und ließ die Rechte weiter über Tuans Schenkel wandern. Sie hielt nicht viel von den weiten Jeans, die bei den Jungs in Mode waren – es wollte ihr nicht in den Kopf, wie man die knackigsten Männerhintern unter schlabberigem Denim verstecken konnte – aber wenn Hände auf Wanderschaft gehen wollten, war der lockere Bund ausgesprochen praktisch. Es war an diesem Vormittag nicht viel los auf der Straße, vor ihr war alles frei, und sie konnte problemlos gleichzeitig fahren und fummeln.

Ihre Finger schlichen erst unter die Jeans, dann unter die Boxershorts. Es dauerte nicht lange, bis sie gefunden hatte, was sie suchte; Tuans Erektion sprang ihrer Hand förmlich entgegen. Belinda liebte es, einen neuen Penis zu erkunden. Jeder Mann hatte einen anderen, jeder einzigartig in Beschaffenheit, Proportionen und Empfinden. Unvorstellbar, den Reiz dieser Entdeckungen aufzugeben. Wenn sie einen neuen Schwanz berührte, war das genauso aufregend, wie einen neuen Künstler zu entdecken. Belindas ewiger Favorit aber blieb Cades Schwanz. Wahrscheinlich würde sich ihre Faszination für die unendlichen Variationen der Penisse anderer Männer trotzdem niemals legen.

Sie behielt ihre neueste Entdeckung mit sanftem Druck im Griff und gab hinter einem Mercedes Gas, um ihn zu überholen. Als sie ausscherte, spannten sich Tuans Muskeln, doch als sie den Mercedes hinter sich gelassen hatte, lachte er, und eine frische Ladung Blut ließ seinen Schwanz weiter anschwellen. Belinda packte fester zu und gab Gas. Sie massierte Tuans Schwanz, als wäre er ihr Schalthebel, und lenkte den Wagen auf die rechte Spur, dann auf die linke. Ein Dreier wie er besser nicht sein konnte: eine Frau, ein Mann, ein Auto, eine kraftstrotzende Einheit bildend. Laut Tacho fuhr Belinda unfassbar schnell, aber es reichte ihr noch nicht.

Ihrem Beifahrer ging's genauso.

»Schneller!«, schrie Tuan. »Drück aufs Gas!«

Er hob sein Becken an und schob sich in ihre Hand. Sein Stöhnen verschmolz mit dem Heulen des Windes, und als sie das Gaspedal bis zum Boden durchdrückte, kam er.

Tuan fiel keuchend in den Sitz zurück, und Belinda brachte den Wagen wieder unter Kontrolle. Sie hätte für einen Augenblick fast die Fassung verloren, als der Junge gekommen war. In diesem Alter waren Männer wie Stromkabel. Der bloße Kontakt mit der Kraftquelle dieser jungen, sirrenden Nerven hatte sie mit Energie geladen. Sie musste ganz dringend kommen und war außer Stande, weiterzufahren.

Beim nächsten Rastplatz bog Belinda ab. Sie hatten die Stadt hinter sich gelassen und befanden sich auf einem wunderschönen Abschnitt an der Pazifikküste. Sie parkte neben einem Felsvorsprung, von dem aus man auf das Meer sehen konnte.

»War das geil«, sagte Tuan. »Besser als damals mein Highscore in *Speed Demons III*!«

Belinda zuckte zurück. »Ich geb dir einen Tipp, was Frauen angeht, Schätzchen. Keine Vergleiche von Sex und Computerspielen. Heb dir das für deine Kumpels bei der Arbeit auf.«

»Sorry«, sagte Tuan, er wirkte geknickt. Wahrscheinlich dachte er, dass er sich gerade die Chance auf eine zweite Nummer versaut hatte.

»Na, vielleicht vergebe ich dir, wenn du mir beweisen kannst, dass du ein Mann bist.«

»Und wie ich das beweisen kann!«, sagte Tuan so ernst, dass Belinda lachen musste.

Dann berührte sie sein vom Wind zerzaustes Haar. Sie ließ die dichten, glänzenden Strähnen durch ihre Finger gleiten, dann nahm sie ihm die Sonnenbrille ab und weidete sich am Kontrast zwischen seiner Olivenhaut und den blassgrünen Augen. Er hatte bezaubernde, hohe Wangenknochen. Seine Lippen waren einen Hauch dunkler als die Gesichtshaut, und Belinda fuhr mit der Zungenspitze deren Kurven nach. Als er versuchte, sie zu küssen, presste sie ihm die Fingernägel in den Nacken und hielt seinen Kopf fest.

»Küssen ist nicht«, sagte sie sanft. Ein Teil des Aktes musste exklusiv bleiben. Küsse behielt sie sich für Cade auf. »Aber sonst darfst du alles machen. Fang doch hier an.«

Belinda streifte sich den elastischen schwarzen Bodysuit von den Schultern. Dank der vielen Stunden im Kraftraum brauchte sie keinen BH. Die Luft war warm, und vom Meer her prickelte es ein wenig. Die Sonne fühlte sich fantastisch an auf ihren festen, schweren Brüsten. Sie hatte ganz vergessen, wie gern sie im Freien nackt war – Sonnenbaden, Ficken, ganz egal, Hauptsache, sie kam an die frische Luft und wurde dabei beobachtet. Wenn sie in eine andere Welt geboren worden wäre, hätte sich Belinda ihre Brötchen als Stripperin verdient. Sie liebte es, das Objekt männlicher Begierde zu sein. Exhibitionismus war berauschender als hundertprozentiger Schnaps.

»Nur zu«, sagte sie. »Du darfst sie anfassen.«

Tuan streckte die Hände so zaghaft aus, als wären ihre Brüste Porzellanfigürchen. Ihre Nippel waren schon hart, bevor seine Finger sie berührten.

»Du bist ein Mann, schon vergessen?«, sagte Belinda. »Keine falsche Bescheidenheit. Nimm die Sache in die Hand. Du kannst drücken, beißen, saugen. Alles, was du bisher nur in schäbigen Internetpornos gesehen hast. Was immer du willst, nur sei nicht so zurückhaltend.«

Sie lehnte sich gegen die Fahrertür und verschränkte die Arme im Nacken. Diese Haltung konnte erhaben oder unterwürfig wirken, das war reine Ansichtssache. Wenn Cade sie anwies, die Arme hinter den Kopf zu nehmen, hieß das meistens, dass sie

Sklavin spielen sollte, während er sie einer kleinen Tittenfolter unterzog. Bei Tuan fühlte sie sich eher wie die Königin von Saba, die sich in ihrer Barke zurücklehnte, während ein junger Krieger ihrer Schönheit huldigte.

Auf dem Highway rumpelte ein Sattelschlepper vorbei. Für einen Moment sah Belinda ein Truckergesicht, in dem der Mund offen stand, dann entschwand der Lastwagen auf der Küstenstraße. Sie ließ den Kopf nach hinten fallen, schloss die Augen und lächelte. Während das Licht ihre Lider, ihre Lippen, ihren Hals verwöhnte, fing Tuan an, ihre Brüste zu liebkosen. Seine Hände waren zuerst noch zögerlich, doch dann behandelten sie sie, wie es sich gehörte, entschlossen und versiert. Sie machte die Augen auf und sah ihm dabei zu, wie seine Lippen ihre Nippel suchten, dann schnappte sie nach Luft, als er ihre Brust in den Mund nahm und mit einem Funkeln in diesen unglaublichen Augen zu ihr aufsah.

»So wolltest du es doch, oder?«

»Ist schon besser«, sagte Belinda. Sie zog es vor, sparsam mit Lob umzugehen. Es führte zu nichts, wenn man Männern Anerkennung austeilte wie Hundekekse.

»Und, wie ist das?« Er strich mit den Handflächen von unten über ihre Brüste, erst bei der einen, dann bei der anderen, und schnippte die Finger über ihre Nippel. Über ihr kauernd, presste er sein Knie zwischen ihre Beine.

»Das ist gut. Sehr gut«, murmelte Belinda.

»Kann ich dich da unten anfassen?«

»Du kannst nicht nur, Tuan, du musst.«

Tuan schob die Hand unter den Saum ihres Höschens. Einen Moment lang fummelte er mit verwirrter Miene herum und versuchte, den Geheimnissen ihres Bodysuits auf die Spur zu kommen. Als seine Finger den Zwickel überwunden hatten und in sie einglitten, strahlte er triumphierend. Belinda genoss, wie sein

Gesichtsausdruck sich änderte, als er ihre Klit entdeckte, und sie belohnte sie ihn dafür mit kehligem Stöhnen.

»Bleib da«, sagte sie. »Du bist auf Gold gestoßen.«

Aber Tuan hielt sich nicht lange mit Belindas Klit auf und wanderte weiter bis zu ihrem Anus. Er steckte einen Finger in die enge Öffnung und schob ihn bis über den Knöchel hinein. Dann drehte er ihn, wie sie es noch nie erlebt hatte. Belinda machte große Augen. Analsex war nie ihr Fall gewesen – Cades Schwanz war zu dick dafür –, aber das hier war anders. Die sanften, tastenden Bewegungen stimulierten Zonen der Lust, die sie nicht mal erahnt hatte.

»Wo hast du denn das her?«, fragte Belinda.

»Hab ich im Internet gesehen«, sagte Tuan stolz.

Dann verschlug es ihr die Sprache, weil Tuan anfing, schneller und tiefer zu kreisen. Er bescherte ihr ungewohnte Gefühle an ungewohnter Stelle. Anders als die scharfen, punktgenauen Lustgefühle ihrer Klit entsprangen diese Wellen tief in ihrem Bauch und rollten durch den gesamten Körper. Ein warmes, erdiges Gefühl, vermischt mit Scham, machte sich in ihr breit, als der Orgasmus in ihrem Kopf explodierte. Er drängte ihr harte, tierische Laute in den Mund.

»Hat's dir gefallen?«, fragte Tuan verschmitzt.

»›Gefallen‹ wäre glatt untertrieben. Das war unglaublich.«

»Dachte ich mir doch, dass du anale Orgasmen magst. Weiß ja jeder, dass du eine Schlampe bist.«

»Was hast du gesagt?« Belinda rappelte sich auf, doch Tuan drückte sie zurück. Er war nicht muskulös, aber durch sein Kampfsporttraining setzte er sein Gewicht geschickt gegen das von Belinda ein und hielt sie in Schach.

»Du hast schon richtig gehört. Jeder bei *Shiva Systems* weiß, dass du unersättlich bist.« Tuans Stimme war heiser geworden, rau. »Wir wissen, dass du auf tausend verschiedene Arten von uns genommen werden willst. Wir kriegen doch mit, wie du uns ansiehst, wenn du in die Firma kommst.«

Belinda fragte sich plötzlich, ob sie ein Monster geschaffen hatte, vielleicht sogar eine ganze Armee. Wie oft hatte sie Cade in der Firma besucht und in einem Lycra-Sportanzug oder einem sexy Kostüm mit ihrem Körper geprotzt? Die Fantasie von zwanzigjährigen Programmierern war schnell anregt, und Belinda hatte die ehrfürchtigen Blicke schamlos ausgenutzt, um ihr Ego zu polieren.

Belinda erinnerte sich noch gut an einen Abend, an dem alle Überstunden machten, und an dem sie Tuan und einen seiner Freunde gebeten hatte, ihr das Flippern beizubringen. Nach Aufmerksamkeit gierend, hatte sie beim Spielen den Hintern rausgestreckt und den Rücken durchgebogen, als würde sie darum betteln, von hinten genommen zu werden. Gegen Mitternacht war der Spieleraum stickig vor Testosteron und Belinda war high von dem Verlangen der beiden schüchternen Jungs.

»Ich hatte nicht vor, dich zu verführen«, log sie.

»Oh doch. Und jetzt wird abgerechnet.«

Die Drohung hatte Tuan zwar direkt aus einem miesen Actionfilm, aber was er körperlich draufhatte, war überzeugend genug. Sie schrie auf, als er ihr ohne zu zögern die schwarzen Strümpfe runterzerrte und die Druckknöpfe im Schritt ihres Bodysuits aufriss. Als er sah, wie feucht sie war, lachte er in sich hinein. Er machte den Reißverschluss auf und holte seinen Schwanz heraus, aber dann drang er nicht in sie ein, sondern lehnte sich zurück.

»Dreh dich um«, befahl er ihr. »Ich will, dass du auf die Knie gehst, Ellbogen auf die Tür. Wir machen's von hinten.«

Belinda gehorchte. Es fiel ihr nicht leicht, ihren langen Körper zwischen Sitz und Lenkrad zu bewegen. Sie war es nicht gewohnt, sich plump und ungeschickt zu fühlen. Den Arsch für alle Welt sichtbar in die Luft zu strecken, war nicht so glamourös wie ein Sonnenbad oben ohne. Sie fühlte sich befangen und zutiefst gedemütigt. Sie versuchte nicht daran zu denken, wie ihr Hintern wohl aussah, mit ihren rosa Schamlippen, die sich durch den Spalt zwischen ihren Backen drängten.

»Na, wer hat jetzt das Kommando?«, fragte Tuan.

Dann haute ihr dieser jugendliche Straftäter tatsächlich auf den Hintern. Und nicht nur ein Mal, sondern ein Klaps auf jede Backe. Vor Cade hatte sie noch nie ein Mann versohlt, und sie hatte sich geschworen, dass das auch so bleiben würde. Schläge auf den Hintern rangierten in derselben Liga wie Küsse und waren ihrem zukünftigen Gatten vorbehalten.

»He!« Belinda blickte ungehalten über die Schulter. »Wenn du das noch mal machst, schreie ich, du kleiner Mistkerl.«

Tuan lachte und klatschte ihr noch eine. »Mach doch. Wer soll dich schon hören? Die paar Möwen?«

Er hatte recht. Abgesehen von Belindas Wagen war der Rastplatz leer, und die vorbeirasenden Autofahrer auf dem Highway waren zu schnell, um einen Hilferuf zu hören.

»Pass auf, entspann dich einfach«, sagte Tuan. »Ich tu dir nicht weh. Ich nehme mir nur, was du bereits unzählige Male versprochen hast.«

Er griff sich Belindas Hüften und teilte ihre Lippen mit seinem Schwanz. Sie ging davon aus, dass er, ganz der kleine Junge, seinem Trieb nachgeben und einen Quickie hinlegen würde, aber Tuans Selbstbeherrschung war offenbar größer. Wahrscheinlich verführte dieser Rotzbengel mit dieser Strategie am laufenden Band ältere Frauen: Erst gab er die naive Unschuld, und dann packte er in letzter Sekunde sein ganzes Können aus. Im Moment unterzog er Belinda einer Art Folter, indem er seinen Schwanz nur zentimeterweise in sie schob und ihn dann mit winzigen Bewegungen raus und rein und rundherum bewegte, was sie in den Wahnsinn trieb.

Sie bog den Rücken durch und hob den Steiß. Er behielt ihre Hüften gebieterisch im Griff, damit sie ihn nicht in sich drängen konnte, solange er nicht wollte, doch als sie sich zwischen die Beine griff, um ihre Klit zu reiben, hielt er sie nicht davon ab. Sie hatte nicht vor zu warten, bis irgendein Nichtsnutz sie kommen ließ, erst recht nicht, wenn er selber schon zum Zug gekommen war, und in Verbindung mit Tuans himmlisch reibendem Schwanz war ihr Fingerspiel mehr, als sie ertragen konnte.

Tuan spürte offenbar die Welle, auf der sie ritt, denn im selben Moment glitt er bis zum Anschlag in sie hinein. Als seine Eichel ihre Gebärmutter traf, merkte sie, wie sie zum Höhepunkt kam, doch auf dessen Wucht war sie nicht vorbereitet. Die Zuckungen raubten ihr den Atem. Doch Tuan war noch nicht mit ihr fertig. Er ließ nicht von ihr ab, und dann kam sie erneut – bereits zum dritten Mal. Auch wenn sie sich selbst immer für unersättlich gehalten hatte – langsam wurde es absurd. Nicht mal ein Orgasmus konnte ihren rasenden Liebhaber stoppen. Er war ein medizinisches Wunder, ein Mann ohne Erholungsbedürfnis. Als er endlich langsamer wurde und schließlich von ihr abließ, war sie so nass und schlapp wie ein Büschel Seegras, das an eine Klippe klatschte.

»Ich glaube, ich komme immer noch«, keuchte sie. »Bist du fertig mit mir?«

»Fürs Erste«, sagte er aufgekratzt.

»Hör mal, Tuan, das hier ist nicht der Anfang einer großen Affäre«, sagte Belinda. »In ein paar Monaten bin ich verheiratet.«

Tuans volle Lippen verzogen sich zum Flunsch. »Na und? Für Cade ist das auch kein Hindernis.«

Belinda fröstelte trotz der lauen Morgenluft.

»Was soll das heißen?«

»Äh, nichts.« Tuan wollte zurückrudern, aber es war zu spät. Er machte sich an seinen Boxershorts zu schaffen und starrte auf seine Jeans, als er den Reißverschluss hochzog. Belinda packte ihn am Kinn und drückte sein Gesicht hoch, damit er ihr nicht ausweichen konnte.

»Raus damit.« Belinda ließ nicht locker.

Tuan sah elend aus. Er zog die Schultern ein, als wollte er in einen Panzer kriechen. »Cade steht eben auf Frauen. Mehr wollte ich damit nicht sagen.«

»Nichts da. Du wolltest sagen, dass Cade mich betrügt. Was weißt du?«

»Ich hab ihn unten bei seinem Auto mit einer Frau gesehen, als er dachte, er wäre ungestört. Und ich hab ihn am Telefon gehört. Und dann war da die Geschichte im Lastenaufzug – «

»Okay, das reicht. Mehr Infos brauche ich nicht. Es ist ja nicht so, dass ich überhaupt keine Ahnung gehabt hätte.«

»Machst du jetzt mit ihm Schluss? Oh Scheiße, ich bin so was von gefeuert!«, jammerte Tuan.

»Ach, hör auf. Ich habe nicht vor, mit Cade Schluss zu machen. Er gehört zu mir, komme, was wolle.«

»Was hast du vor?«

Belinda zog sich den Bodysuit und ihre Strümpfe wieder an, fuhr sich mit einem Kamm durchs Haar und trug ein bisschen Lipgloss auf. Dann drehte sie den Rückspiegel, um sich zu betrachten. Perfekt. Sie sah gesund aus und glücklich und ordentlich gefickt. Genau so, wie eine schöne Frau jeden Tag aussehen sollte.

»Ich werde in die Galerie zurückfahren, mir einen kräftigen Bloody Mary mixen und neue Regeln für unsere Ehe festlegen«, sagte sie. Dann drehte sie den Zündschlüssel herum, und BELSBABY erwachte schnurrend zum Leben.

*

Cade hatte es furchtbar eilig gehabt, sie vom Freilichttheater wegzulotsen, und Anna war klar, dass er sie von Rick fernhalten wollte. Was ihren Appetit auf ein Wiedersehen mit dem Katzenpfleger nur noch mehr förderte.

Cade nahm sich noch eine ganze Stunde Zeit, um sie herumzuführen und sie den Mitarbeitern vorzustellen. Er erzählte allen, sie arbeite an einem »Forschungsprojekt« (was deutlich schmeichelhafter klang als »Ferienjob«) und zeigte ihr sogar einen kleinen Raum in der Verwaltung, den sie als improvisiertes Büro benutzen konnte. Offenbar ließ er sich alles Mögliche einfallen, um sie nicht allein lassen zu müssen, aber er konnte nicht den ganzen Tag im Park bleiben. Sobald er weg war, machte Anna sich auf die Suche nach der verbotenen Frucht.

Sie fand Rick beim Tigergehege, wo er ein Ergänzungsmittel aus Knochenmehl in einen Kübel mit Pferdefleisch mischte. Da er sich vornüber beugte, konnte sie sein Gesicht nicht sehen, aber sie erkannte die Zipfel seines Holzfällerhemdes wieder und den Arsch, der seine Levi's perfekt ausfüllte.

»Zeit für die Fütterung?«, fragte Anna.

Rick blickte kurz auf, als er sie kommen sah. Sein Gesichtsausdruck war nicht zu deuten.

»Ich bereite meiner großen Liebe nur das Mittagessen.« Er blickte zu Seka, der weißen Tigerin, hinüber.

»Die hat's gut.«

Er griff in den Kübel und durchmischte das Fleisch mit einer Hand, die in einem Handschuh steckte. Beim Anblick seines gewaltigen Unterarms, der in der rohen, roten Masse auf und ab stieß, wurde Annas Mund trocken.

»Warum? Magst du rohes Fleisch?«

»Wenn's die richtige Temperatur hat. Ich mag's am liebsten bei 37 Grad.«

Rick grinste. »Das ist doch ungefähr die Körpertemperatur eines Menschen, oder?«

»Stimmt.«

»Hab noch keine Frau getroffen, die keine Lust auf warmes Fleisch hatte.«

»Klingt, als hättest du schon einige getroffen.«

»Könnte man so sagen. Aber nur Seka hat mein Herz erobert«, sagte er und zeigte auf die weiße Tigerin. Die elegante Katze hatte sich in Erwartung ihrer Fütterung erhoben. Sie ging auf Rick zu; als Anna die fließende Bewegung der Muskeln unter ihrem Fell sah, die Schönheit ihrer Haltung und den majestätischen Schwung ihres Schwanzes, konnte sie verstehen, warum Rick ihr so verfallen war.

»Du hältst nicht gerade viel von den Damen deiner eigenen Art, oder?«, fragte Anna.

»Ich bin kein Frauenhasser, falls du das meinst. Ich mag Frauen.«

»Cade sagt, du kannst nicht genug von ihnen kriegen.«

»Es ist eher andersrum. Die Frauen kriegen nicht genug von *mir*.«

Mit einem Zwinkern ließ Rick etwas Luft aus diesem aufgeblasenen Spruch. Er hatte also doch Humor. Anna hatte nichts gegen großspurige Männer, wenn sie nicht zu sehr von sich eingenommen waren, um die Komik in ihrer Arroganz zu übersehen.

»Und du glaubst, du würdest deinem Ruf auch bei einer Frau aus der Stadt gerecht?«, fragte Anna. »Man ist ja schnell mal der begehrteste Mann der Stadt, wenn die Stadt nur 57 Einwohner hat.«

»Zu deiner Information: Sasquanatee hat 442 Einwohner«, sagte Rick. »Und wenn du wissen willst, wie der Wärter eines Kleinstadtzoos gegen die Bubis aus der Großstadt abschneidet, musst du dir eine These ausdenken und sie überprüfen.«

»Ich habe schon eine«, sagte Anna. »Meinen Beobachtungen im Tierreich zufolge ist ein Männchen sexuell am erfolgreichsten, wenn es möglichst wenig Konkurrenz hat. Bei den paar Einwohnern hast du einen gewaltigen Vorteil. Nach dem, was ich bisher gesehen habe, musst du dir wegen der anderen Männer hier keine Sorgen machen. Ich würde sagen, Cade ist dein schärfster Konkurrent um weibliche Aufmerksamkeit, und der ist nur ein, zwei Monate im Jahr da.«

»Und deine These?«

»Meine These? Wenn wir beide Sex hätten, würdest du dich weniger reinhängen als der durchschnittliche Mann aus der Stadt in deinem Alter bei vergleichbarer körperlicher Attraktivität. In der Folge wäre es für mich nicht so befriedigend mit dir wie mit einem Mann wie Cade, der viel Erfahrung darin hat, andere Männer zu übertrumpfen.«

Rick vermengte das Fleisch und dachte nach.

»Drehen wir deine Theorie mal rum«, sagte er. »Wenn ein Mann wie Cade seine ganze Energie dafür verbraucht, andere Männer auszustechen, was bleibt ihm dann noch für seine Frauen? Der durchschnittliche Bürohengst aus der Stadt verausgabt sich schon dermaßen beim Grübeln, wie einer Frau sein Auto gefällt, was sie über sein Gehalt denkt, wo sie essen gehen sollen, wie er mit ihr anbandeln kann – alles, wohlgemerkt, ohne danach von ihr verklagt zu werden –, dass er nicht mehr viel zu bieten hat, wenn's so weit ist. Er ist so damit beschäftigt, wie er im Vergleich zu den anderen abschneidet, dass er gar nicht er selbst ist.«

»Und du?«, fragte Anna.

»Ich bin jeden Tag 24 Stunden lang ich selbst. Ich muss nicht daran arbeiten. Ich besitze vier Hemden, drei Jeans und ein altes Paar Stiefel. Ich habe einen ramponierten Truck, der jeden Monat ein Mal kaputtgeht. Ich verdiene gerade so viel, wie ich zum Leben brauche, und wenn eine Frau zu mir zum Essen kommt, wird ihr was aus der Dose serviert.«

»So stelle ich mir das Paradies vor«, sagte Anna trocken.

»Was soll ich sagen? Ich konzentriere meine gesamte Energie auf Sex«, sagte Rick. »Glaub bloß nicht, dass es einfach ist, wenn man sich um die Befriedigung sämtlicher Frauen eines Bezirks kümmern muss. Kleinstadtfrauen sind schnell gelangweilt. Sie sind wie Seka. Es reicht nicht, wenn ich ihr jeden Tag ein Stück Fleisch hinwerfe. Ich muss sie bei Laune halten und dafür sorgen, dass sie beim Fressen genügend Abwechslung bekommt. Mal gebe ich ihr eine mittelgroße Portion Fleisch mit Kalziumzusatz, am nächsten Tag schmeiße ich ihr ein ganzes Bein rein, in das sie sich verbeißen kann. Dann lasse ich sie ein, zwei Tage fasten, damit es nicht eintönig wird und sie ordentlich Appetit bekommt. Da sie nicht mehr in freier Wildbahn lebt, muss ich sie reizen.«

»Ich fühle mit ihr.«

Rick verschränkte die Arme vor der Brust. Er musterte Anna von oben bis unten. »Sieht nicht so aus, als müsste man dir dabei helfen, Appetit zu bekommen. Ich hab eure Show heute Vormittag gesehen.«

Anna rang um Fassung, was schwer war, wenn Rick sie so unverhohlen in Gedanken auszog.

»Hat's dir gefallen?«, fragte Anna.

»Ihr wart gut, Cade und du. Hat mich wirklich gefesselt. In einem Familienpark aber nicht ganz angebracht. Ich könnte euch beide wegen Erregung öffentlichen Ärgernisses verhaften, und wegen Gefährdung Minderjähriger wahrscheinlich auch.«

Anna musste lachen. »Du mich verhaften? Bist du vielleicht die Polizei?«

»County Sheriff.«

»Das ist ein Scherz, oder?«

Rick sah ihr direkt in die Augen. Kein Scherz.

»Nein. Der Posten wird per Wahl vergeben. Ich wurde gewählt. Natürlich gibt's hier im Bezirk nicht viel Kriminalität, darum ist es nur eine Teilzeitstelle.«

»Dann darfst du mir wohl auch nur eine Teilzeit-Strafe verpassen.«

»Klingt, als fändest du es richtig, wenn man dich bestrafen würde«, sagte Rick. »Hast wohl ein schlechtes Gewissen.«

Anna zog mit ihrem Turnschuh eine Spur durch den Sand. »Na ja, da gibt's schon so einiges.«

»Zum Beispiel?«

»Zum Beispiel Voyeurismus. Oder Sex in der Öffentlichkeit. Und der ultimative Kick: Sex in der Öffentlichkeit mit verlobten Männern.«

»Und wie sollte die Strafe aussehen?«

Anna legte den Kopf auf die Seite und dachte über seine Frage nach. »Du bist der Gesetzeshüter. Such du doch eine aus.«

»Ich könnte dich den ganzen Tag Mist schaufeln lassen. Davon gibt's hier jede Menge.«

»Gute Idee, aber keine besonders wirkungsvolle Strafe für mich. Tierexkremente sind für Biologen wertvolles Forschungsmaterial.«

Rick zog die Handschuhe aus und ließ sich dabei sehr viel Zeit, so dass Anna nicht umhinkam, jeden einzelnen Finger in seiner langen, wohlgeformten Gestalt wahrzunehmen. Sie sah die gezackte weiße Narbe, die sich über seine Hand zog, und stellte sich vor, wie es wäre, mit der Zungenspitze darüberzugleiten. Sie konnte förmlich spüren, wie einer dieser Finger tief in ihren Mund glitt, sein salziger Geschmack ein Vorspiel für das wilde Aroma seines Schwanzes.

»Weißt du was?«, sagte Rick, nachdem er Anna quälend lange hatte warten lassen. »Ich lass dich morgen im Souvenirladen arbeiten. Nicht schlecht als Folter, oder?«

»Das ist nicht dein Ernst!«, heulte Anna auf, und sank enttäuscht in sich zusammen. »Im Souvenirladen?«

»Ich sollte mir doch was aussuchen, und wir brauchen eine Aushilfe an der Kasse. Heute Morgen hat uns eine Ferienjobberin verlassen. Hat sich mit einem Kerl verkracht, mit dem sie ins

Bett gestiegen ist, und wollte nicht mehr bleiben.« Rick seufzte. »Schade. War eine heiße Schnitte.«

Aha. Die »Schnitte« vom Souvenirladen hatte sich mit »einem Kerl« verkracht. Anna musste nicht lange nachdenken, um zu wissen, wer der Kerl in dieser Geschichte war. Sie war nicht gerade erpicht darauf, den ganzen Nachmittag an der Kasse zu stehen, aber sie wollte sich Ricks Wohlwollen nicht verspielen. Immerhin war er der Katzenpfleger, und wegen der Katzen war sie hier.

»Gut. Ich spiele mit«, sagte Anna. »Du brauchst eine Schnitte in deinem Laden, ich springe ein. Aber nur morgen. Ich bin Wissenschaftlerin und keine Kassiererin.«

»Abgemacht«, sagte Rick. »Dann ist das deine Strafe. Fürs Erste.«

Fürs Erste. Die zwei Worte reichten aus, damit Anna trotz der kalten Dusche, die Rick ihrer Libido verpasst hatte, innerlich weiter kochte. Während sie dabei zusah, wie Seka ihr rohes Fleisch verschlang, überkam sie Neid auf die Großkatze. Der weißen Tigerin war gar nicht bewusst, wie glücklich sie sich schätzen konnte, dass jemand wie Rick sie so liebevoll umsorgte. Wie man mit Frauen respektvoll umging, wusste er jedenfalls nicht, so viel war klar – und falls doch, hatte er keine Lust, sich Mühe zu geben.

Aber wer brauchte schon Anerkennung von einem Sexprotz wie Rick? Das Einzige, was Anna brauchte, war ein Stück des Inhalts seiner engen, verwaschenen Jeans. Sie hatte den starken Verdacht, dass sich das Warten lohnen würde.

*

»Was soll das denn werden, Anna? Der sichere Weg, deine Karriere zu versauen?«

Anna biss die Zähne zusammen, sonst hätte sie ihrer Freundin Parker gesagt, sie solle sich um ihren eigenen Dreck kümmern. Sie hämmerte mit dem Hörer aufs Kopfkissen ein, was ihren Frust aber auch nicht besser machte.

»Anna? Bist du noch da? Sag was.« Parkers herrischer Ton hallte durch die Leitung.

»Ich bin noch dran«, sagte Anna seufzend.

Sie saß auf ihrem Bett im Gästezimmer des Sommerhauses. Es war so ein schöner Abend gewesen. Bevor sie auf die Idee gekommen war, Parker anzurufen, hatte sie auf einem Berg von Decken gelegen und heiße Schokolade mit Kahlúa geschlürft. Den Laptop auf dem Schoß, hatte sie ein paar Gedanken vom Nachmittag festgehalten. Ein Kapitel über die Zucht von Katzen in Gefangenschaft könnte das perfekte Gegenstück zu ihrer Forschungsarbeit in Costa Rica über die Fortpflanzung in freier Wildbahn bilden. Anna war so begeistert davon gewesen, dass sie jemandem davon erzählen musste.

Sie hatte den großen Fehler gemacht und sich für ihre radikalfeministische Freundin Parker entschieden. Anfangs hatten sie sich gut unterhalten, und die Anthropologin war hellauf begeistert gewesen von der neuen Entwicklung in Annas Arbeit. Aber sobald die Freundinnen angefangen hatten, nicht mehr über Katzen, sondern über Männer zu reden, war die Situation entglitten.

»Ein Mann ist das Allerletzte, was du jetzt brauchst«, sagte Parker entschieden. »Wenn du dich unbedingt an jemand dranhängen willst, dann warte, bis du mit deiner Doktorarbeit fertig bist. Für mich klingt es, als würde diese Geschichte dich völlig meschugge machen. Eine Beziehung mit einem verheirateten Mann? Was soll das denn?«

»Erstens habe ich keine ›Beziehung‹ mit Noah«, sagte Anna, »und zweitens ist er nicht verheiratet, sondern verlobt.«

»Wo ist da der Unterschied? Der Punkt ist doch, dass er überhaupt verlobt, sprich: reaktionär ist. Du brauchst einen, der aufgeklärt ist, der sich von diesem ganzen Mist befreit hat. Du hast es selber tausend Mal gesagt: Dass Menschen sich binden, ist ein Anachronismus.«

Anna wickelte sich das Telefonkabel um den Finger. Es gehörte zu einem altmodischen Modell mit Drehscheibe. Auch ein Anachronismus, aber war es deshalb wertlos?

»Da kannte ich Noah noch nicht«, sagte Anna.

»Okay, dann fick ihn eben und kümmere dich dann wieder um dein Leben. Oder, noch besser: Fick diesen anderen Kerl, von dem du erzählt hast, den Löwenbändiger oder was. Krieg deine Libido in den Griff und mach dich wieder an die Arbeit. Was ist überhaupt so toll an diesem Noah?«

Anna überlegte. »Na ja«, sagte sie langsam, »er hat diese wilde, stille Leidenschaft, die mich fasziniert. Er lebt für seine Kunst. Er sorgt sich um die Katzen. Er ist ernsthaft, er ist direkt, er ist sanft, und er macht den Eindruck, als würde ich ihm wirklich viel bedeuten. Außerdem hat er unfassbar tolle dunkle Augen ...«

»Oh Gott«, stöhnte Parker. »Du bist erledigt. Bevor du dich versiehst, bist du von Kochbüchern umzingelt, und das war's dann mit deiner Promotion.«

»Und was ist mit dir?«, keifte Anna zurück. »Du lebst seit fünf Jahren mit Alicia zusammen, was deiner Arbeit kein bisschen geschadet hat. Im Gegenteil: Du schwärmst immer davon, wie toll sie dich unterstützt. Du greifst andere an, weil sie eine feste Beziehung wollen, aber selber bist du monogam, seit du dich in sie verliebt hast.«

»Alicia ist was anderes«, sagte Parker schelmisch.

»Inwiefern?«, wollte Anna wissen.

Sie konnte förmlich hören, wie ihre Freundin sich wand.

»Sie ist es einfach«, platzte Parker heraus.

»Wie ich's mir dachte. Du bist auch nicht anders als die andern.«

»Okay«, sagte Parker. »Ich geb's zu. Aber in einem Punkt liegst du falsch. Alicia war für mich nicht die Einzige, nachdem mir klar war, dass ich sie liebe. Bevor wir zusammenzogen, hatte ich eine der heißesten Affären überhaupt.«

»Mit wem?«

»Wenn ich es dir sagen soll, musst du mir versprechen, dass du's nicht weitererzählst. Niemals.«

»Ich werde schweigen wie ein Grab. Kenne ich Sie?«

Parker zögerte. »Es war keine sie. Es war Jack.«

»Jack?«, kreischte Anna. »Mein Mitbewohner Jack, der Bakterien-Freak? Tut mir leid, aber sagtest du nicht, es war eine ›heiße‹ Affäre?«

»Wenn man ihn mal von seinem Mikroskop wegzerrt, ist Jack ein sehr sinnlicher Mann«, sagte Parker verteidigend. »Ich muss sogar sagen, dass er einer der besten Liebhaber war, die ich je hatte. Nicht so gut, dass es sein Mannsein ausgeglichen hätte, aber im Bett war er verdammt talentiert.«

»Deshalb bist du neulich so auf seine arme süße Freundin losgegangen!«, sagte Anna triumphierend. »Du warst eifersüchtig!«

»Lenk nicht vom Thema ab«, sagte Parker bissig. »Was ich sagen will, ist, dass ich mich nicht mit einem Satz ins monogame Leben gestürzt habe. Ich habe mich Schritt für Schritt reingewagt. Das würde ich dir auch raten. Krieg den Sex aus dem Kopf, damit du wieder mit dem Hirn denken kannst und nicht mit der Möse.«

Parker hatte recht, dachte Anna, als sie auflegte. Bis auf die erotischen Spielchen mit Cade hatte sie in letzter Zeit nur anderen Leuten dabei zugesehen, wie sie unglaublichen Sex hatten. Vielleicht war ihre Zuneigung für Noah nur ein als romantische Liebe verklärtes Nebenprodukt ihrer sexuellen Frustration. Anna war zwar eine intelligente und gebildete Frau, aber immun gegen Selbsttäuschung war sie deshalb nicht.

An der Wand gegenüber hing ein altes Schwarzweißfoto von Cades Großvater, auf dem er einen riesigen Lachs in die Kamera hielt: Der große Jäger prahlt mit seiner Beute. Sein attraktives Gesicht war ein Musterbeispiel für maskulinen Stolz. Auf einem Hochzeitsporträt, das Anna im Erdgeschoss aufgefallen war, hatte er denselben Gesichtsausdruck.

Auch in Cades Augen hatte sie diesen Blick gesehen, als er davon erzählt hatte, wie er Belinda dominierte. Eine wunderschöne Expression der großväterlichen Gene im Enkel. Waren die Menschen dazu verdammt, nach ihren Chromosomen zu leben oder konnten sie sich verändern und sich an gesellschaftliche Anforderungen anpassen?

Anna glaubte nicht, dass sie es konnten. Was natürlich nicht hieß, dass sich die Bedürfnisse eines Menschen nicht mit dem Alter oder durch Erfahrung ändern konnten.

Sie schaltete den Laptop mit einem entschiedenen Klick aus, stellte ihn beiseite und stieg aus dem Bett. Noahs Zimmer war am Ende des Flurs. Die Tür war angelehnt, und Anna sah das flackernde blaue Licht seines Rechners. Mit einem sanften Stoß machte sie die Tür ganz auf. Noah saß am Schreibtisch und arbeitete an einem 3D-Modell einer weiblichen Figur.

»Brauchst du eigentlich nie eine Pause?«, fragte Anna.

Noah blickte über die Schulter. Über sein Gesicht huschten Überraschung, Freude und eine Spur von Schuldgefühl. »Das hier ist meine Erholung«, sagte er verlegen. »Ein privates Projekt.«

»Darf ich's mir ansehen?«

»Da gibt's noch nicht viel zu sehen, aber bitte.«

Noah rückte mit dem Stuhl zur Seite, damit Anna auf den Monitor sah. Bis jetzt erkannte man von der Frau, die er da entwarf, nur ein Netz aus Linien, ein Raster mit einer schlanken femininen Form. Anna kamen die Proportionen vertraut vor: kleine Brüste, lange Beine, schmale Taille, schmale Hüften.

»Das sieht nicht nach der üblichen 3D-Göttin aus«, stellte sie fest. »Sie hat ja gar keine perfekte Figur.«

»Wie gesagt, es ist mein eigenes Projekt. Sie muss nur dem Ideal in meinem Kopf entsprechen.«

Bevor Anna nachhaken konnte, schloss Noah mit einem Klick die Datei. Es erschien ein Bildschirmschoner, auf dem Noahs Dschungel-Hintergrund aus *Mutant Quest* zu sehen war. Tiere aus einer anderen Welt lauerten in einem Dickicht aus dunkelgrünen Blättern und blickten einen aus dieser magischen Wildnis heraus an. Erneut staunte Anna über die Fülle an Details, die Noah über einen Computerbildschirm vermitteln konnte.

»Du bist sehr talentiert«, sagte sie.

Dabei fiel ihr die Formulierung ihrer Freundin Parker ein: *Im Bett ist er verdammt talentiert.* Sie blickte auf Noahs wohlgeformte Hände hinab und dachte daran, wie er sie am Morgen berührt hatte. In der kurzen Zeit, die sie ihn kannte, hatte er sie schon so oft berührt. Er hatte ihre Wunden gereinigt, ihr aus ihrem Top geholfen und sie aufgefangen, als sie seinetwegen Puddingknie bekommen hatte. Da wäre noch viel mehr gewesen, was er hätte anstellen können, wenn er sich nur frei gemacht hätte von seinen Ängsten, seinen Hemmungen, seinen Hochzeitsplänen … von diesen ganzen nicht ganz unbedeutenden Hindernissen, die ihn zurückhielten.

»Danke.« Noah klang skeptisch. »Ich würde gern mehr an meinen eigenen Sachen arbeiten, aber meine kreative Energie geht fast vollständig fürs Gamedesign drauf.«

»Wer war die Frau, die du da entworfen hast?«

Noah antwortete nicht.

»Ist sie jemand, den du kennst? Jemand, den du attraktiv findest?«

Noah sagte noch immer nichts, aber jetzt lächelte er.

»Ich finde dich auch attraktiv«, sagte Anna. »Vielleicht weißt du gar nicht, wie sehr.«

Sie ließ sich auf den Boden sinken, ging vor seinem Stuhl auf die Knie, drückte seine Beine auseinander und beugte sich zwischen seinen Schenkeln. Die Luft im Zimmer knisterte, so stark war die erotische Anziehung zwischen den beiden. Noah berührte sie nicht, hinderte sie aber auch nicht daran, ihn zu berühren. Er trug Shorts, und als sie mit den Fingern über seine Beine fuhr, spürte sie den harten, gleichmäßigen Puls der Arterien in seinen Oberschenkeln. Anna drückte ihre Wange auf die warme Haut und spürte seinen Herzschlag, als wäre es der ihre. Es fehlten nur noch Zentimeter, und sie hätte sich den Saum seiner Shorts mit den Zähnen schnappen können.

Die Schläge einer Schwarzwälder Kuckucksuhr – weiterer Krempel von Cades Großvater – lösten die verheißungsvolle Spannung.

Noah tat einen langen, zitternden Seufzer. »Acht Uhr. Ich muss telefonieren.«

»Wie bitte?« Anna wich zurück, völlig perplex.

»Ich muss Val anrufen. Ich rufe sie jeden Abend um diese Zeit an.«

»Jeden Abend? Klingt, als würdest du deine Mutter heiraten.«

Das konnte sich Anna nicht verkneifen. Sie grub die Nägel in die Handflächen und versuchte, ihre Wut zu zügeln. Sie hätte erwartet, dass Noah genügend Anstand besaß und sich schuldbewusst gab, doch er war offenbar genauso wütend wie sie.

»Manche Männer sind eben fürsorglich und zuverlässig«, sagte er. »Aber wahrscheinlich sind das nicht die Säcke, auf die du stehst. Entschuldige mich bitte.«

Er stand auf und führte Anna zur Tür, dann machte er sie hinter ihr zu. Anna stand mit hämmerndem Herzen auf dem Flur und wartete darauf, etwas von seinem Gespräch mit Val mitzubekommen. Sie hörte keinen Laut. Nach ein paar Minuten ging sie auf ihr Zimmer zurück. Sie kochte noch immer vor Wut.

Nach einem langen, heißen Bad in mandelduftendem Wasser hatte sich Annas Aufruhr wieder gelegt. Später im Bett dachte sie über Noah und die Figur nach, an der er gearbeitet hatte. Sie war sich nicht ganz sicher, aber sie hätte schwören können, dass die Frau, die er am Computer entwarf, ihr ähnlich sah.

In dieser Nacht schlief Anna über der Frage ein, wen Noah da gezeichnet hatte und ob er jemals seine Verlobte angerufen hatte.

Kapitel 7

Varietäten

Die Arbeit im Souvenirladen war schlimmer, als sie befürchtet hatte. Anna fand enge, geschlossene Räume unerträglich, und der Laden war kaum größer als ein Verschlag. Den ganzen Nachmittag über tat sie nichts anderes, als an der Kasse Postkarten, T-Shirts und Junkfood für gefühlte zehntausend lärmende Gören abzurechnen. Die Kleinen hatten keinerlei Verständnis für ihre Unbeholfenheit. Einer dieser Satansbraten nannte sie »vertrottelt«, als sie ihm falsch herausgab, und anstelle einer Mittagspause musste sie eine Packung gesalzene Erdnüsse hinterm Ladentisch runterwürgen, weil niemand für sie einspringen konnte. Als endlich Feierabend war, war sie fix und fertig, ausgehungert und gedemütigt.

Als sie um fünf Uhr erleichtert die Registrierkasse abschloss, füllte die Silhouette eines Mannes den Türrahmen. Anna bemerkte Noah erst, als er sich räusperte.

»Gott sei Dank! Du bist es. Ich dachte schon, da wäre noch ein Kunde«, sagte Anna. »Wie lange siehst du mir schon zu?«

»Nur ein paar Minuten. Ich hatte nicht vor, dich anzustarren, aber du siehst so –«

»Vernichtet aus?«, schlug Anna vor. »Fix und fertig? Gedemütigt?«

»Du siehst wunderschön aus«, sagte Noah.

»Ach komm«, Noahs Kompliment ließ Annas Wangen warm werden. Sie zog den Kopf ein, damit er nicht sah, wie verschwitzt und zerzaust sie war. »Da hab ich ja noch besser ausgesehen, nachdem ich tagelang durch den Dschungel gerobbt bin.«

»Ich bin gekommen, um dich zu retten. Ich dachte, ich höre nicht recht, als Rick mir sagte, dass du hier arbeitest. Was hat er sich dabei gedacht?«

»Das gehört zu einer Abmachung, die wir getroffen haben. Mit sehr kurzer Laufzeit«, sagte sie verächtlich.

»Ich hätte dich niemals hier arbeiten lassen, wenn ich davon gewusst hätte. Rick kann gut mit Tieren umgehen, aber bei Frauen ist er ein Sadist. Du solltest dich fernhalten von dem Dreckskerl.«

Überrascht vom Zorn in Noahs Stimme blickte Anna auf. »Wie soll ich mich, bitte, von Rick fernhalten? Er leitet den Zoo.«

»Lass dich einfach nicht privat mit ihm ein. Er kann ein richtiges Arschloch sein.«

»Danke für die Warnung, Noah, aber ich bin eine erwachsene Frau. Meine Sexpartner suche ich mir schon selber aus.« Sie richtete sich auf und sah ihm direkt in die Augen. »Außerdem hattest du gestern Abend deine Chance. Und du hast es versaut. Was geht es dich an, wenn ich mit Rick ein bisschen Spaß habe?«

»Weil ich dich will. Und ich will dich nicht nur zum Spaß. Ich will dich für mehr.«

Noahs Stimme klang angestrengt und heiser, als müsste er die Worte einzeln aus dem Hals zerren. Anna wurde schlagartig bewusst, wie klaustrophobisch es in dem Laden war. In dem kleinen Raum war kein Platz für eine Regung, und Noah verstellte den einzigen Ausweg. Keine Chance auszuweichen. Offenbar wartete er darauf, dass Anna etwas sagte, aber sie war außer Stande, durchzuatmen, geschweige denn, zu reden.

»Anna, Zeit zu gehen.«

Eine zweite Männerstimme löste die angespannte Atmosphäre. Rick drängte sich an Noah vorbei in den Laden. Er sah riesig aus neben Noah, beinahe brutal mit all seiner Energie. Genau das, was Anna brauchte – ein sexy Mistkerl mit keinerlei Interesse an Verbindlichkeiten. Sie stürzte hinter dem Tresen hervor und bohrte ihre Finger in Ricks Bizeps.

»Gehen wir«, sagte sie und zerrte ihn aus dem Laden hinaus zu seinem Pick-up, der im Leerlauf davor stand. Rick setzte sich ans Steuer, und Anna sprang auf den Beifahrersitz. Als der Wagen vom Parkplatz fuhr, sah sie Noahs Gesicht, und es versetzte ihr einen Stich. Er sah genauso aus, wie Anna sich gefühlt hatte, als Alessandro sie wegen der norwegischen Ökologin hatte sitzen lassen.

Es war, als bekäme man einen Schlag in die Magengrube.

»Eigentlich hatte ich vor, dich heute Nachmittag zu entführen«, sagte Rick, »aber jetzt bin ich mir nicht sicher, wer hier wen entführt. Hast du immer noch ein schlechtes Gewissen?«

Mehr denn je hatte Anna ein schlechtes Gewissen. Sie versuchte, Noahs Gesicht zu vergessen, doch es war ihr praktisch unmöglich, seinen Blick aus der Erinnerung zu tilgen. Sie wünschte sich, sie könnte diese verunglückte Begegnung im Laden noch mal zurückspulen und Bild für Bild analysieren wie eine Videoaufnahme, um zu verstehen, was Noah ihr hatte sagen wollen. Sie hatte vorgehabt, ihm dabei zu helfen, herauszufinden, was er von ihr wollte – was er überhaupt vom Sex erwartete – und jetzt hatte sie die perfekte Gelegenheit verspielt, mehr über seine Wünsche zu erfahren.

»Es gibt gerade tatsächlich einiges, was ich bereue«, sagte Anna.

»Gut.«

»Warum? Hast du noch mehr grausame, ausgefallene Foltertechniken im Sinn?«

»Wenn ich ehrlich sein soll«, sagte Rick, und lenkte den Wagen einen steilen Pfad hinauf, der in den Wald führte, »das habe ich.«

Rick spreizte die Finger am Lenkrad. Er bedachte Anna mit einem seltsamen, schrägen Blick, von dem ihr ganz heiß, dann kalt, dann wieder heiß wurde. Vielleicht hatte er sich wirklich was

Abartiges für sie ausgedacht. Andererseits konnte es genauso gut sein, dass er sie zu einer verlotterten, einsamen Hütte fuhr, damit sie dort sein Klo putzte und einen Berg verkrusteten Geschirrs abwusch. Nach dem Souvenirladen war alles möglich.

Ricks Hütte war zwar nicht verfallen, aber doch so abgeschieden, dass im Umkreis von fünf Kilometern niemand eine schreiende Frau hören würde. Das schlichte Blockhäuschen stand zwischen einer Gruppe von Bäumen, die aussahen, als würden sie an diesem Ort schon tausend Jahre lang Wache halten. Auf der winzigen Veranda befanden sich ein Kühlschrank, ein Schaukelstuhl und eine einäugige Katze, der die Haare ausgingen. Die gesamte Hütte war von einer Moosschicht überzogen, die so strahlend grün war, dass man meinen konnte, sie sei radioaktiv. Selbst das spärliche Fell der Katze hatte einen Grünstich.

Von der Überdachung der Veranda hing eine Kette, an der ein rostiger Fleischhaken baumelte. Die Glieder der Kette waren ebenfalls mit Moos bewachsen. Noah hatte Rick einen Sadisten genannt. Allmählich fragte sich Anna, ob ihr die Hauptrolle in einem perversen Bergsex-Szenario mit dem Kleinstadtsheriff zugedacht war: John Wayne trifft den Marquis de Sade.

»Da wären wir.« Rick stoppte den Wagen. Der Motor stotterte, dann ging er ganz aus. Die Stille war dicht und schwer.

»Ruhig hier oben«, sagte Anna. »Zu ruhig.«

»Genau so mag ich's.«

Bevor Anna realisierte, was Rick da tat, hatte er ein paar Handschellen aus der Tasche gezogen. Mit knappen, nüchternen Bewegungen ließ er sie um ihre Handgelenke schnappen.

»He! Was soll denn das?«, protestierte Anna. »Ich dachte, du bist nur Teilzeit-Gesetzeshüter. Was trägst du denn Handschellen mit dir herum?«

»Die haben nichts mit meiner Funktion als County Sheriff zu tun«, sagte Rick. »Die sind extra für dich.«

»Na toll. Ich fühle mich geehrt.«

»Solltest du auch. Die spare ich mir für besondere Anlässe auf, für Frauen, die bestraft werden müssen.«

Rick stieg aus, knallte die Tür zu und ging um den Wagen herum auf Annas Seite. Er öffnete ihr die Tür und half ihr, von dem hohen Sitz zu hüpfen. Als sie ihm auf dem Kiesweg zu seiner Hütte folgte, hörte sie nur das Knirschen der Steinchen unter ihren Füßen.

»Hilfe?«, rief Anna versuchsweise.

Ihre Stimme wurde vom Wald verschluckt.

Rick drehte sich um und sah sie neugierig an. »Stimmt was nicht?«

»Äh, nein. Ich habe überhaupt kein Problem damit, wenn mir ein praktisch fremder Mann Handschellen anlegt und mich in eine einsame Hütte bringt, an der ein rostiger Fleischerhaken über der Veranda baumelt.«

»Bitte sehr. Das lässt sich klären.« Rick nahm die restlichen Meter zur Hütte mit ein paar langen Schritten. Er trat auf die Veranda, hob ein Pflanzenungetüm vom Boden auf und hängte es an den Haken. Er arrangierte die Blattwedel wie ein Frisör, der im neuen Haarschnitt einer Kundin herumfummelt, und drehte sich zu Anna um.

»Der Haken ist für meinen Schwertfarn. Was dachtest du denn, was ich da dranhänge, Leichen?«

»So was in der Art«, sagte Anna. Sie kam zu dem Schluss, dass Rick nicht abartig oder pervers war, sondern einfach nur verwunderlich.

Verwunderlich, aber schrecklich attraktiv. Wie sie ihn bei sich zu Hause sah, mit seiner Pflanze und der Katze und dem kaputten Schaukelstuhl, wirkten seine rauen Kanten viel weicher. Natürlich hatte er einen Autoritätskomplex, aber es war gar nicht *so* schlimm, wenn man von einem großen, breitschultrigen

Katzenpfleger mit langem rotbraunen Haar herumgeschubst wurde.

»Kann ich dich was fragen?«, sagte Anna, als sie sich der Hütte näherte. »Cade sagte, du wärst früher Anwalt gewesen. Was für ein Haus hast du denn für das hier aufgegeben?«

»Im Vergleich zu dem hier war es eine Villa. Vier Zimmer. Sechs Badezimmer, Himmelherrgott. Doppelgarage, Swimmingpool.«

Anna lachte ungläubig. »Vermisst du das nicht?«

»Kein bisschen. Komm rein, ich zeige dir meinen neuen Palast.«

Rick ruckelte an der Eingangstür. Der Rahmen war verzogen. Für die Pflanzen war das feuchte Klima großartig, aber es versetzte jedes menschliche Werk in einen Zustand allmählicher Auflösung. In den Gebäuden war alles permanent feucht – Möbel, Bücher, Kleidung, Handtücher. Anna machte das nichts aus. Sie war selber ziemlich feucht und fing an, die Handschellen zu mögen. Sie war keine Frau, die einem Mann gern die Kontrolle überließ, aber jetzt, wo sie auf Ricks Terrain war, gefesselt mit seinen Handschellen, fand sie langsam Geschmack an der Unterwerfung.

Die Hütte bestand aus einem einzigen Raum und war spärlich, aber gemütlich eingerichtet. Ein Schreibtisch, ein alter Gasofen, eine Spüle (ohne schmutziges Geschirr, wie Anna erfreut registrierte) und ein massiver Holztisch mit zwei Stühlen füllten den Raum zur Hälfte aus, doch ihre Aufmerksamkeit wurde gefesselt von einem großen Bett mit vier Pfosten aus Ahornholz. Eine blaue Steppdecke und ein Berg aus Kissen lagen darauf, und es sah aus wie gemacht für ein erotisches Amüsement.

»Und das ist dein Kerker für die vielen Gefangenen?«, fragte sie.

»Nur für die, die man lange wegsperren muss«, antwortete Rick.

Anna fing wieder an, sich Sorgen zu machen. »Was heißt für dich ›lange‹? Tage? Wochen? Ich muss diesen Monat noch die Rohfassung meiner Dissertation fertigstellen.« Rick lachte. »Glaubst du wirklich, dass einer wie ich länger als 24 Stunden mit derselben Frau unter einem Dach leben würde? Ich bin durch und durch Kurzzeitliebhaber – keine Verpflichtungen, nichts bereuen. Und ich hab das Gefühl, dass wir da beide ähnlich ticken.«

Anna dachte darüber nach. Vor ein, zwei Wochen noch hätte sie Rick sofort zugestimmt. Aber aus irgendeinem Grund war sie sich heute nicht mehr so sicher. Sie konnte sich nicht vorstellen, dass sie jemals Gefallen an einem monogamen Leben finden würde, aber würde sie immer eine Kurzzeitliebhaberin bleiben, wie Rick es nannte? Anna hatte plötzlich eine Vision, in der sie alt war und wie eine Krabbe vor jedem intimen Kontakt mit einem Menschen wegschreckte.

»Warst du schon mal verheiratet?«, fragte Anna.

»Für eine Frau in Handschellen stellst du ganz schön viele Fragen.«

»Ich bin eben neugierig. Das färbt ab, wenn man viel mit Katzen zu tun hat.«

»Noch nie«, sagte Rick. »Einmal war ich knapp davor, aber ich bin noch mal davongekommen.«

»Dann hattest du ein Haus mit sechs Badezimmern nur für dich?«

»Sechs Badezimmer, zwei Autos. Der Tag, an dem ich alles aufgegeben habe, war der glücklichste meines Lebens. Als ich die Stadt verließ, habe ich nur ein paar Andenken, ein paar Lieblingsbücher und Cyclops mitgenommen.«

»Cyclops.«

»Der klapprige, einäugige Haufen Flöhe da draußen.«

»Wünschst du dir manchmal, du wärst nicht allein? Von Cyclops mal abgesehen, meine ich.«

Rick verdrehte die Augen. »Ich bin nicht allein. Du bist hier. Und wenn du deine Neugier nicht zügelst, muss ich mir noch einen Knebel zu den Handschellen besorgen.«

Er knipste eine kleine Lampe auf einem Tisch neben dem Bett an. Licht ergoss sich über die blaue Steppdecke. Die Sonne war noch nicht untergegangen an diesem Frühsommerabend, aber in Ricks Hütte unter den Bäumen dämmerte es bereits. Die kupfernen Spuren in seinem gewellten Haar glänzten im Licht der Lampe, und seine sonnengebräunte Haut schien zu glühen. Anna schluckte trocken, als er sich das T-Shirt über den Kopf zog und seinen Oberkörper zeigte. So wie er sich bewegte – geschmeidig und entschlossen und ohne den unbeirrten Blick von Anna abzuwenden –, hätte er wirklich ein Raubtier sein können.

Womit Anna seine Beute wäre.

Rick strich mit der Hand ein paarmal der Länge nach über die Steppdecke und schuf eine Kuhle, die breit genug war für Annas Körper.

»Willkommen in der Gefangenschaft«, sagte er. »Leg dich hin.«

»Nimmst du mir die Handschellen ab? Sie fangen an zu scheuern.«

»Ich nehm sie dir ab, wenn ich will, dass du die Hände benutzt. Hör auf, die Show an dich zu reißen. Solange du hier bist, tust du, was ich sage.«

Anna trat einen Schritt zurück, als überlegte sie, abzuhauen. »Und wenn ich gehe?«

Rick zögerte keine Sekunde. »Dann entgeht dir was.«

»Dir auch.«

»Mir auch«, sagte er zustimmend. »Aber ich bin nicht derjenige mit dem schlechten Gewissen. Du wolltest von mir bestraft werden. Komm her und hol dir, was du verdient hast.«

Anna zitterten die Beine, als sie über die Dielen ging. Rick sollte nicht sehen, wie erregt sie war, sein Ego war schon groß genug. Sie starrte die Wand vor sich an und setzte sich vorsichtig auf den äußersten Rand der Matratze. So nah wie sie neben Rick und seinem nackten Oberkörper saß, konnte sie nur versuchen, Gleichgültigkeit vorzuschützen, aber ihr Körper war bereits in heller Aufruhr. Er berührte sie nicht, doch seine Nähe machte sie ganz verrückt. Sie war wie erstarrt, nicht aus Angst, sondern aus etwas genauso Mächtigem heraus, einem Instinkt, der ihr befahl, sich erst zu rühren, wenn sie sich in Sicherheit wusste.

Rick legte ihr die Hände auf die Schultern, drehte sie herum und legte sie langsam auf den Rücken. Ihr Kopf sank in den Berg aus weichen Kissen, und ihre gefesselten Hände fanden einen Platz zwischen ihren Schenkeln.

Es gab in Ricks Hütte nicht viele Anzeichen für sinnliche Genüsse, aber sein Bett bildete eine Ausnahme. Die blaue Steppdecke war aus Seide, die sich auf Annas nackten Beinen kühl und weich anfühlte. Die Matratze war fest und elastisch und gab an genau den richtigen Stellen nach. Rick mochte den Geschmack an Luxusartikeln verloren haben, aber wenn es darum ging, wo er schlief, träumte und vögelte, hatte er doch nicht auf Komfort verzichtet.

»Fühlst du dich wohl?«, fragte Rick.

»Ich würde mich wohler fühlen, wenn ich wüsste, was du mit mir vorhast«, sagte Anna.

»Dass du im Ungewissen bleibst, ist gerade der Witz an der Sache. Jetzt bitte ich dich um etwas Geduld, während ich das passende Instrument für dich suche.«

Rick stand auf und ging zur anderen Seite der Hütte. Anna konnte nicht sehen, was er tat, aber den Geräuschen nach kramte er nach etwas. Er ließ sich ordentlich Zeit und ließ sie warten, während er seine Sachen durchwühlte. Als sie hörte, wie er leise vor sich hin lachte, machte sie sich wieder ein bisschen Sorgen. So ein Lachen konnte auf eine einsamkeitsinduzierte Psychose hinweisen. Anna zerrte an den Handschellen, um zu sehen, wie stabil sie waren. Sie fühlten sich ziemlich echt an, und das Bettgestell war solide. Sie würde schlucken müssen, was Rick ihr servierte. Sie hoffte nur, dass er sich nicht gleich einer Machete schwingend aus dem Schatten auf sie stürzte.

Als Rick wieder auftauchte, hielt er die Hände auf dem Rücken. Anna war wie betäubt, weil ihr klar wurde, dass sie in der Falle saß, doch sie empfand auch eine nie gekannte Erregung. Ihr Herz pochte so wild, dass sie Angst hatte, es würde ihr aus dem Brustkorb springen. Ihre Nippel waren in höchster Alarmbereitschaft, und es kribbelte auf jedem Quadratzentimeter ihrer Haut.

»Ich habe viel darüber nachgedacht, wie ich eine Frau wie dich behandeln sollte«, sagte Rick. »Ich glaube nicht, dass die üblichen Bestrafungen wirken würden. Wenn ich dich so erziehen wollte, dass du mir gehorchst, müsste ich es mit Lust versuchen, nicht mit Schmerz. So bekomme ich auch die Katzen in den Griff.«

»Ich bin keine Katze.«

»Stimmt, aber du bist ausgesprochen unabhängig und hoch empfindsam. Wie ich feststellen durfte, bist du sehr empfänglich für taktile Stimulation. Und so wie du mich gerade anfunkelst, weiß ich, dass du nicht besonders zahm bist unter deiner sexy Haut. Wenn ich dich jetzt laufen ließe, würdest du mich mit deinen Krallen in Stücke reißen.«

»Da hast du recht.«

»Darum lasse ich dich erst frei, wenn ich weiß, dass ich mit dir klarkomme.«

Rick setzte sich wieder auf die Bettkante.

»Was hast du hinter dem Rücken?«, fragte Anna.

Als Rick ihr zeigte, was er in der Hand hielt, lachte Anna prustend los. Sie hatte etwas Finsteres, Bedrohliches erwartet – eine Peitsche oder einen Viehschocker. Doch er holte einen zierlichen Stab hervor, auf dem ein Federbüschel steckte. Es war entweder ein Spielzeug für Katzen oder irgendein Putzinstrument, so oder so war es ein klarer Beweis dafür, dass er den Verstand verloren hatte.

»Setzt du das bei vielen Frauen ein?«, fragte Anna, als sie wieder reden konnte, und schnappte nach Luft.

»Nur wenn sie anders nicht zu zähmen sind«, sagte Rick ruhig. »Das ist mein Lieblings-Kitzler. Glaub mir, wenn ich damit fertig bin, lachst du nicht mehr. Es sei denn, du bist eine Frau, die mitten im Orgasmus lacht.«

Rick legte den Feder-Kitzler auf die Matratze. Seine Bauchmuskeln bewegten sich träge im Takt seiner tiefen Atemzüge, während er Anna das T-Shirt auszog. So gekonnt, wie er ihren BH öffnete, war klar, dass er ein Profi war: eine schnelle Bewegung, und ihre Brüste lagen frei. Er knöpfte ihre Shorts auf und zog sie ein Stückchen hinab, aber nur so weit, dass ihr Bauch und der Saum ihres Höschens zum Vorschein kamen.

Rick nahm den Stab wieder in die Hand. Er ließ die Federn Annas Gesicht berühren, streifte ihre Wange nur mit einem Hauch und spielte mit ihrer peripheren Wahrnehmung. Die zappelnde Bewegung löste einen primitiven Reflex in ihr aus, den guten alten Jagdinstinkt, den jede Katze hatte. Gnadenlos zart und kaum spürbar fuhr er mit den Federn über ihren Hals, ließ sie über ihre Nippel tanzen, ihre Rippen, ihre halb entblößten Hüften. Dann über ihren Bauch, bis hinauf zum Hals und der weichen Stelle unter ihrem Kinn. Das Gefühl machte sie rasend und provozierte sie zugleich; als Katze hätte Anna schon längst eine Psychose. Sie wollte die Federn wegschlagen, doch die Handschellen hielten ihre Hände, wo sie waren.

»Gar nicht so lustig, wie du dachtest, was?«, fragte Rick. Er fuhr ihr mit den feinsten Federspitzen über den Kiefer und die Mitte des Halses entlang. Nie hätte sie gedacht, dass man mit

Federn solch scharfe, präzise Reize erzeugen konnte. Als er den Stab in einem anderen Winkel hielt und mit den Federn über ihr Schlüsselbein wischte, fühlten sie sich weich und glatt an, wie ein Band aus Satin.

»Das erregt dich.«

»Kann sein«, sagte Anna. Sie konnte nur schwer Gleichgültigkeit vortäuschen, wenn diese Federn überall auf ihrer Haut Funken schlugen, aber sie hatte nicht vor, für Rick dahinzuschmelzen wie eines seiner Kassenmädchen aus dem Souvenirladen. Als er anfing, mit sanften Hieben ihre Brüste auszupeitschen, biss sie sich auf die Lippe und hielt die Luft an.

»Du bist schon ganz heiß. Ich sehe deinen Pulsschlag.« Die Federn kratzten Annas Hals hinab.

Anna schüttelte den Kopf. »Den sieht man immer.«

Rick malte mit der weichen Seite des Federbüschels auf ihrem Bauch, dann schob er ihr Höschen weiter hinab und wischte Staub auf ihrem Unterbauch. Die Luft, die Anna angehalten hatte, entwich jetzt in einem langen, heißeren Stöhnen. Anstelle der Federn nahm Rick jetzt seine Hand. Ihr Bauch fühlte sich warm und fest an. Er massierte sie und wanderte weiter und weiter hinab, bis er sie zwischen den Schenkeln berührte.

»Gib's zu«, sagte er. »Ich hab dich.«

»Noch nicht«, flüsterte sie.

Er senkte den Kopf auf Annas Brust und küsste ihre Nippel. Er umfuhr ihn mit der Zunge, bis die Schauer, die daraufhin ihre Muschi und ihren Bauch durchliefen, sie wimmern ließen, dann leckte er den Nippel erneut mit seiner warmen, rauen Zunge.

Annas Stöhnen steigerte sich zu einem Heulen. Rick packte ihre Handgelenke und legte ihr die Arme über den Kopf, die Hände auf dem Kopfteil des Betts. Sie zitterte. Jeder Nerv ihres Körpers war entflammt. Obwohl sie noch halb angezogen war, fühlte sie sich nackter denn je – sie fühlte sich, als hätte man sie gehäutet.

»Ich weiß, du willst dich bewegen«, sagte Rick, »aber das wirst du nicht. Du schließt jetzt die Augen und hältst absolut still, bis ich dir erlaube, dich gehen zu lassen.«

Anna hielt die Augen geschlossen, während Rick ihr die Shorts hinunterzog, wobei er auf dem Weg entlang ihrer Beine über ihren Hüften und Unterschenkeln innehielt. Dann zog er an ihrem Höschen. Als sie einen Luftzug auf ihren Schamlippen spürte, öffnete Anna die Augen. Sie liebte den konzentrierten Ausdruck in Ricks Gesicht, die Falte, die sich zwischen seinen Brauen formte, während er an ihr arbeitete und die Formen ihres Körpers studierte. Die meisten Männer musterten sie nicht so genau. Der Einzige, der das in letzter Zeit getan hatte, war Noah.

Noah. Wo zum Teufel kam der jetzt her? Anna versuchte, sein Bild zu vertreiben. So sexy Rick auch war, er lenkte sie nicht ab von der Erinnerung an Noahs dunkle, intensive Augen.

Rick runzelte die Stirn. »Du konzentrierst dich nicht. Ich will, dass du voll da bist.«

»Tut mir leid. Bitte hör nicht auf.«

»Sicher? Du hast gerade ausgesehen, als wärst du jemand anderes.«

Anna heftete den Blick auf Ricks Hände. Er massierte jetzt ihren Schamhügel. Er nahm ihre Beine auseinander und schob sich dazwischen, dann nahm er den Kitzelstab in die Hand und wischte damit kreisförmig über die Innenseite ihrer Schenkel. Es war die reinste Folter. Wenn Anna eine gefangene Spionin gewesen wäre, hätte sie spätestens jetzt jedes Staatsgeheimnis preisgegeben.

Obwohl er sich nichts anmerken ließ, war Rick genauso erregt wie sie. Die Ausbeulung seines steifen Schwanzes schlängelte sich seinen Schritt hinauf und reichte ihm fast bis zur Taille. Er zog seinen Zeigefinger über ihre Muschi und strich mit seinem Folterwerkzeug darüber.

Ricks Atem wurde immer schwerer. Die Präzision und Intensität der streichenden Federn machten Anna völlig fertig, aber wonach sie in Wirklichkeit lechzte, war ein harter Schwanz. Ihre Muskeln schmerzten, weil sie so lange angespannt stillgehalten hatte, und langsam wurden ihre Handgelenke taub.

»Ich glaube, ich habe meine Lektion gelernt«, sagte Anna. »Ich möchte mich jetzt gehen lassen.«

Er legte den Kitzler beiseite und nahm die Schlüssel für die Handschellen aus seiner Tasche.

»Du darfst.«

Er öffnete die Handschellen und massierte Anna die Handgelenke, damit sie wieder durchblutet wurden. Dann hob er sie hoch, setzte sie auf das Kopfbrett, und kroch ihr zwischen die Schenkel. Sie packte sein Haar und lenkte seinen Kopf damit, während seine Zunge ihre Kleine durchwanderte. Er ließ sich Zeit und streifte die heftigsten Stellen lediglich. Als sie die Geduld verlor und an seinen Haaren zerrte, damit er sie da leckte, wo es am schönsten war, lachte er leise vor sich hin.

Aber Anna hatte keine Lust, noch länger gefoltert zu werden. Nachdem sie so lange still gehalten und Ricks Quälereien über sich ergehen lassen hatte, wollte sie sich jetzt endlich gehen lassen. Sie stemmte sich gegen Ricks Schultern und schubste ihn mit aller Kraft, so dass er nach hinten auf die Matratze kippte und auf dem Rücken liegen blieb.

»Jetzt gehörst du mir, du Kontrollfreak«, verkündete sie rittlings auf seinen Schenkeln sitzend.

»Okay, ich weiß, wann ich besiegt bin«, sagte Rick mit einem Grinsen. »Mach mit mir, was du willst.«

Anna zögerte keine Sekunde und öffnete den Reißverschluss seiner Jeans. Er trug keine Unterhose, und sie hatte seinen Schwanz im Handumdrehen herausgeholt. Für einen kurzen Moment war sie hin und her gerissen zwischen dem Verlangen, ihn sich in den Mund zu stecken, und dem dringenden Wunsch, ihn in sich zu spüren.

Als sich Anna hinabbeugte, um einen Lusttropfen mit der Zunge abzulecken, drückte Rick ihren Kopf nach unten. Er brummte kehlig, als sie seine Spitze leckte, und als sie seinen Schwanz ganz in den Mund nahm, warf er den Kopf zurück und stöhnte.

Anna hatte ganz vergessen, wie sehr sie das Aroma von Schwänzen liebte. Es erinnerte sie an den Geschmack von wildem Honig. Zum ersten Mal seit über einem Jahr konnte sie sich bei einem Mann so richtig gehen lassen, weil nichts sie zurückhielt. Ihr war, als könne sie Rick bei lebendigem Leib verspeisen, ihn mit ihren Klauen zerfetzen.

Anna ließ seinen Schwanz aus dem Mund gleiten. Er wiegte sich hin und her, bis sie sich auf ihn setzte und mit ihrem ganzen Gewicht in Ricks Schoß landete. Sie scherte sich nicht darum, was er davon hielt; das Einzige, was sie interessierte, war, dass sie endlich eine Portion kräftigen, gesunden, ungebundenen Mann abkriegte. Sie bohrte ihre Nägel in Ricks Brustmuskeln und ritt ihn mit aller Kraft. Ganz benebelt von dem heraufziehenden Orgasmus nahm sie nur vage seine Hände auf ihren Brüsten, dann auf ihrer Taille wahr. Das Einzige, was sie wirklich spürte, war, dass die groben Stöße seiner Hüften im perfekten Rhythmus mit den ihren waren, und dass sein Schwanz und ihre Muschi perfekt zusammenpassten.

Ricks Hand glitt zwischen ihre Beine. Er hatte nicht viel Platz, aber er konnte seine Bewegungen mit den Fingern begleiten, so dass ihre Klit in all dem wilden Gestoße nicht zu kurz kam.

»Wie habe ich es nur so lange ohne ausgehalten?«, fragte Anna sich laut.

Zu einer Antwort kam sie nicht mehr, denn ihr Höhepunkt rollte heran, und sie dachte nicht mehr klar genug zum Reden.

Erst war da dieser stille, schwebende Moment, in dem ihr ganzer Körper auf Erlösung hoffend summte. Rick hörte auf zu stoßen, und sie sank langsam, langsam auf seinen Schaft, während die Zuckungen sie überkamen.

Als sie sich entspannte, drehte Rick sie auf den Rücken. Sie reckte die Hüften und schlang ihm die Beine um die Taille. Er ließ sich reichlich Zeit mit seinem eigenen Höhepunkt und stieß sie mit einer Bedächtigkeit, der Anna, erledigt wie sie war, nur zu gern folgte. Glänzend vom Schweiß arbeiteten seine Arm- und Brustmuskeln ruhig und flüssig, während er sich über sie stützte. Anna konnte die passive Rolle jetzt genießen und bewunderte Ricks Körper.

Doch als sie in sein Gesicht blickte, sah sie Noah.

Ricks Höhepunkt löschte die Erscheinung aus. Sein Stöhnen begann mit einem tiefen Grollen hinter dem Brustbein und wurde dann lauter, bis es fast ein Heulen war. Im letzten Moment zog er sich aus Anna heraus, drehte sie auf den Bauch und drückte ihr die Beine mit dem Knie auseinander.

Dann drang Rick von hinten wieder in Anna ein, ließ sich auf sie sinken und drückte sie aufs Bett. Sein Körper spannte sich und bebte. Als er kam, presste er ihr das Gesicht in die Bettdecke und grub ihr seine Zähne ins Genick. Anna war so perplex, dass sie genau in dem Moment, als Rick kam, einen zweiten Orgasmus hatte. Nach seinem letzten Stoß ließ er sich auf die Seite fallen. Seine verschwitzte Haut löste sich mit einem küssenden Geräusch von ihr.

»Den krönenden Abschluss hast du dir vom Nebelparder abgeschaut, stimmt's?«, fragte Anna und rieb sich die Beißspuren am Hals.

»Das hab ich schon immer gemacht, lange bevor ich anfing, mit Katzen zu arbeiten. Es schien mir nur natürlich. Hat's dir gefallen?«

»Ich fand's super«, sagte Anna und streckte sich zufrieden.

Fleisch, Klauen, Zähne – Sex mit Rick war genau das, was Anna gebraucht hatte. Trotzdem fragte sie sich, was Noah an diesem Abend wohl machte. Wahrscheinlich saß er in seinem Zimmer, hatte den Blick auf den Monitor geheftet und perfektionierte Yulanas Figur. Wie fehlgesteuert verliebte Männer waren. Noah war vernarrt in eine gepixelte Kriegerin, Rick hatte sein Herz an eine Tigerin verschenkt. Und Cade vergötterte seine Verliebte und würde seinen Schwanz nicht mal in der Hose lassen, wenn es um Leib und Leben ginge.

Letzten Endes kann sich eine Frau doch nur auf sich selbst verlassen, dachte Anna. Wortlos zustimmend fing Rick an zu schnarchen. Anna fuhr mit den Fingern über die Kurven seines Rückens. Seine Muskeln waren so klar definiert, dass man ihn als Modell für den Anatomieunterricht hätte nehmen können. Sie strich ihm das dichte Haar aus dem Gesicht, fasziniert davon, wie viele Farbtöne, von Mahagoni bis Kupfer, das Licht zum Vorschein brachte. Auch in dem dünnen Flaum, der seine Brust überzog, blitzte der kupferne Schimmer wieder auf. Auf dem Bauch formte das Haar einen schlanken Pfeil und fächerte sich im Schritt wieder auf.

Anna hatte ohne Zweifel ein Prachtexemplar. Sie überlegte, ob sie an Ricks Körper hinabgleiten und seinen Schwanz in den Mund nehmen sollte, um an ihm zu lecken, bis er sich wieder streckte und hart wurde. Wenn sie wollte, würde er ihr die ganze Nacht zur Verfügung stehen. Doch so toll er auch war, Rick war nicht der Mann, den Anna wollte.

*

Belinda ließ sich Zeit. Die meisten Frauen machten den Fehler und reagierten impulsiv, wenn sie Beweise dafür fanden, dass ihr Mann sie betrog. Sie bekamen Anfälle, zerrissen Fotos, zerschlugen Hochzeitstagsgeschenke, rissen Fleischbatzen aus dem Körper ihres Partners. Belinda war zu klug, um Cade gegenüber auszuticken. Sie rief ihn jeden Abend an und gab den aktuellen Stand ihrer Hochzeitsplanung durch, und während dieser halbstündigen Gespräche war sie sein braves Mädchen. Während der übrigen 23 ½ Stunden gab es für sie kein Halten.

Ein Mal die Woche trafen sich Belinda und Val, um bei einem Cocktail ihre Doppelhochzeit zu besprechen. Meistens gingen sie in den *Country Club*, wo sie Weißweinschorle nippend auf dem Balkon saßen und die Aussicht über den Golfplatz genossen. Auf ihren Laptops verglichen sie Kostentabellen, diskutierten über das Layout der Einladungen und tauschten Ideen für das Catering und die Blumen aus. Wenn sie das Geschäftliche hinter sich hatten, gingen sie per W-Lan ins Internet, riefen ihre Hochzeitsliste auf und sahen sich verzückt die Geschenke an, die die Gäste für sie kauften.

Diese Woche verkündete Belinda eine Änderung des Plans. Anstatt im *Country Club* den mumifizierten Frauen und schmolllippigen Lustknaben der Oberschicht Gesellschaft zu leisten, wollte sie sich mit Val in einem Schuppen namens *Tarantula* treffen. Es war einer von Cades Lieblingsläden, ein Rückzugsort für Männer, um bei Bier und Billard die Sau rauszulassen. Er hatte sich immer geweigert, mit ihr dorthin zu gehen. Nachdem sie Cade sicher im Sommerhaus wusste, konnte Belinda es kaum erwarten, die heiligen Hallen zu betreten.

»Ich wette, das gefällt dir«, sagte Belinda am Handy zu Val. »Ich dachte, wir könnten mal einen draufmachen und richtig aus uns rausgehen. Ein Polterabend vor dem Polterabend, wenn du so willst.«

»Ich gehe mit meinem Viertausend-Dollar-Laptop garantiert nicht in einen Laden, der *Tarantula* heißt«, sagte Val. Belinda konnte sich ihre sauertöpfische Grimasse vorstellen. »Und ich halte auch nichts von einer schnellen Nummer vor der Hochzeit – auf beiden Seiten. Zu großes Risiko. Wenn du dekadent sein willst, können wir uns doch zu einem Caffè Latte und Tiramisu im *Mezzanine* treffen.«

Sicher. Eine fette Portion Tiramisu war genau das, was Vals Figur jetzt brauchte, wo sie darauf hoffte, sich in ein Hochzeitskleid Größe vierzig zu quetschen.

»Ich will nicht ins *Mezzanine*«, sagte Belinda. »Törtchen essen kann ich noch mit 60. Jetzt bin ich in Jagdstimmung.«

»Jagdstimmung?«, fragte Val und schnaubte aufgebracht. »Belinda, du heiratest bald. Wie zum Teufel willst du nach der Hochzeit jemals treu sein, wenn du es jetzt nicht bist?«

»Cade und ich werden selber bestimmen, was wir unter Treue verstehen«, sagte Belinda.

»Soll das heißen, Cade weiß, dass du mit anderen Männern schläfst? Und er ist einverstanden?«

»Er weiß es noch nicht, aber ich werde dafür sorgen, dass er einverstanden ist.«

»Und wenn nicht? Was, wenn er die Hochzeit absagt?«

»Dann sagt er die Hochzeit eben ab. Für mich ist das kein Weltuntergang.«

Belinda vernahm ein beunruhigtes Schweigen am anderen Ende der Leitung. Sie konnte förmlich hören, wie es in Vals Hirn ratterte, während sie versuchte, das Risiko abzuschätzen. Wenn Cade und Belinda sich trennten, wäre die Doppelhochzeit gestorben. Val und Noah konnten auch allein heiraten, aber ohne seinen besten Freund würde Noah es sich vielleicht noch mal anders überlegen.

Wollte Noah überhaupt heiraten? Unausgesprochen hing die Frage zwischen den Frauen in der Luft. Val spürte wohl den eisigen Schauer eines Zweifels.

»Belinda, lass uns vernünftig darüber reden. Komm in einer Stunde in mein Büro.« Vals Worte hatten jetzt den Befehlston der Anwältin, die versuchte, die Sache in den Griff zu bekommen.

»Ich bin nicht deine Mandantin, Val. Du kannst mich nirgends hinbeordern, wenn ich nicht will. Ehrlich gesagt, tut Noah mir leid. Ich hätte keine Lust, den Rest meines Lebens an den Eiern herumgeführt zu werden.«

Belinda klappte ihr Handy zu, und mit einem befriedigenden Klick war die Unterhaltung beendet. Sofort trillerte das Telefon. Sie schaltete es aus und warf es in ihre Umhängetasche. Dann fuhr sie mit BELSBABY nach Hause. In einem musste sie Val Recht geben: Das *Tarantula* lag nicht gerade in einem Viertel, in dem man wertvolle Gegenstände unbeaufsichtigt ließ. Für ihren höllisch heißen Abend würde sie ein Taxi nehmen.

Außerdem musste sie duschen, andere Kleider anziehen und sich schminken. Heute Nacht würde sie der Schlampe in sich vor aller Augen freien Lauf lassen.

*

Bei Belindas Ankunft war das *Tarantula* schon brechend voll. Der dunkle, verrauchte Raum war erfüllt von Gelächter und Rockmusik. Belinda stand in der Tür zur Bar und warf sich in Pose, um die Aufmerksamkeit der Gäste zu gewinnen. Ihre Figur war gerahmt von einem roten Rechteck aus Neonlicht, das vom Stundenhotel auf der anderen Straßenseite herüberschien, und sie wusste, sie würde einschlagen wie eine Bombe.

So wie die Gäste reagierten, hätte Belinda auch ein rosa Einhorn sein können. Billardqueues und Bierkrüge wurden vorsichtig abgesetzt, und der Raum voller Männer einschließlich einiger genervter Freundinnen glotzte auf die atemberaubende Erscheinung. Bei ihrer Aufmachung hatte Belinda auf maximale Wirkung abgezielt. Sie hatte ihre Kurven in einen schwarzen Netz-Catsuit gezwängt, den sie bei einem halbseidenen Versand bestellt, aber noch nie zu tragen gewagt hatte. Der Catsuit hüllte ihre Haut in ein Netz mit zwei winzigen Körbchen aus schwarzem Satin, die ihre Nippel gerade mal so bedeckten. Über dem Catsuit trug sie einen schwarzen Microminirock, der nicht viel mehr war als ein Zugeständnis an die Wahrung öffentlichen Anstands. Außerdem trug sie schwarze Stöckelschuhe und ein Bolero-Jäckchen aus künstlichem Leopardenfell mit einem schwarzen Samtkragen. Das Jäckchen war eigentlich zu warm für die Jahreszeit, aber sie hatte nicht widerstehen können. Sie war auf Beutefang heute Nacht. Eine Vorwarnung an die Männer konnte da nicht schaden.

Gewarnt waren die Männer tatsächlich, vielleicht sogar zu deutlich. Erstarrt beobachteten sie Belinda, wie sie zur Bar schlenderte. Sie unterdrückte den Impuls, den Barhocker mit einem Taschentuch abzuwischen, bevor sie sich setzte. Die Prinzessin konnte sie bei Cade spielen, diese Typen waren aus härterem Holz geschnitzt.

»Was darf's sein?«, fragte der Barkeeper. Er war ein stämmiger, bärtiger Typ, ein Betonklotz von einem Mann, der aussah, als würde er nicht mal blinzeln, wenn man ihm einen Flammenwerfer unter die Nase hielt. Belinda lehnte sich auf den Ellbogen nach vorn und presste die Brüste zwischen die Oberarme, was ein verdammt tiefes Dekolleté ergab, und der Riese blinzelte.

»Ich hätte gern einen Old-Fashioned«, schnurrte Belinda.

Der Barkeeper schluckte trocken. Irgendwo an der Bar kicherte jemand. Belinda bemerkte eine dunkle Röte, die vom abgetragenen Kragen seines Karohemdes aufstieg.

»Hab ich noch nie gemacht«, gestand er. »Kann nicht behaupten, ich wüsste, wie der geht.«

Belinda lächelte. Sie ließ ihre Zunge flüchtig über ihre Oberlippe schnellen. Der Barkeeper war der Ohnmacht nah.

»Dann geben Sie mir Ihre Spezialität«, sagte sie. »Was Sie am besten können.«

»Morts Spezialität ist ein Bier und ein Kurzer dazu«, sagte eine männliche Stimme. »Glaubst du wirklich, du bist hier richtig, Schätzchen?« Belinda drehte sich auf dem Barhocker herum. Sie hob eins ihrer prachtvollen Beine und schlug es über das andere, dann lehnte sie sich zurück an die Bar, die Arme auf dem ramponierten Holz. In der undeutlichen Menge von Männergesichtern machte sie den Klugscheißer aus, der den Mund aufgemacht hatte. Er hatte die Statur eines Bauarbeiters, das Gesicht eines Profiboxers und mehr Tattoos als eine Flotte von Handelsmatrosen. Er sah aus, als hätte man ihm mindestens zwei Mal die Nase gebrochen, und so wie er sein Queue hielt, schätzte Belinda, hatte er selber auch ein paar eingeschlagen.

»Glaub mir, Schätzchen«, sagte Belinda, »ich bin überall richtig.«

Sie glitt vom Barhocker, stolzierte zu dem Boxer und schnappte ihm das Queue aus der Hand. Der Boxer blies einen langen, tiefen Pfiff.

»Du spielst Billard?«, fragte er.

Belinda bedachte ihn mit ihrem patentierten Sexbombenblick, der garantiert jedem Mann das Blut in den Schwanz umleitete.

»Ich spiele jedes Spiel, das du dir denken kannst.«

»Wenn das so ist, verspieltes Fräulein, ich bin Tom.«

»Ich bin Belinda.«

»Und du willst gegen mich spielen?«

»Sicher.«

»Ich sag meine Stöße an«, warnte Tom sie.

»Ich auch«, sagte Belinda. Sie zog ihr Leopardenjäckchen aus und warf es über einen Stuhl.

Belinda flehte zu Gott, dass sie nicht eingerostet war. Das letzte Mal hatte sie im College Billard gespielt, als sie mit einem kreuzbraven Jurastudenten zusammen war, der nebenher als Pool-Profi arbeitete. Pool, hatte er ihr beigebracht, war reine Geometrie. Um zu gewinnen, musste man Bahnen und Winkel richtig einschätzen. Aber so wie Belinda die Sache sah, musste man die richtigen Kurven zeigen. Wenn ihr Gegner vorne lag, brauchte sie sich nur lang über den Tisch zu beugen, das Kreuz durchzudrücken und den Hintern so weit rauszustrecken, dass ihr Höschen oder ein Stück Strumpfhalter aufblitzte, um ihn so duselig zu machen, dass er den nächsten Schuss vergeigte.

Der Boxer packte die Kugeln auf den Tisch, und Belinda kreidete ihr Queue ein. Sie überließ ihm den Anstoß, damit sie seinen Hintern betrachten konnte, während er sich zum Stoß nach vorn beugte. Nicht nur Männer wussten den Anblick von zwei wohlgeformten Arschbacken zu schätzen. Dieser Kerl hatte Gesäßmuskeln, die aussahen, als würden sie ein paar Klauenhiebe von Belindas manikürten Nägeln gut wegstecken. Und im Billard war er auch nicht schlecht. Sein erster Stoß war hart und sauber, und er lochte gleich drei halbe Kugeln ein.

»Nicht übel«, kommentierte Belinda.

Tom grinste und enthüllte einen goldenen Schneidezahn. Er sah aus wie Robert DeNiro für Arme in *Wie ein wilder Stier* – nur ein bisschen abgestoßen. Belinda hatte es eigentlich nicht nötig, aber wenn er so einen Arsch hatte, war sie auch mit diesem Boxer hier zufrieden.

»Sieht aus, als hätte ich die Halben. Die Sechs in die linke Ecke«, sagte Tom seinen nächsten Stoß an.

Er stieß daneben. Belinda war klar, dass er absichtlich dilettantisch gestoßen hatte. Offenbar konnte er es nicht erwarten herauszufinden, ob sie von hinten genauso gut aussah wie von vorn. Sie hatte nicht vor, ihn zu enttäuschen. Sie wirbelte die Kreide über die Spitze des Queues und behielt Tom dabei fest im Blick. Dann ging sie um den Tisch herum, wobei sie mit den

Fingern über den Tischrand streifte, und ließ sich reichlich Zeit, um ihren ersten Stoß zu planen.

»Die Drei ins Loch hinten rechts«, sagte sie.

Tom schüttelte den Kopf. »Schwierig. Musst du über Bande spielen.«

»Ich hab kein Problem mit der Bande«, sagte Belinda und schwenkte sich hochnäsig das Haar aus der Stirn. Nie im Leben würde sie diese Kugel versenken, aber wenn sie erst mal ihren langen, gut gebauten Körper über den Tisch beugte, hätte Tom die Kugel und die Bar vergessen, und seinen Vornamen vermutlich auch.

Belinda lehnte sich nach vorn, und zwar sehr weit, und ließ ihren Rock die Schenkel hochrutschen, bis ihr Hinterteil für jedermann zu sehen war. Es wurde still in der Bar. Das Einzige, was ihren nackten Hintern von, grob geschätzt, hundert Männeraugen trennte, war ein Fitzelchen Fischnetz. Sie hob ein Bein und streckte es nach hinten. Man hätte nur genau hinsehen müssen (und wer tat das jetzt nicht?), um einen Blick auf das Paradies zwischen ihren Schenkeln zu erhaschen.

Belinda beschlich ein ungutes Gefühl. Irgendwas stimmte nicht. Als sie aufblickte, sah sie an der Bar einen Mann stehen, der sie beobachtete. Im dichten Nebel des Zigarettenrauchs waren seine Gesichtszüge nicht auszumachen, aber die kantige, durchtrainierte Statur, die in einem Poloshirt und Khakis (lässig, aber teuer) steckte, war unverkennbar.

»Oh fuck«, flüsterte Belinda.

Es war Cade.

Das Queue entglitt ihr und fiel klappernd auf den Tisch. Sie richtete sich auf und strich fieberhaft ihren Rock glatt. An ihrem nuttigen Aufzug, dem dicken Make-up und dem Kreis von Männern, der sich für ihre Peepshow um sie herum gebildet hatte, konnte sie allerdings nichts ändern. Eine fantastische Vorstellung hatte sie heute Abend abziehen wollen. Dass ihr Verlobter im Publikum sein könnte, hatte sie nicht erwartet.

»Was ist? Hast du einen Bekannten entdeckt?«, fragte Tom, und in seinem Blick funkelte etwas Wissendes.

»Du kennst meinen Verlobten?«, zischte Belinda. »Du Scheißkerl.«

Tom lachte dreckig, die Stimme heiser vom Whisky und Tabak. Belinda hätte wissen müssen, dass sie einem Kerl mit einem goldenen Reißzahn nicht trauen durfte. Sie wollte zur Bar stürzen, aber Tom packte sie am Oberarm. Sie wand sich und schlug um sich, aber sein Griff war wie ein Schraubstock, und sie konnte sich nicht losreißen.

»Von deinem süßen Arsch krieg ich heut Abend noch mehr zu sehen«, sagte er.

»Träum weiter. Cade!«, schrie Belinda. »Bring mich hier raus!«

Cade kam an den Billardtisch geschlendert. Er schien es nicht besonders eilig zu haben mit Belindas Rettung. Im Gegenteil, so wie er grinste, fand er ihren Kampf mit dem aufgepumpten Gangster-Macho richtig amüsant.

»Gut gemacht, Tom«, sagte Cade. »Danke, dass du sie im Auge behalten hast.«

»War nicht schwer, bei dem Aufzug.« Tom lachte wieder sein dreckiges Lachen. Der Klang versetzte Belindas Muschi einen Stich. Sie hasste es, dass ihr Körper so reagierte, aber mit dem Schamgefühl wurde das Prickeln nur noch schlimmer.

»Wie eine richtige Nutte, oder?«, fragte Cade. Er verschränkte die Arme und tippte sich mit dem Finger an die Lippe, während er die Aufmachung seiner Verlobten begutachtete. »Man würde nie darauf kommen, was für ein verwöhntes Prinzesschen sie eigentlich ist.«

»Verwöhnt, was? Ich könnte sie ein bisschen zurechtstutzen.«

Tom stand jetzt hinter Belinda und hielt sie an beiden Ellbogen fest. Sein Oberkörper fühlte sich an wie eine Mauer – eine Gefängnismauer. Sie spürte seinen heißen Atem im Nacken. Belinda hatte sich in ihrem Leben schon oft aus der Patsche gequatscht, geflirtet und gefickt, aber so was war ihr noch nie passiert.

»Das musst du wohl«, stimmte Cade ihm zu. »Ich hab sie schon ordentlich in die Schranken verwiesen, aber offenbar schüchtert sie nichts, was ich ihr antun könnte, richtig ein. Sie braucht eine härtere Hand.«

»Woher wusstest du, dass ich heute hier bin?«, wollte Belinda wissen.

»Val hat mich angerufen. Sie hat mir erzählt, was du vorhast, und da musste ich natürlich eingreifen. Das *Tarantula* ist nichts für dich, Prinzessin.«

»Mir ging's wunderbar, bevor du aufgetaucht bist«, schoss Belinda zurück. »Du wolltest doch die ganze Woche im Sommerhaus sein.«

»Ich war in der Stadt mit einem neuen Investor zum Abendessen verabredet. Ein Glück. Sonst hätte ich deine kleine Vorstellung verpasst. Ich rief Tom an, ob er auf dich aufpassen könnte, bis ich hier sein würde. Bringen wir Belinda doch ins Pokerzimmer, Tom.«

»Cade, können wir nicht zu Hause darüber reden?«, flehte Belinda.

Es gefiel ihr nicht, wie diese Szene sich entwickelte. Sie wusste, dass Cade prickelnde erotische Spielchen liebte und gern über sie dominierte, aber insgeheim hatte sie immer gewusst, dass sie die Hosen anhatte. Momentan war sie sich da nicht mehr so sicher.

»Mir ist gerade nicht nach Reden«, sagte Cade. »Hast du Lust zu reden, Tom?«

»Nee.«

Die Männer grinsten sich kumpelhaft an. Cade führte seine Verlobte und ihre menschliche Fessel vorbei an lüstern glotzenden Männern. Jeder von ihnen wäre gern an Toms Stelle gewesen, und die meisten hätten Belinda genauso behandelt wie er. Tom schob sie vor sich her wie die Insassin eines Frauenknasts. Er war dicht hinter ihr, und ihr Hintern stieß ihm ständig in den Schritt, der den steinharten Beweis dafür enthielt, wie sehr er seine Rolle genoss.

Das Pokerzimmer war ein verrauchtes Loch. Ein paar Männer saßen über den Tisch gebeugt und spielten Karten. Cade betrat den Raum als Erster, dann stieß Tom Belinda ins Dämmerlicht.

»Macht euch vom Acker. Genug gespielt für heute«, verkündete er. »Geht nach Hause zu Mutti. Und räumt den Tisch ab, den brauchen wir noch.«

Murrend räumten die Männer Aschenbecher, Whiskygläser, Pokerchips und Banknoten zusammen. Belinda staunte, dass sie sich vertreiben ließen und auch noch ihren Saustall aufräumten. Sie sahen aus, als würden sie schon jahrelang auf diesen Stühlen kleben, wie Pilze an einer Höhlenwand. Offenbar war Tom der Macker in diesem Schuppen. Der Gedanke, dass Tom Macht besaß, jagte Belinda einen Schauer über den Rücken, aber ihr Verlangen wurde dabei scharf wie ein Rasiermesser. Sie konnte sich nur schwer die Freude auf das eingestehen, was mit ihr passieren würde, und Cade und sein tätowierter Henker durften erst recht nichts von ihrer Erregung bemerken.

Cade zog einen Stuhl heran und setzte sich. Er lehnte sich zurück, verschränkte die Hände hinterm Kopf und legte die Füße auf den Pokertisch. Wie sie so dastand, die Arme auf dem Rücken gefesselt, kam Belinda sich vor wie eine Straftäterin, die vor dem Richter auf ihr Urteil wartete.

»Okay, Belinda«, sagte er. »Es wird Zeit, dass dein zukünftiger Ehemann ein paar Regeln aufstellt.«

Belinda unterdrückte den Impuls, auf ihre Füße zu schauen wie ein gescholtenes Kind. »Wenn es in unserer Ehe Regeln geben soll, müssen wir sie gemeinsam aufstellen«, sagte sie.

Tom kicherte. Belinda hätte ihm am liebsten ihren Pfennigabsatz in den Zeh gerammt, traute sich aber nicht.

»Also gut«, sagte Cade. »Lass hören.«

»Zuerst mal sollten wir ehrlich zueinander sein, was den Sex angeht. Falls wir Affären haben, erzählen wir dem anderen davon und tun nichts hinter seinem Rücken.«

»Klingt für mich wie ein Männerdeal«, kommentierte Tom.

Cade war so anständig und sah einen Moment lang schuldbewusst drein, aber dann wich das Schuldgefühl in seinen Augen einem anklagenden Funkeln.

»Soll das etwa heißen, dass du schon jetzt Sex mit anderen hast?«

»Beim Sex bin ich impulsiv, Cade. Das war schon immer so. Tut mir leid, wenn du ein falsches Bild von mir hattest, aber so bin ich nun mal.«

»Und diese Freiheit ist dir wirklich wichtig?«, fragte Cade.

»Ich will sie für uns beide«, sagte Belinda. »Aber ich will, dass wir offen damit umgehen.«

Cade dachte einen Augenblick darüber nach. »Traditionell wäre unsere Ehe dann nicht gerade.«

»Wenn traditionell heißt, dass der Mann herumhurt, wie's ihm Spaß macht, und die Frau zu Hause bleibt«, sagte Tom.

»Stimmt«, sagte Cade schmunzelnd. »Kein schlechter Deal, wenn du mich fragst. Trotzdem würde ich gern einen Kompromiss vorschlagen.«

»Was für ein Kompromiss?«, fragte Belinda misstrauisch.

»Nun, von mir aus darfst du Affären haben, aber nur unter der Bedingung, dass du dich jedes Mal von mir bestrafen lässt, wenn du außerehelichen Sex hattest.«

»Gähn«, sagte Belinda verächtlich. »Das ist kein Kompromiss, das ist dieselbe alte Leier, nur ein bisschen schneller gespielt.«

»Das ist mein letztes Angebot«, sagte Cade. »Nimm's an oder lass es bleiben.«

»Und wenn ich es bleiben lasse?«

»Dann ist die Hochzeit geplatzt. Ich lasse dich deine Spielchen spielen, lasse dir deinen Spaß, aber wenn du meinen Bedingungen nicht zustimmst, kannst du dir einen Schlappschwanz suchen, der dich heiratet. Das dürfte nicht allzu schwer sein. Die Welt ist voll mit Männern, die ihren Frauen nicht das Wasser reichen können.«

Cade und Belinda starrten sich an. Im Beruf waren beide knallharte Verhandlungspartner, aber sie hatten sich noch nie miteinander gemessen. Belinda durchzuckte die Angst vom Scheitel bis zur Sohle. Sie hatte immer gedacht, dass Cade nach ihrer Pfeife tanzen würde. Wie er sie nun mit kalten, teilnahmslosen Augen ansah und auf ihre Antwort wartete, wurde ihr klar, wie unbarmherzig er sein konnte.

»Und?«, drängte er. »Wie sieht's aus? Nimmst du meine Bedingungen an?«

Belinda senkte den Kopf. Ihre angespannten Muskeln wurden weich.

»Ja«, sagte sie.

»Ausgezeichnet. Fangen wir gleich heute damit an. Tom, wärst du so freundlich und würdest meine Verlobte bestrafen?«

»Moment«, fiel ihm Belinda ins Wort. »Wofür bestrafen? Ich hatte heute Nacht mit niemand Sex.«

»Das nicht, aber du hast eine Nummer mit einem meiner Programmierer geschoben. Er hat mir alles gebeichtet. Der arme Kerl wollte deshalb kündigen, aber ich habe abgelehnt. Ich wusste, dass alles deine Idee war. Und nur ein paar Stunden, bevor du Tuan verführt hast, hast du im Sommerhaus mit Anna Sex gehabt.

»Woher weißt du das mit Anna?«, rief Belinda.

»Ich habe sie an dir geschmeckt, als wir uns am Auto küssten. Ich weiß, wer du bist, Belinda. Ich hatte dich immer auf ein Podest gestellt, als wärst du die Heilige Jungfrau, aber als Schlampe in Designerkleidern bist du mir viel lieber.«

»Cade, hör mal, ich –«

»Tom, lass uns lieber anfangen, bevor sie sich noch rausredet«, unterbrach er sie.

»Klar, Chef«, sagte Tom gut gelaunt. »Darauf freu ich mich schon den ganzen Abend.«

Der Grobian gab Belinda einen Stoß. Sie landete mit dem Gesicht voran auf dem Pokertisch, ihr Hintern ragte in die Luft. Ohne Vorwarnung schob Tom ihr den Lederrock bis zur Taille hoch. Als er ihre Beine spreizte, hörte sie, wie er sich die aufgeplatzten Lippen leckte. Er zupfte am Stoff ihres Catsuits und ließ ihn auf ihre Haut zurückschnappen.

»Mach schon und reiß ihr dieses Ding vom Leib«, sagte Cade. »In diesem billigen Fummel will ich sie nicht mehr sehen.«

Wie ein Kind an Weihnachten zerriss Tom eifrig das Netz über Belindas Hintern. Obwohl das Netz nicht gerade viel verhüllt hatte, überkam sie ein starkes Schamgefühl, weil ihr Hintern jetzt an der frischen Luft lag. Sie biss sich auf die Unterlippe, um nicht aufzuschreien, weil sie sich so erniedrigt fühlte.

»Darf ich sie anfassen?«, fragte Tom Cade. Seine Stimme war belegt vor Verlangen.

»Fürs Erste berührst du sie nur, um sie zu strafen«, sagte Cade. »Wenn du das gut machst, werden wir sehen, wie's mit einer Sondererlaubnis steht.«

Was für eine Sondererlaubnis?, fragte sich Belinda. Ihr Herz raste panisch, als sie überlegte, was ein Mann wie Tom ihr antun konnte. Er war zu Dingen in der Lage, von denen ein feinsinniger, gebildeter, zivilisierter Mann wie Cade nicht mal träumen würde.

»Cade, bitte lass ihn mich nicht in den Hintern ficken«, flüsterte Belinda.

Auf dem Bauch liegend sah sie zu ihrem Verlobten auf, und es war ihr egal, dass ihr Tränen über die Wangen liefen.

»Niemand hat was von Arschficken gesagt – noch nicht«, sagte Cade, während er sich setzte, um Belindas Peinigung mitzuverfolgen. Seine Stimme klang besänftigend, aber seine Worte fand Belinda nicht sehr beruhigend. »Sei brav und halte dich an unsere Regeln, dann sorge ich dafür, dass du genau das bekommst, was du verdienst. Nicht mehr, nicht weniger.«

Belinda bekam ihre Bestrafung viel schneller, als erwartet. Sie hatte gedacht, dass sie zuvor eine Eingewöhnung kriegen würde, aber bevor sie sich versah, knallte Toms schwere, harte Hand auf ihren Hintern. Sein Schlag war viel fester, wahrscheinlich von jahrelanger schwerer körperlicher Arbeit.

Belinda klammerte sich mit aller Kraft an den runden Tisch, hielt die Augen fest geschlossen und sagte sich, dass sie es für Cade tat. Toms Schläge hatten nichts Romantisches oder Zeremonielles. Nur ein gekonnter Schlag nach dem anderen. Bei jedem Hieb strahlte eine prickelnde Hitze von ihren Backen bis in ihre Muschi. Sie ertappte sich dabei, wie sie ihr Geschlecht beim Abklingen jedes Schlags am Tisch rieb, um sich zum Ausgleich für die Schmerzen eine kleine Dosis Lust zu verschaffen.

»So 'ne Behandlung magst du doch, stimmt's, du kleine Schlampe?«, murmelte Tom zwischen zwei Schlägen.

Die Wahrheit war, dass Belinda es tatsächlich mochte, und zwar mehr, als sie je zugeben würde. Der Catsuit, die Bar, der Billardtisch – mit alldem war sie auf diese peinigende Lage zugesteuert. Sie hätte nie gedacht, dass sie sich nach so einer groben Behandlung sehnte, aber dafür wusste es ihr Körper. Ihre Muschi lieferte mit einem Rinnsal ihres Safts, das an der Innenseite ihres Schenkels hinablief, den schlagenden Beweis für ihre Lust. Sie betete darum, dass Tom es nicht bemerkte, doch als er plötzlich innehielt, wusste sie, dass sie geliefert war.

»Deine Frau ist pitschnass«, verkündete Tom. »Ich kann nichts dafür. Ich hab sie dabei ertappt, wie sie sich am Tisch gerieben hat. Sie will abgehen, ohne dass du's mitbekommst.«

Cade erhob sich. Sein Schritt befand sich auf einer Höhe mit Belindas Augen. Hinter seinem Hosenstall wölbte sich eine Erektion.

»Danke«, sagte Cade. »Wir wollen doch nicht verpassen, wenn meine Prinzessin ihren Orgasmus hat. Gib ihr den Rest. Aber lass dir Zeit. Sie soll es mir besorgen, während du sie befummelst.«

Cade öffnete den Reißverschluss seiner Khakis und befreite seinen Schwanz. Gierig leckte sie an seiner Spitze, gierig nach dem vertrauten Geschmack. Er enttäuschte sie nicht. Sobald sein Schwanz ihre Lippen berührte, rann ihr eine warme Flüssigkeit in den Mund. Er stieß die Hüften nach vorn. Während sie lutschte, behielt er seine Hand liebevoll in ihrem Nacken.

»Jetzt darfst du sie befühlen, Tom«, sagte Cade heiser. »Lass meine Prinzessin kommen.«

Tom schob seine Pranke in den Spalt zwischen Belindas Schenkeln. Wie ein Bär fing er an, ihre Muschi zu reiben, und die grobe Stimulierung verschaffte ihr völlig neue Gefühle. Während sie seine Finger bearbeiteten, rieb er seinen Schwanz in seiner Jeans von hinten an ihrem Schenkel. Der Druck der langen, warmen Ausbeulung steigerte ihre Lust. Auch wenn sie nicht wollte, dass Tom in sie eindrang, genoss sie doch die Vorstellung, dass sie ihn scharf machte.

Belinda drückte sich auf Toms große Hand. Er fingerte sie nicht gerade zimperlich, und sie schloss die Augen, ließ mit dem Mund von Cades Schwanz ab und konzentrierte sich auf die wallende Wärme in ihrer Muschi. Mit aller Kraft klammerte sich Belinda an den Tisch und wappnete sich für die Explosion. Cade trat zurück, um sie kommen zu lassen, und dann stöhnte sie auf, während ihre Muschi Toms Hand mit ihrem Saft einschmierte.

»Wir tauschen die Plätze«, befahl Cade.

Die beiden Männer wechselten die Position. Cade trat zwischen Belindas Beine, packte ihre Hüften und drang von hinten in sie ein. Wie gut es sich anfühlte, nicht von einem bedrohlichen Fremden gevögelt zu werden, sondern von dem Mann, den sie liebte! Cade nahm sie so heftig, dass er es bestimmt nicht lange machen würde. Auch wenn sie sein Gesicht nicht sah, wusste Belinda, wie Cade beim Orgasmus aussehen würde: dass eine Falte seine Stirn durchfurchte und er die Zähne zusammenbiss. Sie wartete auf den wohlvertrauten zischenden Laut, der ihr das Ende seiner Zuckungen bedeutete. Dann drehte sie sich um und lächelte ihn an.

»Danke, mein Liebster«, sagte sie.

»He«, beschwerte sich Tom. »Und ich komm nicht zum Zug?«

Seine Unterlippe bebte. Er sah aus wie ein kleiner Junge, der die eigene Geburtstagsfeier verpasst hat. Belinda hatte Mitleid mit dem Klotz, der sie gezüchtigt hatte, erst recht nach dieser befriedigenden Abreibung.

Belinda drehte sich um zu Cade. »Darf ich?«, fragte sie.

»Nur zu«, sagte er. »Er hat sich eine Belohnung verdient.«

Belinda rutschte vom Tisch, stellte sich hin und richtete ihren Rock.

»Hol deinen Schwanz raus«, sagte sie zu Tom. »Jetzt bist du dran.«

Sie kniete sich vor ihn hin und sah zu, wie er an den Knöpfen seiner Hose fummelte. Bei diesen großen, ungelenken Fingern war es ein Wunder, dass er alleine in seine Hose kam. Seine Aufregung machte es auch nicht besser. Das meiste musste Belinda selber machen, aber es war der Mühe wert. Je mehr von seinem Körper sie enthüllte, desto mehr wollte sie sehen, und als sie fertig war, hatte Tom seine Jeans an den Knöcheln. Seine Hüften sahen aus wie das meisterhafte Werk eines Bildhauers, und sein Penis war ein Prachtexemplar.

Ich sollte keine Kunst sammeln, sondern Schwänze, dachte sich Belinda. Sie wollte Tom etwas Besonderes bieten, als Geste des Danks für den Orgasmus, den er ihr beschert hatte, etwas, das Cade nebenbei ein kleines bisschen eifersüchtig machte.

Belinda legte sich auf den Boden und stützte sich auf die Ellbogen. Während Tom auf sie herabstarrte – sein Schwanz pochte hoffnungsvoll –, zog Belinda die Knie an die Brust und hob langsam die Beine. Dann beugte sie die Knie und senkte ihre Waden, bis sie auf einer Höhe mit Toms Leiste waren. Sie wölbte ihre Füße, ließ sie um Toms Schwanz kreisen und fing dann an, den Schwanz damit zu reiben. Von ihrer Yogalehrerin hatte Belinda gelernt, dass Füße, die man im Westen oft nur als bessere Schuhhalter betrachtete, kostbare Instrumente waren, die dem Körper Gleichgewicht und Stabilität gaben. Durch eigene Nachforschungen hatte sie außerdem gelernt, dass Füße auch Hilfsmittel der Lust sein konnten. Belinda hielt die Knie gespreizt, damit Tom zwischen ihre Beine sehen konnte, und machte sich an die Arbeit. Sie massierte seinen Penis mit den Sohlen und kitzelte die Spitze mit den Zehen. Er belohnte sie mit ungläubigem Stöhnen.

»Was machst du da mit mir?«, fragte er.

»Ich geb dir den ersten Fuß-Job deines Lebens«, sagte sie.

»Hör bitte nicht auf«, flehte er.

»Keine Sorge«, Belinda lachte. »Ich fange gerade erst an.«

Belinda bewegte die Füße wie eine Tänzerin, massierte Toms Penis, nahm die Eichel zwischen großen und zweiten Zeh und stupste an die Kuhle zwischen seinen Eiern. Er wiegte sich auf den Fersen vor und zurück und wimmerte ekstatisch.

Belinda umschloss die Wurzel seines Schwanzes fester und zog heftig, wobei sie den Druck mit ihren Schenkeln noch verstärkte.

Cade hatte immer wieder gesagt, dass Frauen den Schwanz eines Mannes nie so hart anpackten, wie er es wollte. Vielleicht war diese Technik die Lösung.

Für Tom jedenfalls war es die Lösung. Er warf den Kopf in den Nacken, gab ein gewaltiges Stöhnen von sich, hielt sich an ihren Knöcheln fest und spritzte ab.

»Mit mir hast du das noch nie gemacht«, beschwerte sich Cade, nachdem Tom die beiden allein gelassen hatte. Belinda versuchte, sich zusammenzureißen, aber es war nicht gerade einfach, einen ordentlichen Eindruck zu machen, wenn man nur einen Rest Netz am Leib hatte, das keinen einzigen Fisch hätte halten können. Sie konnte nur hoffen, dass heute keine Zivilpolizisten von der Sitte im *Tarantula* waren.

»Ich wollte es für unsere Flitterwochen aufsparen«, sagte Belinda.

»Und stattdessen probierst du dein neues Kunststück bei Tom?« Cade wirkte verletzt.

»Tom hat eine eiserne Hand. Das hast du selber gesagt«, sagte Belinda schulterzuckend. »Ich fand, er hat etwas Besonderes verdient. Außerdem gelten für uns jetzt neue Regeln, schon vergessen?«

»Keine Sorge, ich vergesse die Regeln nicht.« Cade grapschte Belinda an den Hintern und drückte so fest zu, dass sie die blauen Flecken schon jetzt unter seinen Fingern spürte. »Warte nur, bis wir zu Hause sind, Fräulein.«

»Ich zittere schon vor Aufregung«, spöttelte Belinda.

Sie meinte es ernst.

Kapitel 8

Paarung in Gefangenschaft

In den folgenden zwei Wochen hielt Anna sich von Noah fern. Es war nicht schwer, ihm aus dem Weg zu gehen. Während er stundenlang in seinem Zimmer im Sommerhaus blieb, wo er an Entwürfen für das nächste Projekt von *Shiva Systems* arbeitete, verbrachte Anna den Großteil ihrer Zeit im Zoo, wo sie über das Exposé ihrer Doktorarbeit grübelte und gleichzeitig an einem Forschungsprogramm für den Sommer arbeitete. Wenn sie nicht in ihrem Büro in der Verwaltung saß, war sie draußen im Park, wo sie die Katzen beobachtete und mithalf, wo sie nur konnte.

Seit dem Abend in Ricks Hütte hatte Anna den Katzenpfleger auf Distanz gehalten. Einmal hatte er sie fürs Wochenende zum Wandern eingeladen, dann hatte er sie gefragt, ob sie mit ihm in der Stadt einen Film ansehen wollte. Nach der zweiten Absage hatte er aufgegeben und sich auf die Suche nach empfänglicheren Damen gemacht.

Anna war nicht das einzige weibliche Wesen, dem die Lust auf Sex abging. Seka hatte kein Interesse an dem Männchen, das man mit großem Aufwand für sie ausgesucht und aus einem städtischen Zoo herbeigeschafft hatte. Rick hatte ihren Zyklus penibelst verfolgt. Die erste Begegnung mit dem Männchen hatte er mit Stolz vorbereitet, der für den ersten Tanzabend seiner Tochter alle Hebel in Bewegung setzt, und er ließ es sich nicht nehmen, extra einen »Paarungskäfig« für die erste Kopulation einzurichten. Jede Reaktion Sekas auf den männlichen Tiger wurde protokolliert, wobei er vor allem auf positive Lautäußerungen und andere Anzeichen von Interesse lauerte.

Trotz all dieser Bemühungen konnte er Seka nicht davon überzeugen, dass Sex auf ihrer Prioritätenliste ganz oben stehen sollte. Die weiße Großkatze fand es offenbar viel spannender, zu fressen und sich zu putzen, als sich ihrem Partner in spe darzubieten. Dabei war ihre erste Begegnung vielversprechend verlaufen: Die beiden Katzen hatten sich durch die Gitterstäbe hindurch angesehen, und es schien, als wollten sie sich kennenlernen. Doch der erste direkte Kontakt hatte eine feindselige Wendung genommen, und Rick musste die beiden mit dem Wasserschlauch auseinandertreiben, bevor die Aggression in einen Zweikampf umschlagen konnte.

»Ich verstehe nicht, was mit ihr los ist«, klagte Rick. »Jeder Schritt war vorbereitet wie im Lehrbuch. Wir haben so viel Zeit und Geld und Hoffnung reingesteckt, damit Seka gedeckt wird, das glaubt man gar nicht. Es wäre eine Katastrophe, wenn es nicht klappen würde.«

»Für dich vielleicht, aber nicht für sie«, sagte Anna schnippisch. »Wenn es bei ihr so ist wie bei den Frauen, dann macht ihr Sex unter Druck einfach keinen Spaß.«

Rick kniff die Augen zusammen. »Willst du mir damit was sagen?«

»Nein. Vielleicht.«

»In letzter Zeit habt ihr beide einiges gemeinsam.«

»Das ist dir also nicht entgangen«, sagte Anna.

»Wie könnte mir das entgehen? Irgendwas wurmt dich. Was ist los?«

Der Tag war warm und klar, und Anna genoss die Sonne. Rick hatte sie an einem hübschen Teich in der Nähe des Zoos entdeckt, wo sie sich sonnte. Sie trug ein weißes Bikinitop und ihre verwaschene abgeschnittene Jeans, und dem Leuchten in Ricks Augen nach zu urteilen, sah sie fantastisch aus. Leider weckte er keine Lust mehr in ihr.

»Ich will nicht darüber reden«, sagte Anna. Sie ließ sich auf ihr Handtuch plumpsen und schloss die Augen.

»Wie du meinst«, sagte Rick. »Ich bin da, falls du's dir anders überlegst.«

Er stand einen Moment lang über ihr, dann hörte sie die Sohlen seiner Arbeitsstiefel durchs Gras knarzen. Anna hatte zwar kein Verlangen mehr nach Rick, aber in anderer Hinsicht hatte sie ihn zu schätzen gelernt. Er ging großartig mit den Katzen um, konnte praktisch alles mit Klebeband reparieren und, was Anna am wichtigsten war, er verstand es meisterhaft, Anteilnahme mit Respekt für ihre Privatsphäre abzuwägen.

In der einlullenden Wärme der Sonne döste Anna ein. Von Schritten, die ihr Handtuch umkreisten, wurde sie wieder wach.

»Ich will immer noch nicht drüber reden«, sagte sie warnend. »Verschwinde.«

»Rick sagte, du wolltest mich sehen.«

Anna setzte sich auf. Sie schirmte mit der Hand die Augen ab und blinzelte zu dem Mann hinauf, der über ihr stand. Irgendwo tief in ihrem Bauch, wo alle ihre Wünsche lebten, flackerte eine Flamme mit neuer Kraft.

»Noah! Ich habe nie gesagt –«

Anna unterbrach sich selbst. Was hatte sich Rick dabei gedacht? Wollte er sie verkuppeln, weil sein Versuch mit Seka in die Hose gegangen war? Anna wusste nicht, ob sie wütend sein sollte, weil er sich einmischte, oder dankbar, weil er Noah geschickt hatte, um mit ihr zu reden. Als Noah sich neben ihr auf dem Handtuch niederließ, wusste sie mit Sicherheit, dass sie dankbar war. Als sie die dunklen Augen sah, die so eindringend ihr Gesicht studierten, war ihr, als würde sie nach Monaten auf dem Trockenen plötzlich eine Brise frischer Seeluft atmen.

»Ich wollte ohnehin mit dir reden«, sagte Noah. »Ich muss dich um Entschuldigung bitten.«

»Wofür?«

»Dass ich so ungesellig war. Du bist mein Gast, und ich habe dich ignoriert. Nein, das stimmt nicht. Ich habe dich nicht ignoriert.« Er sah auf Annas gebräunte Beine, die sie auf dem grünen Handtuch ausgestreckt hatte. »Das geht gar nicht. Ich hatte mich in mein Loch verkrochen, weil ich eine Entscheidung treffen musste.«

»Wenn deine Entscheidungen immer so lange dauern, lass ich dich nie eine Pizza bestellen«, sagte Anna lachend.

»Es ist ernster als eine Pizzabestellung. Es geht um dich und mich.«

Es musste ein Bienenschwarm sein, der plötzlich in Annas Bauch rumorte. Sie konnte es nicht erwarten, was Noah zu sagen hatte, und gleichzeitig hatte sie eine Heidenangst davor.

»Wir verpassen uns andauernd«, fing Noah an. »Wie es aussieht, findet immer einer einen Grund zum Flüchten, sobald der andere über diese Sache reden will. Wir haben beide Angst, aus verschiedenen Gründen. Du weißt, wovon ich rede, oder?«

Anna schluckte. Sie wollte antworten, aber ihr Hals war ausgetrocknet.

»Ich habe mich wie ein Idiot benommen, als du bei mir im Zimmer warst«, fuhr Noah fort. »Ich hätte nichts lieber getan, als dich auf den Boden zu werfen und einfach zu nehmen, aber das konnte ich nicht. Wenn ich mich zu einer Sache verpflichtet habe, gebe ich sie nicht einfach so auf. In dieser Nacht war ich noch an Val gebunden.«

»Und das bist du jetzt nicht mehr?«, brachte sie heraus.

Noah schüttelte den Kopf. Sein Blick war so ernst wie noch nie. »Als ich mich endlich überwinden konnte, sie anzurufen, habe ich ihr gesagt, dass ich sie nicht heiraten will.«

Anna senkte den Kopf und schaute ins Gras. Nervös zupfte sie an den Halmen. »Und was passiert jetzt?«

»Ich nehme mir das, was ich will«, sagte Noah.

Er stand auf und streckte die Hand aus. Noch immer benommen vom Schlaf, von der warmen Sonne und von Noahs aufwühlenden Worten, brauchte Anna eine Weile, um sich zu sammeln, und Noah musste ihr auf die Beine helfen. Sie war überrascht, wie stark und entschlossen sein Griff war.

»Los, komm«, drängte er sie. »Ich habe so lange darauf gewartet.«

»Worauf?«

»Das erfährst du schon noch.«

Die Dämmerung kam über den Park und tauchte die Tiergehege in ein sanftes, sommerliches Abendrot. Der Zoo war schon geschlossen, aber ein paar Angestellte räumten noch auf. Anna fragte sich, was sie wohl dachten, wenn der größte Wohltäter des Zoos eine Frau durch den Park zerrte. Er hätte sie nur noch an den Haaren schleifen müssen, und sie hätten das perfekte Neandertaler-Pärchen abgegeben.

»Kannst du mir wenigstens verraten, wohin wir gehen?«, fragte Anna.

»Wir lassen eine meiner ältesten Fantasien wahr werden«, sagte Noah geheimnisvoll.

Er führte sie zu einem Betonbau auf der anderen Seite des Parks, der außer Hörweite der Angestellten lag, die sich auf den Heimweg machten. Anna hatte das Gebäude noch nie betreten, wusste aber, dass Futter und Material darin gelagert wurden. Noah sperrte die Tür auf und führte sie hinein. Er zog an einer langen Kette, die von der Decke baumelte, und das Licht einer Hängelampe fiel auf einen breiten Holztisch. Das Ding, das auf dem Tisch stand, raubte Anna den Atem – nicht, weil es in einem Zoo ein ungewöhnlicher Anblick gewesen wäre, sondern weil Noahs verruchter Plan vor ihrem inneren Auge langsam Gestalt annahm.

»Das ist deine Fantasie?«, fragte sie.

Der Käfig, gebaut für den Transport größerer Tiere, gerade passend für eine Frau von Annas Größe. Was Sex angeht, hätte Anna sich eigentlich als experimentierfreudig bezeichnet. Allerdings hatte sie bislang auch noch niemand zu so was aufgefordert. »Ich habe diese Fantasie schon, seit ich 13 bin«, sagte Noah. »Du musst nichts weiter tun als dich reinzusetzen und mir zu erlauben, dich anzusehen ... und zu berühren.«

Noah trat hinter sie und führte sie sachte an den Käfig heran. Seine Finger spielten über ihre Rippen, und sein Atem kitzelte ihre Nackenhaare. Im Kreuz spürte sie den mehr als handfesten Beweis, wie sehr ihn die Vorstellung einer nackten Anna hinter Gittern erregte. Je mehr sie darüber nachdachte, desto ansteckender wirkte seine Erregung auf sie. Aber so schnell durfte Noah seinen Willen nicht bekommen.

»Noah, Käfige sind für Tiere«, sagte Anna und gab sich Mühe, streng und ablehnend zu klingen.

»Deshalb dachte ich an dich, als ich den hier kaufte«, antwortete Noah.

»Du hast ihn nur für mich gekauft?«

»Er ist heute Morgen angekommen. Sieh nur, er ist perfekt für dich.«

Noah demonstrierte ihr die simple Konstruktion. Der Käfig hatte vorn eine Futterluke und hinten eine Tür. Um Annas Hände und Knie zu schützen, war der Boden gepolstert. Das Beste aber, erklärte er, sei der großzügige Abstand zwischen den Gitterstäben, durch den er ungehindert an Anna herankommen würde.

»Ist das wirklich ein Transportkäfig für Tiere?«, fragte Anna misstrauisch. »Die Stäbe stehen viel zu weit auseinander. Ich könnte mein komplettes Herbststipendium darauf verwetten, dass du den in einem Bondage-Laden bestellt hast.«

»Ich habe ihn von einem Hersteller für Sklavenbedarf aus San Francisco«, sagte er mit scheuer Freude. »Was hältst du davon?«

Annas Körper reagierte so politisch unkorrekt, wie es nur ging. Ihre Nerven sirrten, und ihre Muschi wurde feucht. Parker, die militante Feministin, würde beim Anblick dieses Teufelsdings tot umfallen. Und wenn sie wüsste, wie Anna darauf reagierte, würde sie ihre Freundin verstoßen und ihr obendrein den Tod wünschen.

»Du denkst hoffentlich nicht, dass ich jetzt deine Sklavin werde«, sagte Anna. »Das ist absolut nicht meine Art.«

»Das weiß ich.« Noah lachte. »Deshalb ging es mir nach unserer ersten Begegnung auch nicht mehr aus dem Kopf.«

»Du hattest das die ganze Zeit für mich geplant?«

»Ich sagte ja schon, es ist eine meiner ältesten Fantasien. Mir hat nur immer die richtige Frau gefehlt, mit der ich sie ausleben konnte – bis du kamst.«

Ohne es zu merken, waren Anna und Noah sich beim Reden näher gekommen, bis sie sich praktisch berührten. Ohne um Erlaubnis zu fragen, legte Noah die Arme um Anna und knöpfte ihr weißes Bikinitop auf. Er streifte ihr die Träger von den Schultern, nahm das Fitzelchen Stoff und ließ es zu Boden fallen. Sie dachte daran, wie er sie das erste Mal ausgezogen hatte, in den Büros von *Shiva Systems*, und wie behutsam er damals war. Sie mochte beide Seiten an ihm, doch die energische Variante war viel aufregender.

»Du kannst also doch dominant sein«, sagte Anna.

»Natürlich kann ich das. Zieh deine Shorts und die Schuhe aus«, befahl er.

Anna zitterten die Beine, als sie ihre Shorts aufknöpfte und ihre Schnürsenkel löste. Nachdem sie ihre Hose mit dem Fuß weggeschleudert hatte, stand sie nackt vor Noah und ließ sich von oben bis unten betrachten. Normalerweise fühlte sich Anna ohne Kleider nicht befangen. Ihr Körper war geschmeidig und durchtrainiert, und sie fühlte sich wohl in ihm. Doch in diesem

Moment war sie sich ihrer Wirkung auf Noah unsicher. Fand er ihre Brüste zu klein? Ihre Hüften zu schmal? Ihre Beine waren mit Narben übersät, und ihre Bikinizone hatte sie schon ewig nicht mehr gewachst. Noah war Künstler, und die Frauen, die er entwarf, überstiegen bei weitem jedes menschliche Ideal.

»Und?«, sagte Anna und lachte nervös. »Was denkst du? Könnte ich es mit einer Göttin wie Yulana aufnehmen?«

Noah schwieg so lange, dass sie schon befürchtete, sie hätte seine Inspektion nicht überstanden.

»Ich bin bloß der Künstler«, sagte er schließlich. »Nicht mal ein besonders guter. Glaubst du etwa, ich könnte mir etwas ausdenken, das auch nur halb so schön ist wie du?«

Es war eines der seltenen Male in ihrem Leben, dass Anna nicht wusste, was sie sagen sollte. Sie stand einfach da und war sprachlos, und Noah öffnete den Käfig.

»Rein mit dir«, sagte er. »Heute Nacht gehörst du mir.«

Er hatte einen Hocker neben den Tisch gestellt, damit Anna in den Käfig steigen konnte. Sie kam nur umständlich in die Konstruktion, doch als sie drin war, stellte sie fest, dass sie bequem hineinpasste, solange sie nicht stehen oder sich ausstrecken wollte.

»Jetzt weiß ich, wie die Tiere sich fühlen«, sagte sie.

»Das ist ja der Witz an der Sache«, sagte Noah mit einem verstohlenen Grinsen. »Die Gefangenschaft bringt das wilde Tier in dir zum Vorschein.«

Er schloss den Schnappriegel der Käfigtür. Jetzt kam Anna nicht mehr heraus, selbst wenn sie wollte. Sie war überrascht von ihrer Reaktion auf das metallische Klicken. Das Geräusch machte ihre Gefangenschaft real. Sie saß wirklich in der Falle. Falls Noah sich entschließen sollte zu gehen, würde sie die ganze Nacht hier festsitzen. Um diese Zeit war niemand mehr im Park, der sie schreien hören würde.

Dann würde sie sich wohl besonders ins Zeug legen müssen, um ihrem Bändiger zu gefallen.

Anna ging auf alle viere, ließ sich auf den Ellbogen nieder und reckte den Hintern in die Höhe. Sie warf Noah ihren verführerischsten Blick zu.

»Was soll ich tun?«, schnurrte sie.

»Rühr dich nicht, bleib so, wie du bist.«

Noah ging um den Käfig herum und betrachtete Anna eingehend von allen Seiten. Er ging langsam und vorsichtig, als könnte die Erscheinung vor seinen Augen bei einer falschen Bewegung verschwinden.

»Ich erinnere mich noch genau an den Tag, an dem wir den Nebelparder bekamen«, sagte Noah. »Ich konnte es nicht fassen, dass er real war. Wie konnte ein Typ wie ich die Verantwortung für ein so seltenes und großartiges Wesen bekommen? Genauso fühle ich mich heute Abend.«

Er stand hinter Anna, streckte die Hand durch die Gitterstäbe und rieb ihr sanft den Nacken. Die beruhigend zärtliche Geste besänftigte Annas Angst, allein gelassen zu werden, und langsam entspannte sie sich in ihrer neuen Rolle. Sie machte den Rücken lang und stellte fest, dass sie, wenn sie ihn durchbog, etwas Platz hatte, sich zu strecken. Noahs Finger fuhren über ihre Wirbel, vom Hals hinab bis zum Steißbein, und dann wieder hinauf. Mit jedem Mal, das er ihr über die Lendenwirbel strich, hob sie die Hüften ein wenig mehr, bis ihr Hintern fast am oberen Käfiggitter anstieß.

Noahs Berührungen waren bestimmt, beruhigend und sinnlich, alles zur gleichen Zeit. Anna verschärfte die Kurve ihres Rückgrats, damit er erkunden konnte, was immer er wollte. Mit der flachen Hand strich er über die Rückseite ihrer Schenkel, dann auf und ab über die festen Muskeln auf der Innenseite. Und als Anna fast vor Ungeduld geknurrt hätte, damit er sie zwischen den Beinen anfasste, schob Noah seine Hand unter ihren Hintern und umfasste ihre Muschi. Er summte zufrieden, als ihre Beine anfingen zu beben.

»Das gefällt dir, stimmt's?«, fragte er.

Die Frage konnte nur rhetorisch gemeint sein. Man musste schon aller Sinne beraubt sein, um nicht zu registrieren, wie erregt Anna war. Er inspizierte sie wie ein Zuchttier, und sie genoss jede Sekunde davon. Als er sie fingerte und ihre Klit kitzelte, hob sie ihren Hintern bis ganz an die Gitterstäbe und machte ein flehendes Geräusch, das tief aus ihrer Kehle kam. Noah rieb sie, bis sie es kaum noch aushielt, doch bevor sie sich dem Gefühl ganz hingeben konnte, zog er seine Hand wieder weg.

»Noch nicht«, sagte Noah. »Ich habe dich die ganze Nacht und werde es voll auskosten.«

Er ging um den Käfig herum zur Vorderseite. Anna drückte sich wieder auf alle viere. Noah streckte die Hände zwischen den Stäben hindurch und bettete ihr Gesicht darin, und sie konnte ihren Duft an seinen Fingern riechen, der stärker war als sonst. Als er sich hinabbeugte, um sie durch das Gitter hindurch zu küssen, dachte sie, sie würde den Verstand verlieren. Seine Zunge bahnte sich energisch den Weg in ihren Mund. Im Vergleich hierzu war der Kuss in der Küche Kinderkram.

Als Noah aufhörte, sie zu küssen, wollte sie mehr. Er richtete sich auf und zog sich das Hemd über den Kopf, dann knöpfte er seine Jeans auf und zog sie aus. Zum ersten Mal konnte Anna sich an seinem nackten Körper weiden. Ohne seine Kleider blieb ihr kein Detail seiner Gestalt verborgen, und sie konnte die athletischen Proportionen seines Oberkörpers, seiner Hüften und Beine bewundern. Ein feiner Flaum konturierte seine Bauchmuskeln.

Anna hatte nie zuvor so heftig widerstreitende Empfindungen erlebt: die Ungeduld darüber, dass sie gefangen war, und das Gefühl, befreit zu sein von allen Fesseln menschlicher Konventionen. Diese berauschende Mischung wurde begleitet von dem Wissen, dass sie begehrt wurde wie nie zuvor.

»Heißt das, du lässt mich raus?« Anna drückte ihre Brüste an die Stäbe und rieb sie daran. Die Nippel wurden hart, als sie den Stahl berührten.

»Da muss ich dich enttäuschen. Das Beste kommt erst noch.« Noah trat an den Käfig und öffnete die Futterluke, die genau die richtige Höhe hatte, so dass er seinen Schwanz behutsam in die Öffnung legen konnte.

Anna brauchte keine Erklärung, was er von ihr wollte. Sie führte ihren Mund an Noahs Schwanz und ließ ihre Zunge um ihn kreisen. Sie stellte sich vor, wie es sich anfühlen würde, wenn er in ihr steckte. Zum ersten Mal konnte sie sich Zeit lassen beim Sex. Sie war in diesem Käfig gefangen, und es gefiel ihr, dass dies ihr erstes, aber bei weitem nicht letztes Mal mit Noah war.

Als Anna ihn beinahe vollständig schluckte, umklammerte Noah die Gitterstäbe und stöhnte. Sie ließ seinen erigierten Penis in ihrem Mund kreisen und neckte ihn, wie er sie vorhin geneckt hatte, bis er unwillkürlich anfing, mit den Hüften zu stoßen. Sie folgte seinem Takt und hob und senkte den Kopf im Rhythmus seiner Stöße. Als sie die Augen öffnete, sah sie seinen harten Bauch, der sich mit seinen tiefer werdenden Atemzügen auf und ab bewegte.

»Lutsch ihn stärker«, kommandierte er, die Stimme rau und kehlig.

Der harsche Ton, und dann von einem Mann wie Noah, erregte Anna unglaublich. Sie umschloss Noahs Schwanz und steigerte das Tempo, aus den Hüften wiegte sie sich vor und zurück. Sie gab sich dem Akt ganz hin, wodurch sie Noahs Lust immer mehr steigerte. Schon bald wurde sie mit einem harten Aufschrei, wilden Stößen und einem Schwall warmem Spermas in ihrem Mund belohnt.

»Mmmmh«, sagte sie.

Sie machte tiefe, knurrende Laute, die sie gar nicht von sich kannte, als sie seinen Schwanz mit der Zunge sauber leckte. Noah strich ihr mit einer dankbaren, kraulenden Geste durchs Haar. Anna rollte sich auf die Seite, dann auf den Rücken. Noah trat neben sie und nutzte diese Stellung, um ihren Bauch zu reiben. Nach kurzer Zeit schnurrte Anna wieder. Sie spreizte die Beine und hob den Hintern und verlangte unverhohlen nach mehr.

»Also gut«, sagte Noah und lachte sanft. »Du hast es dir verdient.« Er trat dicht an den Käfig und massierte ihre Muschi, bis Annas Schnurren sich zu einem hohen Summen steigerte. Während er sie berührte, wandte Noah für keine Sekunde den Blick von ihr ab. Seine dunklen Augen registrierten jede ihrer Regungen unter seiner Hand. Künstler, der er war, beobachtete er genussvoll die Wirkung seiner Finger auf Annas Körper, ihre Reaktion, wenn er sie von verschiedenen Seiten berührte und unterschiedlich starken Druck ausübte.

»Wie gefällt dir das?«, fragte er.

Zu einer vernünftigen Antwort war Anna nicht mehr in der Lage. »Fick mich.« Mehr brachte sie nicht heraus.

»Noch nicht.«

»Sofort!«

Sie erkannte sich nicht wieder in diesem heißeren, wilden Grollen. Es entsprang einem instinkthaften, anderen Selbst, das sie noch nie erlebt hatte. Dieses neue Wesen wollte aus dem Käfig ausbrechen, frei sein und seiner Bestimmung folgen. Sie packte die Stäbe und rüttelte mit aller Kraft daran, bis der stählerne Käfig klapperte. Als Noah ihr wieder den Bauch streicheln wollte, um sie zu beruhigen, schlug sie um sich und schnappte nach seiner Hand.

Er wich vom Käfig zurück. »Komm wieder runter«, sagte er warnend. »Sonst lass ich dich hier drin, bis du dich beruhigt hast.«

Anna rüttelte ein letztes Mal an den Stäben, dann ließ sie von ihnen ab. In ihrem Innersten raste noch immer die Erregung, doch sie beherrschte sich. Es war heiß in dem Lagerhaus, und es wurde nur noch heißer, wenn sie kämpfte. Schweißperlen glänzten auf ihren Schenkeln, und ihr kompletter Körper war vor Anstrengung gerötet.

»Bist du jetzt brav?«, fragte Noah.

Anna nickte. Vorsichtig schob Noah eine Hand in den Käfig und streichelte ihren Hals. Als er sicher war, dass sie sich nicht auf ihn stürzen würde, strich er ihr übers Schlüsselbein, dann zwischen ihre Brüste.

»So ist's gut«, sagte er mit tiefer, beruhigender Stimme. »Okay, wenn du dich benimmst, lasse ich dich aus dem Käfig. Bist du bereit?«

»Du glaubst gar nicht, wie«, flüsterte Anna.

Noah öffnete die Käfigtür. Anna musste sich auf den Bauch drehen und rückwärts hinausklettern. Nachdem sie so lange auf engstem Raum eingesperrt war, war sie total verspannt. Noah beobachtete, wie sie sich dehnte. Sie wusste, dass ihn der Anblick ihres nackten Körpers scharf machte, weshalb sie es besonders theatralisch machte, indem sie sich an eine Wand stützte und so weit streckte, wie sie konnte.

»Bleib so«, sagte Noah. »Nicht bewegen.«

Anna spürte, wie er von hinten an sie herantrat. Er drückte ihr ins Kreuz, so dass ihr Hintern sich seinem Schritt entgegenreckte. Mit einem Arm umschloss er ihre Taille, dann packte er sie mit der freien Hand im Genick. Sachte schob er ihr ein Knie zwischen die Schenkel und spreizte ihre Beine.

Anna hatte immer gedacht, dass Noah, wenn er sie das erste Mal fickte, langsam und romantisch in sie eindringen, ihr dabei in die Augen sehen und irgendetwas Liebes und Gewichtiges zuflüstern würde. Als er sich jetzt ohne Vorwarnung in sie rammte, rang sie nach Luft. Noah hielt sie eisern im Griff und fickte sie so unbarmherzig, dass sie sich fragte, ob er möglicherweise verschwunden war und das Feld für einen anderen geräumt hatte. Bald war sein Rhythmus so unbändig und schnell, dass Anna sich gegen die Wand stützen musste, um nicht umzukippen. Es war genau der rohe, dreckige Fick, nach dem sie sich immer gesehnt hatte, und den die Männer, die einen liebten, nie bringen wollten. Der Umstand, dass sie diese brutale Abreibung ausgerechnet von Noah bekam, machte sie rasend. Das schnelle Schlagen von Noahs Schwanz auf ihrem übererregten Geschlecht trieb sie zu einem schnellen, wilden Höhepunkt. Als der Orgasmus sie überrollte, presste Noah seine Faust auf ihre Muschi. Irgendwann spürte Anna seinen Griff noch fester werden, und an der Art, wie sein Körper auf und ab ging, erkannte sie, dass er mit ihr kam.

Als sich der Sturm gelegt hatte, ließen Anna und Noah ihre schwitzenden Körper auf den Boden sinken. Sie lagen nebeneinander auf einem Berg Segeltuch – nicht gerade ein Rosenbett, aber Anna war so erledigt von den vielen Reizen, dass der raue Stoff ihr nichts mehr ausmachte. Sie dachte, sie würden sich aneinanderkuscheln und einschlafen, aber Noah war nicht nach einem Nickerchen. Er legte sich auf den Rücken und drehte Anna herum, so dass sie auf ihm lag, dann drückte er sie in eine sitzende Haltung. Sie konnte es nicht fassen, aber sie spürte schon wieder seinen Penis, der sich unter ihr regte.

»Du kannst unmöglich schon wieder so weit sein«, sagte Anna. »Man könnte meinen, du wärst 16!«

Noah grinste. »Das liegt alles an dem Käfig. So was habe ich noch nie gesehen. Du warst unglaublich.«

»War es so gut wie in deiner Fantasie?«

»Viel, viel besser.«

Anna schob sich Noahs Schwanz rein. Zuerst beschwerte sich ihre Kleine, aber kurz darauf floss ihr Saft aufs Neue, und alles lief leichter. Sie ritt Noahs Schwanz, die Hände fest auf seiner Brust. Sie spürte den gleichmäßigen Schlag seines Herzens. Als sie kam – die Wellen folgten nun sanfter aufeinander –, ließ er sie dabei nicht aus den Augen.

»Das ist mir noch nie passiert«, keuchte Anna.

»Was denn?«

»Dass ich mit einem wie dir so gekommen bin«, sagte Anna und ließ sich auf seine Brust sinken. Sie legte sich neben ihn, schmiegte sich an seinen Arm und sog seinen scharfen, männlichen Geruch ein.

»Du meinst, mit einem Lieben?« Etwas Trauriges lag in seiner Stimme.

»Nein. Mit einem, in den ich verliebt bin.«

Das Auf und Ab von Noahs Brust setzte schlagartig aus. Sekundenlang tat er keinen Atemzug. »Hast du gerade gesagt, du bist in mich verliebt?«

Anna hörte seine Frage nicht mehr. Er versuchte, sie wachzurütteln, doch sie schlief selig und tief – wie ein Tier nach einer befriedigenden Mahlzeit. Traumlos.

*

Als Noah Cade am nächsten Tag auf dem Handy anrief und ihm sagte, er solle seine Geschäftstermine streichen und wieder nach Sasquanatee County kommen, war Cade klar, dass etwas nicht in Ordnung war. Als Noah sagte, dass er ihn nicht im Sommerhaus, sondern in der *Wagon Wheel Tavern* treffen wollte, war Cade klar, dass etwas ganz gewaltig nicht in Ordnung war.

Zärtliche Erinnerungen an vergangene Ausschweifungen kamen Cade in den Sinn, als er durch die Tür des Rasthauses trat. In der guten alten Zeit war er oft im *Wheel* gewesen und hatte sich volllaufen lassen, Bands aus der Gegend angehört und versucht, Frauen abzuschleppen. Damals lief Grunge-Musik, das Licht war fahl und schummrig, und nach Mitternacht waren Drinks und Mädchen so leicht zu haben, dass man fast schon überschwemmt wurde von Schnaps und Frauenfleisch.

An diesem Werktag um zwei Uhr nachmittags hatte das *Wheel* nur einen einzigen Gast. Noah saß an einem Tisch in der Ecke, vor sich ein Bier und eine Flasche Schnaps. Aus der Jukebox dudelte ein öliger Country-Song, und Cade sah sich an, wie Noah ein Glas runterkippte und sich aus der Flasche nachschenkte.

Noah trank nie harte Sachen. Er hörte nie Country.

Cades bester Freund war verliebt.

»Was ist los, Kumpel?«, fragte Cade und rutschte Noah gegenüber auf die Bank. Die beiden hatten hier oft zusammen gesessen und getrunken, aber wenn Cade es sich recht überlegte, waren sie immer nur hergekommen, um sich zu besaufen, wenn einer von ihnen emotional auf dem Zahnfleisch ging.

»Ich muss dir was beichten«, sagte Noah.

Er lallte nicht, was bedeutete, dass sie sich noch immer vernünftig unterhalten konnten. Tatsächlich schien ihm der Alkohol überhaupt nichts auszumachen. Er wirkte ernst, entschlossen und vollkommen klar.

»Und zwar?« Cade schenkte sich ein Bier ein.

Noah holte tief Luft. »Das Spiel ist aus. Ich habe mir Anna genommen.«

Cade, der gerade zum Trinken angesetzt hatte, hustete in den Schaum. Einen Augenblick lang rang er nach Luft und versuchte, sich zu sammeln. Er wusste, dass er keinen Grund hatte, sich nicht betrogen zu fühlen – er war Mitte dreißig, ein erfolgreicher Firmenchef und würde bald eine unglaubliche Frau heiraten – aber aus irgendeinem Grund trafen ihn Noahs Worte. Als Noah sagte, das Spiel sei aus, meinte er damit: für immer. Cade hatte sich nie mit der Vorstellung abfinden können, dass dieser Abschnitt ihres Lebens seinem Ende zuging. Jetzt bekam er die harte Realität vor den Latz geknallt.

»Das kann ich nur schwer glauben«, sagte Cade. »Wir sind schon so lange befreundet, und du hast mich nie hängen lassen. Das Spiel hatte eine einzige Regel, und die hast du gebrochen. Hast du eine Ahnung, wie schwer es mir bei all den Mädchen gefallen ist, mich zurückzuhalten, damit wir sie zusammen nehmen können?«

»Du klingst, als wären wir noch auf dem College«, sagte Noah. »Anna ist kein Mädchen, sondern eine erwachsene Frau. Ich wollte sie und hab sie mir genommen. Was ist daran falsch, wenn ich mir nehme, was ich will? Wann habe ich mich je vor dich oder sonst jemand hingestellt und mir genommen, was ich brauche?«

»Daran ist überhaupt nichts falsch. Wurde Zeit, dass du mal Rückgrat zeigst, Noah.«

Die beiden Männer blickten auf, wer sich da in ihre Diskussion einmischte. Rick ragte vor ihrem Tisch auf und sah höchst zufrieden drein.

»Was zum Geier gibt's da zu grinsen?«, murrte Cade. »Du siehst aus, als hättest du gerade wieder eine Nummer geschoben.«

»Ich nicht«, sagte Rick, »aber Seka. Sie hat das Männchen endlich angenommen. Heute Nachmittag haben sie sich zwölf Mal gepaart. Die brechen alle meine Rekorde.«

»Das ist ja fantastisch!«, sagte Noah strahlend. Er schlug Rick gratulierend auf die Schulter. »Setz dich und trink was mit uns. Das müssen wir feiern.«

»Klar doch.«

Rick setzte sich neben Noah, der die Bedienung noch um ein Bier- und ein Schnapsglas bat.

»Warte mal, Noah«, ging Cade dazwischen. »Wir hatten gerade eine wichtige Unterhaltung. Du hast mich den ganzen Weg hierher hetzen lassen, weil du mir was erzählen wolltest. Wenn du mir dein Herz in Anwesenheit vom Herrn der wilden Tiere ausschütten willst, bitte, aber ich verschwinde erst, wenn ich weiß, was los ist.«

»Klingt, als würde Noah endlich mal für sich selber kämpfen«, sagte Rick, unbeeindruckt von Cades Attacke. »Ich schätze, er wollte es offiziell machen.«

»Halt dich da raus, Rick. Wir brauchen keinen Vermittler«, sagte Cade.

»Das sehe ich anders«, sagte Noah. »Genau das brauchen wir. Rick hat das früher beruflich gemacht. Einen besseren Vermittler könnten wir uns gar nicht wünschen.«

»Rick bringt uns überhaupt nichts. Er hat sein Leben damit verbracht, Ehen zu zerstören.«

»Da irrst du dich, Cade«, sagte Rick. »Ich habe keine einzige Ehe kaputtgemacht, sondern den Leuten geholfen, ihre Beziehung zu beenden, ohne sich dabei umzubringen. Ob du's glaubst oder nicht, ich hab verdammt lange versucht, diese Paare wieder zusammenzubringen. Das hat kein einziges Mal funktioniert. Das war einer der wichtigsten Gründe, warum ich hingeschmissen habe. Zu schmerzhaft, vor allem, wenn Kinder mit im Spiel sind. Ich arbeite lieber mit wilden Tieren als mit einem Paar, das sich streitet.«

»Dann gib mir mal einen Rat«, sagte Noah. »Ist es besser, wenn ich meine Ehe beende, bevor sie angefangen hat?«

Rick sah Noah verwundert an. »Und dafür brauchst du einen Scheidungsanwalt?«

»Er kennt die Antwort schon«, sagte Cade. »Er braucht nur einen, der ihn darin bestätigt.«

»Hör zu, wobei ich meinen Klienten vor allem helfen wollte, war, dass Herz und Hirn zusammenspielen. Ich war immer der Meinung, dass die Menschen besser dran wären, wenn sie auf ihren Instinkt hören würden. Wenn du diese Frau nicht liebst, dann heirate sie auch nicht. Das wird die klügste Entscheidung deines Lebens.«

Cade schlug sich theatralisch an den Kopf. »Ich hätte nie gedacht, dass dieser Tag mal kommen würde, aber ich muss Rick zustimmen. Hast du gehört, Noah? Hör auf deinen Instinkt.«

»Bei mir hat's immer funktioniert«, sagte Rick schulterzuckend.

»Ich glaube, wir brauchen noch eine Runde.« Noah schenkte drei Kurze aus der Flasche ein. »Trinken wir darauf, dass ich mich vor der Hochzeit scheiden lasse.«

»Warum nicht auf weder heiraten noch scheiden lassen?«, schlug Rick vor. »Ich persönlich trinke lieber aufs Herumvögeln.«

»Und ich trinke darauf, dass ich heirate und trotzdem weiter herumbumsen darf«, fügte Cade hinzu.

Feierlich erhoben die drei Männer ihre Gläser. Cade spürte ein freudiges Prickeln im Leib. Noahs Trennung von Val war die beste Nachricht, seit Belinda ihm gesagt hatte, dass sie eine offene Ehe wollte. Rick entpuppte sich als anständiger Kerl. Das Leben war gut.

»Okay, Noah«, sagte Cade. Er verschränkte die Arme auf dem Tisch. »Reden wir Tacheles. Wann sagst du's Val, dass die Hochzeit geplatzt ist?«

Noah wurde rot. »Ich hab's ihr schon gesagt. Gestern Abend. Eigentlich wollte ich warten und erst mit dir darüber reden, aber ich konnte einfach nicht mehr. Belinda und du, ihr müsst alleine heiraten.«

»Du hast es ihr gesagt?«, sagte Cade lachend. »Und sie kommt nicht hier hoch, um ein großes Finale abzuziehen?«

»Das Finale kommt in der Stadt«, sagte Noah, und sein Gesicht wurde bitter. »Ich brauche einen Anwalt. Val und ich haben gemeinsamen Besitz.«

»Mich musst du nicht angucken«, sagte Rick. »Ich bin raus aus der Nummer. Ich kann dir nur jemanden empfehlen und dir noch einen Rat geben: Gib ihr, was sie will. Egal was, es kostet dich nicht mal den Bruchteil dessen, was los ist, wenn du dich mit ihr anlegst. Ihre Anwälte fressen dich bei lebendigem Leib und sortieren dann noch deine Knochen aus, um sie zu trocknen.«

»Wahrscheinlich hast du recht«, räumte Noah ein. »Ich dachte, sie würde heulen und sich aufregen, weil ich sie verlasse, aber sie hat nur wegen des Geldes herumgeschrien, das sie in die Hochzeit gesteckt habe.«

Rick schüttelte sich. »Sei froh, dass du die los bist.«

»Du hast diese kleine Party hier nicht nur arrangiert, um mir von Val zu erzählen«, sagte Cade zu Noah. »Da ist noch was anderes im Busch. Raus damit.«

»Na ja«, sagte Noah, »die zweite große Neuigkeit ist, dass ich mich in Anna verliebt habe. Und das Beste daran ist: Sie liebt mich auch.«

Rick bedachte Cade mit einem unergründlichen Lächeln. »Dann bist du wohl offiziell aus dem Rennen, Cade. Muss ein ganz neues Gefühl sein.«

»He, ich hätte Anna kriegen können, wenn ich gewollt hätte«, prahlte Cade. »Das solltest du eigentlich wissen, du hast uns ja im Park gesehen.«

»Wie weit bist du gegangen?«, fragte Noah vorwurfsvoll.

»Sieh mich nicht so an«, wehrte sich Cade. »Anna und ich haben nur ein bisschen rumgemacht, das war nichts Ernstes. Das große Finale habe ich mir für dich aufgehoben.«

»Aha. Dann stimmen die Geschichten also«, sagte Rick. »Ich hab sie immer für Tratsch gehalten.«

»Was für Geschichten?«

»Die Leute hier sagen, ihr beide wärt ein Team. Ihr macht die gleiche Frau an und verführt sie dann zu einem kleinen Dreier.«

Noah wich Cades Blicken aus. »Gerüchte«, murmelte er.

»Nichts da. Die Geschichten stimmen«, sagte Cade. Er schenkte sich einen Kurzen ein und kippte ihn runter, dann spülte er mit einem befriedigenden Schluck von seinem kühlen Bier nach. »Wir spielen unser Spiel schon, seit wir im College zusammengewohnt haben.«

»Gegen einen Dreier ab und an hab ich nichts einzuwenden«, sagte Rick. »Aber Anna hat etwas Besseres verdient, als ein Preis in einem Kumpelwettbewerb zu sein, das wisst ihr genau.«

Noah ließ den Kopf sinken. Cade wich nicht zurück, als Rick ihn anstarrte, aber in seinem Bauch machte sich ein ungewohntes Gefühl breit. Es dauerte einen Moment, bis er begriff, dass ihm übel war, weil er sich schämte. Er war immer stolz auf seine sexuellen Eroberungen gewesen, vor allem auf die gemeinsamen mit Noah. Aber jetzt, da Rick ihn mit dem bösen Blick bedachte und Noah den Tisch anstarrte wie ein getadelter Schuljunge, kamen ihm diese Geschichten einfach nur billig vor.

»Macht, was ihr wollt, aber wenn ihr Anna weh tut, mache ich euch ein Feuer unterm Arsch«, sagte Rick und stand auf. »Meine Herrn, danke für die Einladung. Meine große Liebe ruft.«

Cade und Noah saßen am Tisch und schlürften ihr Bier. Als Rick in seinem röhrenden Truck abgefahren war, um nach den Tigern zu sehen, brach Cade das Schweigen.

»Das mit Anna ist dir ernst, oder?«

Noah nickte. Seine Augen wurden glasig. Cade hoffte, dass es nur der Alkohol war. Er war bereit, Noah als Künstler einiges zuzugestehen, aber auf einen schnapsseligen sentimentalen Nachmittag hatte er keine Lust.

»Sie ist die Eine oder keine«, sagte Noah. »Zum ersten Mal bin ich in eine Frau verliebt, die ich mir nicht ausgedacht habe. Ich könnte mit ihr für immer hier bleiben, nie mehr zurück in die Zivilisation. Wir würden im Naturzustand leben, nackt herumlaufen und uns im Wald lieben …«

»Brrr, Brauner.« Cade unterbrach Noahs Träumerei. »Wir müssen Anfang nächsten Jahres das nächste Produkt abliefern. Von mir aus kannst du eine Weile Flitterwochen machen, aber du musst bald wieder in die Stadt kommen. Du leitest die Kreativabteilung. Ohne dich sind unsere Grafiker nicht zu gebrauchen.«

»Ich weiß. Aber ich bin verrückt nach Anna«, sagte Noah.

Mit Kondenswasser von seinem Bierglas malte er auf dem Tisch herum. Die Figuren sahen verdächtig nach einem Frauenkörper aus. Noah hatte ganz offensichtlich Sex im Kopf.

»Wenn du so für sie empfindest, gehört sie dir«, sagte Cade. »Das Spiel ist aus, wie du schon sagtest.«

»Das Ende einer Ära«, seufzte Noah zustimmend.

Cade nippte nachdenklich an seinem Bier. Dann wanderten seine Augen unvermittelt zum drallen, herzförmigen Hintern der rothaarigen Bedienung des *Wagon Wheel*, die über die Bar gebeugt die Messingteile polierte. Früher hätte die üppige Schönheit eine prima Nachmittagsunterhaltung für ihn und Noah abgegeben.

»Mach schon«, sagte Noah. »Ich weiß doch, was gerade in deinem Primatenhirn abläuft. Ich komm schon allein klar.«

»Sicher?«, fragte Cade. »Keine Lust, mit mir ein letztes –«

»Nein«, sagte Noah. »Das wird es nie mehr geben. Diesmal ist es mir ernst.«

»Also gut.«

Cade schob sich vom Tisch weg und schlenderte zur Bar, um seinem Instinkt allein zu folgen. Die Rothaarige schüttelte ihr Haar und sah mit an, wie er näher kam. Cade zwinkerte ihr zu, und ihre lilienweiße Haut wurde rosig wie ein frisch versohlter Hintern. Das Ende ihres Spiels mochte bittersüß sein, aber es musste ihn ja nicht gleich umbringen.

Kapitel 9

Spiele zu dritt

Anna gehörte im Park inzwischen zur Belegschaft. Die Tiere kannten sie, die Angestellten und Aushilfen kannten sie, und niemand drehte sich mehr um, wenn sie an heißen Tagen in Bikinitop und ultrakurz abgeschnittenen Jeans durch die Gegend schlenderte.

Fast niemand, jedenfalls. Noah registrierte es garantiert, und Rick ließ ab und zu noch immer lustvoll den Blick über sie wandern. Aber Ricks Interesse war einer abstrakten Wertschätzung gewichen. Er wusste, dass sie nicht an ihm interessiert war.

»Du bist sesshaft geworden, oder?«, bemerkte er eines Tages, als sie ihm bei der Fütterrung half.

Anna kniff die Augen zusammen und musterte ihn. »Soll das heißen, ich werde träge und langweilig?«

»Das nicht«, sagte Rick und schielte auf ihren Ausschnitt. »Du bist heiß wie eh und je, aber du machst nicht mehr den Eindruck, als wärst du auf der Jagd.«

»Bin ich wohl auch nicht. Weißt du was? Ich war seit mindestens zwei Monaten nicht mehr aus.«

»Klingt, als würdest du's vermissen.«

»Tu ich auch.«

Voller Sehnsucht dachte Anna an ihr Nachtleben – wie ein Luchs durch den Großstadtdschungel schleichen, geschmeidige junge Körper betrachten, die sich zum dumpfen Beat der Musik winden. Noah war ein Stubenhocker. Falls ihre Beziehung was Langfristiges werden sollte, würde sie allein auf die Pirsch gehen müssen.

»In Sasquanatee County gibt's kein wildes Nachtleben«, sagte Rick. »Kein öffentliches, jedenfalls. Die Leute behalten ihre geheimen Neigungen für sich.«

»Geheime Neigungen? Erzähl!«

»Na, Cade und Noah und ihre berüchtigten Dreier zum Beispiel. Man muss kein Genie sein, um zu kapieren, dass sie ihre weiblichen ›Gäste‹ nicht ins Sommerhaus einladen, damit sie ihnen beim Renovieren helfen.«

»Aha. Die beiden stehen also auf Dreier. Hat mich keiner drüber aufgeklärt.«

Rick sah schuldbewusst drein. »Tut mir leid, ich hatte angenommen, dass Noah dir so etwas erzählt.«

»Gar nichts hat er mir erzählt. Jedenfalls noch nicht.«

Anna stellte den Fleischeimer ab, den sie getragen hatte. Sie waren unterwegs zum Tigergehege, aber die Katzen mussten jetzt warten. Sie setzte sich auf einen großen, flachen Stein, verschränkte die Arme vor der Brust und wartete darauf, dass Rick anfing zu reden.

»Na komm schon, Rick. Jetzt kannst du die Katze aus dem Sack lassen, sozusagen.«

Rick setzte sich neben sie. »Wenn sie erfahren, dass ich's dir erzählt habe, bringen sie mich um, aber ich finde, du hast es verdient. Cade und Noah spielen schon jahrelang dieses Spiel. Es geht so: Sie suchen sich eine Frau, die beiden gefällt, dann spielen sie sie einander zu, bis sie dazu bereit ist, mit beiden ins Bett zu gehen. Hat mich immer tierisch eifersüchtig gemacht.«

»Ein Spiel. Wie interessant«, sinnierte Anna.

»Wusste ich's doch, dass sie was am Laufen haben, ich hätte nur nicht gedacht, dass sie so gut organisiert sind. Jetzt wird mir alles klar. Das nennt man symbiotische Paarung. Das ist bei Männchen zwar ungewöhnlich, aber bei den beiden ergibt es irgendwie Sinn.«

»Das war mal. Sie haben das Spiel aufgegeben«, sagte Rick. »Noah hat es abgebrochen.«

»Abgebrochen? Heißt das, da war ein Spiel im Gang?«

»Oh ja.«

»Und um wen ging es?«

»Rate mal.« Rick grinste.

»Oh, da muss ich nicht raten. Ich wusste von Anfang an, dass da was im Busch war.«

Anna stand auf, klopfte sich ab und schnappte sich ihren Eimer. Zügig marschierte sie zum Tigergehege. Rick musste lange Schritte machen, um sie einzuholen.

»Ich dachte, es wäre nur fair, wenn du Bescheid weißt«, sagte er. »Aber sei nachsichtig mit den Jungs. Sie haben sich geändert, vor allem Noah. So wie jetzt habe ich ihn noch nie erlebt.«

»Die Jungs haben sich vielleicht geändert«, sagte Anna und lächelte listig, »ich nicht. Ich bin ausgesprochen ehrgeizig. Wenn's um Spiele geht, muss ich immer gewinnen.«

»Sie haben das Spiel abgebrochen«, erinnerte sie Rick.

»Das glauben sie«, sagte Anna.

*

Anna war keine große Köchin, aber für Freitagnachmittag plante sie ein Festmahl. Da das Wetter in letzter Zeit stabil gewesen war, entschied sie sich für ein Picknick in einem abgelegenen Wäldchen am See.

Das größte Problem dabei war, die beiden Männer in den Wald zu locken, ohne dass der eine vom anderen erfuhr. Cade würde vormittags zum Sommerhaus kommen, und bereits Samstagnachmittag wollte Belinda zu ihm stoßen. So hatte Anna nur ein schmales Zeitfenster, und sie kam fast um vor Stress, weil sie alles heimlich organisieren musste.

Donnerstag war schließlich alles vorbereitet. Sie hatte einen Korb mit Baguette, Schinken, Käse und frischem Obst bepackt und gut versteckt, und im Kühlschrank lagen drei Flaschen Champagner. Außerdem hatte Anna den Picknickplatz inspiziert und sich davon überzeugt, dass das Wäldchen so abgelegen war, dass niemand eine Frau und zwei Männer hören würde, die schrien wie die Tiere.

Noah zu überreden, war nicht schwer. Als er Donnerstagabend mit Anna auf dem Bett lag, das Gesicht zwischen ihren Schenkeln, und sie von animalischem Sex in der freien Natur flüsterte, konnte er es kaum noch erwarten. Anna hatte Cade nichts von einem Picknick erzählt, aber sie war sich sicher, dass sie ihn würde verleiten können.

Freitagmorgen ging ihr perfekter Plan den Bach runter. Beim Aufwachen vernahm sie das unheilvolle Plok-Plok von Regen in der Dachrinne.

Noahs Libido tat das Wetter keinen Abbruch. Als er spürte, wie sie sich regte, schob er sich in sie, ohne auch nur »guten Morgen« zu sagen. Die nächste halbe Stunde verlor sich Anna in der Lust, gevögelt zu werden, aber in der Zwischenzeit war der Regen noch schlimmer geworden.

»Sieht aus, als müssten wir dein Picknick verschieben«, sagte Noah und küsste Anna den Nacken.

»Nicht, wenn's nach mir geht«, sagte Anna düster.

Aber der Regen war nicht mal das Schlimmste. Sie hätte das Picknick auch nach drinnen verlegen können, aber Cade erschien nicht zum vereinbarten Zeitpunkt. Grau und trübe dümpelte der Tag vor sich hin, aber von seinem Wagen war nichts zu sehen. Dann, am frühen Abend, tauchte er endlich auf.

Zur Krönung des Ganzen war Cade nicht allein. Als er zur Tür hereinkam, hatte er Belinda hinter sich, die in ihrem karamellapfelroten Regenmantel perfekt aussah wie immer. Als sie Anna erblickte, schleppte sie sie sofort zum Mädchentratsch bei einer Tasse heißem Chai in die Küche.

»Wirklich echt schade, das mit Noah und Val, oder?«, sagte Belinda und reichte Anna eine dampfende Tasse des würzigen Getränks. »Cade hat mir alles erzählt. Aber ehrlich gesagt konnte ich diese Zicke noch nie leiden. Du gibst eine viel bessere Schwägerin ab.«

»Schwägerin?« Anna erstarrte, die Tasse vor sich in der Luft.

»Cade und Noah stehen sich näher als die meisten Brüder. Ich werde mit der Frau, die Noah heiratet, viel Zeit verbringen.« Sie starrte Anna vielsagend an und leckte sich mit der Zungenspitze den Mundwinkel. »Du bist mir da viel lieber als Val. Du hast einen viel schärferen Körper.«

Anna lächelte matt. »Heiraten war für Noah und mich bislang kein Thema. Wir lassen es langsam angehen. Ich bin es nicht mal gewohnt, kontinuierlich mit dem gleichen Typen zusammen zu sein.«

Belinda wedelte mit ihrer manikürten Hand. »Ach, ihr kommt da schon zusammen. Cade sagt, Noah ist verrückt nach dir, und er kennt ihn wie einen Bruder.«

»Mag sein«, sagte Anna. »Aber mehr ist bei mir im Moment nicht drin.«

»Mir tut die anstehende Hochzeit jedenfalls gut«, sagte Belinda. »Seit unserer Verlobung ist der Sex mit Cade besser denn je. Ich musste nur ein paar Dinge klarstellen. Weißt du was, du solltest uns mal Gesellschaft leisten.«

Belinda trat neben Anna. Unter ihrer eisblauen Seidenbluse trug sie keinen BH. Dunkel und hart drückten sich ihre Nippel gegen den feinen Stoff. »Wie wär's mit heute Abend?«

Anna wich der unersättlichen Blondine aus. »Sehr gern – ein andermal. Ich geh früh schlafen. Dieser Regen macht mich so müde.« Sie gähnte gespielt, um ihre Worte zu unterstreichen.

»Gut.« Belinda rümpfte die Nase und warf das Haar zurück. »Dann ein andermal.«

Sie ließ Anna in der Küche allein und ging in den ersten Stock. Cade war bereits oben, und ein paar Minuten später hörte Anna am wilden Knacken der Dielen, dass die beiden den fantastischen Sex hatten, von dem Belinda ihr berichtet hatte.

Anna seufzte. Vielleicht war es am besten so. Sie sollte ihren Trieb zügeln und zufrieden mit dem sein, was sie an Noah hatte. Der duftende Chai schmeckte plötzlich wie Pappe, und ihr wurde klar, wie enttäuscht sie über den verpassten Dreier mit Noah und Cade war.

Wie unvernünftig du bist, schalt sie sich. Millionen Frauen waren zufrieden, dass sie nur mit einem Partner Sex hatten. Sie müsste sich nur richtig Mühe geben, dann konnte sie vielleicht genauso monogam leben. Allerdings müsste sie ihr Leben dazu völlig umkrempeln und entgegen ihrer Überzeugungen handeln, zu denen sie im Verlauf ihrer Forschungsarbeit gelangt war. Ihre Theorie, dass Frauen genauso viel Abwechslung beim Sex brauchten wie Männer, wäre dann nur ein abstrakter Gedanke, eine akademische Idee, hübsch verpackt in einer Dissertation, und keine Lebenseinstellung.

Kein zu großes Opfer für einen Mann, den sie liebte.

Oder doch?

*

Anna ging früh allein ins Bett, aber die Einsamkeit bekam ihr nicht gut. Nachdem sie sich ein paar Stunden lang hin und her gewälzt hatte, ließ sie die Hoffnung auf Schlaf fahren und beschloss, unten eine Kleinigkeit zu essen. Der versteckte Picknickkorb war randvoll mit Köstlichkeiten, warum sich den Genuss entgehen lassen? Sie stand an der Anrichte und schnitt Brot für ein Schinkensandwich, als sie etwas hörte und ihr klar wurde, dass sie nicht allein war.

Anna wirbelte herum, das Messer in der Hand.

»Wer ist da?«, rief sie.

»Ich bin's«, sagte Noah.

»Und ich«, sagte Cade. »Noah hat mir von deinem Picknick erzählt. Schade, dass es ins Wasser gefallen ist. Im Wald bumsen fand ich schon immer toll.«

Cade und Noah traten aus dem Dunkel in den schwachen Lichtkegel des offenen Kühlschranks. Annas Herz schlug schneller. Die beiden Männer waren, bis auf ihre Unterhosen, nackt und sahen sie eindringlich an. Sie war es nicht gewohnt, so sehr im Zentrum der Aufmerksamkeit von zwei Männern zu stehen.

Cade legte die Hand neben ihr auf die Anrichte, und auf der anderen Seite versperrte Noah ihr den Weg. Dieses Szenario lief ganz und gar nicht nach Plan. Sie hatte sich immer vorgestellt, dass sie die beiden Freunde überrumpeln würde. Jetzt hatten sie den Spieß herumgedreht, und sie war sich nicht sicher, ob ihr das gefiel.

»Ein bisschen wenig für einen Mitternachtsimbiss«, bemerkte Cade und nickte zu Annas Sandwich. Er nahm ihr das Messer aus der Hand und legte es in die Spüle. »Hättest du nicht lieber was Gehaltvolleres?«

»Das hier zum Beispiel?«, sagte Noah, während er Annas Hand nahm und in seinen Schritt drückte. Sie fühlte, wie sich sein erigierter Schwanz bewegte. Er stand so dicht bei ihr, dass sie die Wärme seines Atems an ihrem Ohr spürte, so warm wie sein Schwanz unter ihrer Hand. Reflexartig fing sie an, seinen Schwanz zu kneten, und er stöhnte auf.

»He, nicht so schnell«, maulte Cade. »Ihr hattet schon genug Zeit miteinander. Ich schau euch jetzt nicht bei einem Quickie in der Küche zu. Verlegen wir die Party in die Lasterhöhle.«

Er legte einen Arm um Annas Taille. Noah umschlang sie von der andern Seite. Gemeinsam führten sie sie aus der Küche in das Zimmer, in das sich Cades Großvater am liebsten zurückgezogen hatte, um zu entspannen. In dem gemauerten Kamin loderte bereits ein Feuer, und auf der großen Ledercouch lag eine Daunendecke. Anna musste sich eingestehen, dass die beiden sie geschlagen hatten.

Sie bugsierten sie auf die Couch und setzten sich links und rechts neben sie.

»Damit hast du nicht gerechnet, was?«, fragte Cade. »Dachtest, du könntest das Spiel mit einem *pique-nique à trois* an dich reißen.«

»Wie habt ihr herausbekommen, was ich vorhatte?«, rief Anna frustriert.

Cade und Noah sahen sich an und lächelten. »Ein heller Kopf, ein treuer Freund und Glück beim Raten«, sagte Cade. »Ich hatte den starken Verdacht, dass du von unserem Spiel erfahren hast. Ich habe nur darauf gewartet, dass du in Aktion trittst.«

»Ich hätte wohl mit einem Gegenzug von einem Alphamännchen rechnen müssen«, sagte Anna.

»Wenn ich das Alphamännchen bin, ist Noah das Betamännchen«, sagte Cade. »Das dominante Männchen hat die besten Chancen auf eine Partnerin, stimmt's?«

»Bei manchen Arten kommen Betamännchen überhaupt nicht zum Zug«, bestätigte Anna.

»Bei den Menschen läuft das zum Glück anders«, flüsterte ihr Noah ins Ohr und legte ihr den Arm um die Taille.

Eingekeilt zwischen den beiden Männern auf der Ledercouch, hatte Anna ihre liebe Not damit, ihre üblichen schnippischen Bemerkungen zu machen. Sie hatte sogar schon ihre liebe Not damit, nicht zu vergessen, wie man atmete. Lungen und Luft, das war ganz einfach, schärfte sie sich ein: rein und raus, rein und raus. Aber in Gegenwart von Cade, der seinen Schenkel an ihrem rieb, und Noah, der ihr sanft die Zunge in den Mund schob, waren die Worte »rein und raus« hochgradig bedeutungsschwanger.

»Du dachtest, du könntest uns übertrumpfen, stimmt's?«, sagte Cade. »Uns in unserem eigenen Spiel schlagen.«

»Du hattest nicht den Hauch einer Chance«, fügte Noah hinzu. »Wir sind die Meister der Manipulation.«

Dagegen konnte sie nicht viel einwenden, zumal sie jetzt vier Männerhände aus ihren Kleidern befreiten. Da sie nicht viel anhatte, nur ein dünnes Baumwollnachthemd und ein Höschen, hatten die beiden sie bald so, wie sie sie wollten. Während Noah sie mit tiefen Zungenküssen verführte, glitt Cade auf den Orientteppich und schob sich zwischen ihre Schenkel. So wurde sie gleich von zwei Seiten geleckt.

Noah war ein vorzüglicher Küsser, und Cade offenbarte erstaunliches Talent beim Cunnilingus. Die zweifache Stimulierung war hypnotisierend, und bald schon wand Anna sich auf der Couch wie eine Schlange. Ihre ungewohnte Lage und die meisterhafte Behandlung durch die beiden Männer machten sie unglaublich scharf.

»Nicht so schnell, du kleiner Gierhals«, sagte Cade plötzlich mahnend und erhob sich vom Boden. »Du musst teilen lernen.«

Cade zog seinen Slip aus, und Noah ging zur Seite. Anna hatte Cades Schwanz direkt vor der Nase. Sie hatte dieses wirklich große Exemplar zwar schon mal in der Hand gehabt, aber so nah hatte sie es noch nie gesehen. Aus der Nähe wurde ihr die ganze Pracht erst richtig bewusst.

Er ließ Anna nicht viel Zeit, um seinen Schwanz zu bewundern, denn schon legte er ihr die Hand an den Hinterkopf und drückte sie in seinen Schoß. Seine Erektion füllte ihren Mund mehr als aus. Bevor sie ihn aufnehmen konnte, musste sie sich erst mal auf die Eichel konzentrieren. Irgendwann fand sie einen angenehmen Rhythmus, und ihr Kopf bewegte sich vor und zurück, während sie mit der Hand seine Eier massierte.

Und jetzt bewiesen Cade und Noah das volle Ausmaß ihrer Erfahrung. Während Cade sich langsam zurückzog, nahm Noah Annas Körper von der Couch und hob sie auf den Teppich. Die Männer positionierten sich neu, so dass Anna, die Cades Schwanz immer noch im Mund hatte, auf allen vieren war, während Noah sie von hinten besteigen konnte. Die beiden Freunde schoben sie zwischen sich hin und her und benutzten ihren Körper. Sie liebte diese Brutalität, das Gefühl, von beiden Seiten genommen zu werden. Sie wusste, dass Noah sie liebte und dass Cade viel an ihr lag, und fühlte sich deshalb sicher genug, um sich gehen zu lassen und ihre Rolle als Sexobjekt zu genießen.

Cade kam als Erster. Kurz vorher zog er seinen Schwanz aus Annas Muschi und spritzte ihr ins Gesicht. Der Anblick seines Freundes auf dem Höhepunkt war zu viel für Noah. Sekunden darauf stieß er einen Schrei aus und packte Anna so heftig an den Hüften, dass sie dachte, er würde sie zerreißen. Als er kam, griff er ihr ins Haar und zog ihren Kopf nach hinten. Diese grobe Geste reichte aus, um auch sie kommen zu lassen.

»Nachdem wir die erste Runde hinter uns haben, können wir uns jetzt richtig Zeit lassen und einander genießen«, sagte Cade. Er zog die Decke von der Couch und breitete sie auf dem Boden aus. »Hast du schon mal gesehen, wie zwei Männer sich lieben?«

Anna schüttelte den Kopf und ließ sich auf der Couch nieder. Mit großen Augen sah sie zu, wie Cade und Noah sich auf die Decke legten. Jetzt, wo die beiden zusammen waren, konnte sie der Versuchung nicht widerstehen und verglich Noahs Schwanz mit dem von Cade. Was Länge und Umfang anging, war Cade Noah voraus, aber Noahs Penis war einmalig schön. Gebannt sah sie mit an, wie die Freunde ihre Arme umeinander legten und anfingen, ihre Schwänze aneinander zu reiben.

Die Szene hatte etwas von Wiederentdeckung. Anna hatte den Eindruck, dass Cade und Noah den Körper des anderen bis ins Kleinste kannten, aber schon länger nicht mehr nackt zusammen gewesen waren. Sie staunte, wie Cade Noahs Hals mit der Leidenschaft eines Liebenden küsste, und als er die Lippen an Noahs Brustwarzen führte, saugte er so liebevoll gekonnt daran, dass sie erkannte, dass die Männer schon immer mehr gewesen waren als nur Freunde.

Anna ließ sich ins Leder sinken und spielte mit ihrer Muschi. Ihr war, als wäre sie wieder im Dschungel Costa Ricas und beobachtete eine ungewöhnliche Art, die sie bislang nur aus Büchern kannte. Was sie am meisten faszinierte, war, dass zur Abwechslung offenbar Noah die dominante Rolle übernahm. Er war derjenige, der Cades Hände dorthin lenkte, wo er sie haben wollte, der Cade energisch küsste (energischer als Anna) und der Cades Schultern schließlich nach unten drückte und ihm bedeutete, seinen Schwanz zu lutschen. Und auch das war ein unglaublicher Anblick: Cade, der hungrig Noahs Penis schluckte und ihn mit dem tief verwurzelten Instinkt eines Mannes verwöhnte, der den anderen Mann in- und auswendig kennt. Während er ihm einen blies, griff Cade nach Noahs erigierten Nippeln und spielte mit ihnen.

»Lasst mich auch«, bettelte Anna und kletterte von ihrem Aussichtsplatz, um mitzumachen.

»Keine Lust mehr auf Sex als Zuschauersport?«, zog Cade sie auf.

»Genau«, sagte sie bestimmt.

Cade und Noah lösten sich voneinander, und Anna legte sich in ihre Mitte. Jetzt war sie der absolute Mittelpunkt der Aufmerksamkeit. Die beiden Männer überhäuften sie mit Liebkosungen; Lippen und Hände wanderten über ihren Körper, bis sie nicht mehr wusste, wer sie wo stimulierte. Irgendwann spürte sie Noahs seidiges Haar zwischen den Schenkeln und wusste, dass er auf ihre Muschi aus war. Sie spreizte die Beine und legte sie ihm auf die Schultern. Im Kontrast zu Noah, der sie zügellos leckte, begrapschte Cade grob ihre Brüste, kniff und zwickte ihre Nippel und schnappte mit seinen Zähnen danach. Dann hob Noah ihren Hintern in die Höhe, bestrich seinen Zeigefinger mit ihrem Saft und steckte ihn ihr in den Arsch.

»Gib's ihr«, feuerte Cade ihn an. »Zeig ihr, wie es sich anfühlt.«

Noah schob ihr den Finger in den Arsch und sie schrie kurz auf. Das Gefühl war fremdartig, aber aufregend. Auch andere Männer hatten da an ihr herumgespielt, aber keiner ihrer Partner hatte ihren Anus richtig penetriert.

»Gib ihr deinen Schwanz«, drängte ihn Cade. »Na los.«

Noah blickte zwischen Annas Schenkeln hoch zu ihr. »Ist das okay?«

»Bitte«, stöhnte Anna.

Noah rutschte hoch und nahm ihre Beine dabei mit. Er spreizte ihre Schenkel weit und neigte ihren Arsch, damit er an ihren Anus kam, dann glitt er in sie. Zuerst war es nicht einfach. Sie war eng, und die ersten Stöße fühlten sich an, als würde er sie zerreißen. Der stechende Schmerz trieb ihr Tränen in die Augen.

»Entspann dich«, sagte Noah mit derselben tiefen Stimme, mit der sie ihn mit den Tieren hatte reden hören. »Lass mich rein.«

Anna atmete aus, entspannte ihre Muskeln und schloss die Augen. So schmerzhaft es anfangs war, schien es ihr jetzt genau richtig. Es war eine Nacht der Premieren. Sie hatte zum ersten Mal einen Logenplatz bei der erotischen Begegnung zweier Männer, und es war das erste Mal, dass sie sich von zwei Männern gleichzeitig nehmen ließ. Es passte perfekt, dass sie ihren ersten richtigen Analfick von dem Mann bekam, der vermutlich für den Rest ihres Lebens ihr Partner sein würde.

Noah schob sich noch ein paar Zentimeter weiter rein, dann noch weiter. Er stieß mehrmals vor und zurück. Dann wich der Schmerz einem rauen Reiben. Als er spürte, dass Anna locker wurde, drang er tiefer in sie ein. Sie stöhnte. Wie vollständig er sie durchbohrte: Ihr war, als würde Noahs Schwanz sie direkt ins Herz treffen und das Unbehagen wurde zu unbeschreiblicher Lust. Ihre Muskeln spannten sich zum Orgasmus, und ihr Hintern schloss sich fest um Noahs Schwanz. Der Druck seines Schwanzes gab ihr etwas Vertrautes, und bald schon jagten Wellen über ihren Körper, die von ihrem Anus, ihrer Muschi, ihrer Klit ausstrahlten. Anna verschmierte ihren Saft auf sich und Noah (und auf den kostbaren alten Teppich von Cades Großvater). Glücklicherweise war sie viel zu fertig, um sich dafür zu schämen.

»Ich glaube, es hat ihr gefallen«, sagte Cade zu Noah.

»Oh, ich weiß es.« Noah lachte und streichelte Annas gerötete Haut.

Noch ganz berauscht von der abklingenden Lust hörte Anna Noah und Cade flüstern wie zwei Jungs, die woanders übernachten dürfen.

»Das war das allerletzte Mal«, zischte Noah.

»Nach dem hier sollten wir das noch mal überdenken, finde ich«, erwiderte Cade flüsternd.

»Nein! Ich meine es ernst. Das war unser Abschiedsspiel. Ich will keine andere Frau mehr.« Er legte seine Hand besitzergreifend auf Annas Muschi, als wollte er sie versiegeln.

»Alles klar, mein Freund«, sagte Cade und lachte in sich hinein. »Wenn du es sagst.«

Anna war schon halb eingeschlummert. Sie lächelte.

ANAIS

KURZE NÄCHTE

ZWISCHEN BOHEME UND MUTTERPFLICHTEN –
ARCHITEKTIN EVA BAUT IHREN GANZ BESONDEREN LEBENSENTWURF

Der legitime Nachfolger unseres SPIEGEL-Bestsellers »Frühling und so« von Rebecca Martin – 20 Jahre und viele Männer später.

Anna Blumbach
KURZE NÄCHTE
ROMAN
ANAIS BAND 7
288 Seiten, Paperback
ISBN 978-3-89602-555-5
9,90 EUR (D)

Eva, eine gestresste, alleinerziehende Mutter, ist schnell überfordert, wenn gleichzeitig die Wäsche gewaschen, ihr Sohn von der Schule abgeholt und eingekauft werden muss. Am liebsten würde sie mit ihrem Sohn ein ganz »normales« und geregeltes Leben führen, doch als Architektin findet sie keine Arbeit, die zu ihrem Lebensrhythmus mit Kind passt. Aber wenn Lasse bei seinem Vater ist, verfällt sie gern wieder ihrer Berliner Neunzigerjahre-Party-Vergangenheit. Und dann sind da auch noch diese Männer ...

Mit Tom verbindet sie eine alte DJ-Tänzerin-Symbiose. Er ist ein Spieler und Aufschneider und einfach kein alltagstauglicher Typ. Trotzdem versteift er sich auf die Idee, unbedingt eine Frau heiraten zu müssen. Kolja hingegen ist ein echter und auch ernst zu nehmender Künstler und lebt nur für seine Berufung. Dafür bewundert Eva ihn über alle Maßen. Und Wolf ist zwar für sie »der böse Wolf«, aber er kann auch noch viel mehr sein.

Hin und her gerissen zwischen diesen drei Männern, zwischen Vergnügungslust und Alltagsfrust, zwischen finanziellen Engpässen und einer Berliner Boheme, in der es von Überlebenskünstlern nur so wimmelt, versucht sie, ihren eigenen Platz zu finden. Eines Tages stolpert sie mit ihrem Sohn über einen Ausweg, ja fast einen Lebenstraum. Bald schon entdeckt Eva ihr wahres Paradies.

Ein beeindruckendes Debüt – zärtlich, zwingend und explizit.

WWW.ANAIS.DE

ANAIS

LARA, JILL & LEA

DREI FRAUEN MIT EIGENEM KOPF –
UND DREI MÄNNER, DIE EINFACH NICHT LOCKERLASSEN

Lara, Jill & Lea: drei Frauen mit eigenem Kopf – und drei Männer, die einfach nicht lockerlassen.

Jaci Burton, Shannon Stacey und Ann Wesley Hardin
LARA, JILL & LEA
DREI EROTISCHE ERZÄHLUNGEN
ANAIS BAND 3
Übersetzt von Nadine Bunske.
350 Seiten, Paperback
ISBN 978-3-89602-549-4
9,90 EUR (D)

Lara erforscht beruflich ein Thema, dem sie privat am liebsten aus dem Weg geht: Sex. An der Uni kann Lara frei über menschliches Sexualverhalten dozieren, ganz abstrakt, versteht sich. Doch als mit dem Journalisten Mark ein Adonis in ihr Leben platzt, sieht sie ihn zunächst als Inspiration für ihre Vibrator-Fantasien, nicht als potenziellen Liebhaber und Mann an ihrer Seite. Doch Mark verfolgt einen Plan, der mitten durch Laras Bett führt.

Jill hat die Nase voll von ihrem Job, kündigt kurzentschlossen und begibt sich auf eine Anti-Frustreise. Aber statt ihre geraubte Beförderung und den Stress im Job hinter sich zu lassen, sitzt die Verkörperung des Übels direkt neben ihr im Reisebus: Ethan, der Sohn ihrer Rivalin, der sich auch keine schrecklichere Mitfahrerin vorstellen kann als die chaotische Jill. Doch schon bald wandelt sich ihre gegenseitige Abneigung ...

»›Lara, Jill & Lea‹ enthält drei erotische Erzählungen von Jaci Burton, Shannon Stacey und Ann Wesley Hardin. Gleich die erste Erzählung über Lara beginnt humorvoll, die Sexbuchautorin verguckt sich in den Journalisten Mark. Die Autorin lässt die beiden häppchenweise und einige Hürden meisternd ans Ziel kommen, Gesprächen über Sex folgt sehr schnell die Explosion der Körper und die beiden dürfen alles tun, wovon Mann und Frau träumen. Dabei kommt die Autorin ohne derbe Sprache aus, womit diese, wie auch die beiden weiteren Erzählungen im Band, gelungene Sexliteratur von und für Frauen bieten.« Kulimu

WWW.ANAIS.DE